**KUWEI**
**酷威文化**

图书 影视

# 六个说谎的大学生

[日] 浅仓秋成 著
王星星 译

六人の嘘つきな大学生

四川文艺出版社

图书在版编目（CIP）数据

六个说谎的大学生 /（日）浅仓秋成著；王星星译. -- 成都：四川文艺出版社，2023.4
 ISBN 978-7-5411-6605-1

Ⅰ．①六… Ⅱ．①浅… ②王… Ⅲ．①推理小说－日本－现代 Ⅳ．①I313.45

中国国家版本馆CIP数据核字(2023)第037652号

著作权合同登记号 图进字：21-2023-6
ROKUNIN NO USOTSUKI NA DAIGAKUSEI
©Akinari Asakura 2021
First published in Japan in 2021 by KADOKAWA CORPORATION, Tokyo.
Simplified Chinese translation rights arranged with KADOKAWA CORPORATION, Tokyo through BARDON-CHINESE MEDIA AGENCY.

## LIUGE SHUOHUANG DE DAXUESHENG

### 六个说谎的大学生

[日] 浅仓秋成 著

王星星 译

| 出 品 人 | 谭清洁 |
|---|---|
| 出版统筹 | 刘运东 |
| 特约监制 | 王兰颖　李瑞玲 |
| 责任编辑 | 茹志威　邓艾黎 |
| 选题策划 | 荀新月 |
| 特约编辑 | 房晓晨 |
| 营销编辑 | 张　静　廖湘慧 |
| 封面设计 | 春秋设计 |
| 责任校对 | 段　敏 |

| 出版发行 | 四川文艺出版社（成都市锦江区三色路238号） |
|---|---|
| 网　　址 | www.scwys.com |
| 电　　话 | 010-85526620 |
| 印　　刷 | 天津鑫旭阳印刷有限公司 |
| 成品尺寸 | 145mm×210mm | 开　　本 | 32开 |
| 印　　张 | 8 | 字　　数 | 190千字 |
| 版　　次 | 2023年4月第一版 | 印　　次 | 2023年4月第一次印刷 |
| 书　　号 | ISBN 978-7-5411-6605-1 |
| 定　　价 | 45.00元 |

版权所有·侵权必究。如有质量问题，请与本公司图书销售中心联系更换。010-85526620

# 目录
## CONTENTS

入职考核 ............ 001

在那之后 ............ 129

这段往事或许早已无人在意。

　　然而无论如何,我都要再次真诚地直面"那件事"。它发生在2011年的求职季,荒谬得近乎不真实,痛切得超出常理。这是我的调查结果。幕后黑手已经无所遁形。事到如今,我并不打算追究那人的过错。

　　我纯粹只是想要查出那天的真相。

　　不为别的,为了我自己。

**波多野祥吾**

EMPLOYMENT EXAMINATION

入职考核

入职考核

# 1

"最终考核以小组讨论形式进行。"

闻言,我轻轻一笑。笑当然不是因为高兴,仅仅是觉得一旦面露不快,肯定会给人事留下不好的印象。说实在的,我简直都想仰天长叹了。

放轻松啦,一般来说,进了最后一轮,剩下的也就只是在高管面前露个脸,已经相当于拿到了录用通知,恭喜你咯,祥吾——我当然没有傻乎乎地相信社团前辈这番不着调的话。正儿八经的面试至少还有一到两轮,我之前就已经做好了这样的心理准备。完全没有想到最后一轮竟然会是小组讨论的形式,不愧是"斯彼拉链接"①。

其他学生是什么反应呢?我倒不是不想知道,只是在这种场合四处乱瞟不大合适。任何一个细微的举动都有可能摧毁辛苦打造的良好形象。自打进了会议室,我没搔过一次脸颊,双手也握成拳头规规矩矩放在膝上,从没往扶手上搭。先不说得当与否,我这么

---

① 斯彼拉链接:公司名称,此处原文是英文"spiralinks"的片假名拼写。——编者注

# 六个说谎的大学生

做，当然不是因为自小受过熏陶，教养良好。最后的胜利近在眼前，我可不想因为一些莫名其妙的原因丢了通往成功的入场券。

人事部部长鸿上先生穿一身藏蓝色西装，搭配驼绒皮鞋，似乎彰显着斯彼拉公司自由的氛围。随着面试一轮轮深入，鸿上先生的穿搭也变得越加随意，同时却也越加华丽，这大概不是我的错觉。人事部正在渐渐向我们展露斯彼拉公司内部的日常状态。

鸿上先生微微动了动手指，似乎是想调整戒指的位置。

"不过，小组讨论不是在今天举行。"他优雅地笑着，开口说道，"日期定在一个月后，4月27日，参与人员就是会议室里在场的六位。我们会向各位提供一个议题，这个议题与公司实际面临的问题类似，由各位讨论应该如何推动解决。"

鸿上先生的下属们并排站在会议室墙边，其中一个人"嗯"了两声，大幅度地点点头。所有人脸上都是如出一辙的骄傲之色。从某种意义上说，是他们一路带领我们走到了这一步，同时，也是他们在此前的一连串考核中不断打压我们。并排站立的人事部职员们宛如某种缩影，展示着我们一路走来的艰辛。

会议室四面隔墙都是玻璃，斯彼拉公司职员们的忙碌场面就在眼前，简直像橱窗秀一样。单单是看到他们工作的样子，就让人斗志昂扬，内心涌起一定加入其中的激情。再往里望能看见一间特别的会议室，可以边开会边玩桌游或飞镖游戏。无论是与一流咖啡店合作的咖啡空间，还是能够实时显示 SPIRA[①] 在线用户

---

① SPIRA：斯彼拉链接公司开发的社交网站。

数量的电子屏，眼前的一切都和在宣传册上看到的一模一样。

还剩最后一步，跨过去了，就会在这里拥有自己的一席之地。我在面试西装的长裤上擦了擦渗出的手汗。

"请大家放心。"鸿上先生低声继续说道，"这回与第一轮、第二轮的小组讨论有本质不同。在此之前，我们淘汰了五千多名学生，才选拔出了你们六位。毕竟已经到了最后一轮，这次将视小组讨论的成果而定，六人全部录用的可能性很大。不过，我们不希望各位在不了解彼此个性、经历、弱项的情况下，像摸易碎品一样，小心翼翼地推动讨论。我们想要的是你们彻底地了解彼此，最大程度地发挥所长，互补所短，就像组成一个小组、一个部门、一个团队一样，也就是所谓的'小组讨论'。"

鸿上先生利索地收拾好手头的资料，准备离开会议室。

"我重申一次，考核日期是一个月后，4月27日。在此之前，请大家磨合出最优秀的队伍。如果小组讨论的成果足够出色，所有人都会得到录用。我衷心期待能在那天看到一个真正的团队，也期待着和大家共事。"

"斯彼拉链接"的办公室位于涩谷站前一栋商业大厦的二十一层。出了公司大楼，多少松了一口气，就连充斥着汽车尾气的空气也觉得清新。以往我总是深呼吸后松开领带，和其他面试者谈笑几句，然而这回却没那个心情。最终考核正式开始前，我得和剩下的几个人经常碰面，还要组建团队——这样的选拔形式实在不同寻常，毫无疑问，接下来才是一场硬仗。

"接下来大家有空吗？""有空""我也OK""咱们先商量下

# 六个说谎的大学生

吧""是得商量下""找个地方慢慢聊吧""附近有家家庭餐厅""那就去那儿吧"——一场争分夺秒的对话短短二十秒间即告结束。落后一步都有可能造成致命后果。这个挥之不去的念头催促着我迈步走向家庭餐厅。走了几步,我在众人当中发现了一张熟悉的面孔,是走在队伍最后的一个女孩。

"嶌同学,是你啊。"

嶌拘谨地笑了,好像早就在期待着我跟她搭讪。"真是你啊,波多野同学。一进会议室我就发现你了,只是不好到处乱瞟。"

"不好意思,我沉浸在自己的世界里,完全没留意。毕竟还没走到入职欢迎会,真没想到能再次见面。"

"我也是,见到你很开心。"

差不多两周前,在斯彼拉公司的第二轮考核中,我和嶌分在同一组。复试结束后,我们还一块儿喝茶,聊了得有一个小时。当时我们一行五人去了附近的星巴克,分别前大家半是期待半是玩笑地说,希望能在入职欢迎会上相见。这次与嶌再会,我感到十分高兴。

我随着嶌放缓步调,让其他人也稍微走慢一点。嶌不好意思地给大家道歉。她从包里拿出一小瓶茉莉花茶,咕咚喝了几口,而后拧回瓶盖,自言自语似的说:

"好不容易走到这一步,希望我们都能成功入职。"

她似乎在看天,又似乎在看远处的高楼楼顶,眼眸里闪着澄澈纯粹的光。

嶌给人一种文静典雅的感觉,身形小巧,皮肤白皙,好像是那种出门就一定要打伞的人。然而在上次那一小时左右的交谈中，我已经充分感受到了她体内潜藏的干劲与行动力，以及条理清晰的头脑。求职时，所有人如出一辙，都是黑色西装搭配一头黑发。有意思的是，我们这些大学生一看就是临时抱佛脚，勉强粉饰个门面。西装穿得不好看，头发染得不自然，眼神呆滞……种种细微之处简直不胜枚举，总而言之，就是不像那么回事。

嶌却不同，一看就是自然的、完美的求职大学生形象。

她的话里听不出任何虚伪的成分，我于是也袒露出自己的心声。

"一起入职吧。"

"嗯，真像做梦一样。"

红灯亮起，走在最前边的大个子男生焦躁地盯着对面，其他人也百无聊赖地跺着脚，好像等不及要过去。我们六个人笔挺站立，就像沐浴在阳光下的青竹。

两年前，也就是2009年，一个名为"SPIRA"的社交网站面世后，以迅雷不及掩耳之势赢得了十几到三十几岁的年轻群体的喜爱。这些年轻人感觉mixi[①]像是个异性交友网站，而在脸书（Facebook）上个人隐私无所遁形，毫无安全感，SPIRA则精准洞察他们的心理，用户数量转瞬间便突破了一千五百万。尽管已有先例在前，但SPIRA并未满足于效仿既有的网站服务，它以社区功能为核心，完美集成一系列内容，吸引人们不由自主地登录使用。从企业标志到首页设计、服务内容、合作伙伴，无不彰显着极致的新锐与精美，这也是SPIRA吸引人的魅力之一。

---

① mixi：日本最大的兴趣类社交网站，拥有众多年轻用户。——译者注

## 六个说谎的大学生

斯彼拉链接股份有限公司正是 SPIRA 的运营者。今年，斯彼拉链接发展成熟，启动了综合类岗位校招。单是这个消息已经足够激动人心了，更别说他们开出的应届生薪资还打破常规，高达 50 万日元。作为一家正式员工不足两百人的新兴企业，斯彼拉的校招名额限定在"若干名"以内，众多大学生纷至沓来。先前据鸿上先生所说，应聘者总人数超出五千，有这么些人，考核轮次多想来也是理所当然的了。

先是线上投递，然后是线下笔试测评、提交应聘申请表，这才终于进入首轮集体面试，接着是第二轮集体面试、第三轮单人面试，最后剩下我们六个人。

如此一来也就可以理解嶌为什么会说像做梦一样了。

毫不夸张地说，如果能够顺利入职，人生都将因此改变。

"有六人座吗？"

出声询问的是那个打头阵的男生，他的容貌俊秀到可以出道当演员。当他在等位牌上写下"九贺"两个字时，我简直被这人的完美无缺弄得有些晕眩了。长得这么端正，姓氏又这么好，怕是光靠这两样就能拿下至少三十家公司的录用通知吧。

服务员引导我们入座后，九贺让大家先点东西，我们随即各自盯着菜单看了起来。要是点单时间太长，恐怕会给人留下优柔寡断的印象；大家来这里是为了谈正事，点芭菲①的话，恐怕不

---

① 芭菲：一种在玻璃杯中加入蛋糕、冰淇淋、水果等食物的甜点。——译者注

太合时宜；可如果只点免费续杯的饮料，怕是又会被人当作不能自己做主花钱的小孩。

"谁点饮料，请举手。"

九贺说出这句话的瞬间，有人扑哧一声笑了出来。我探究地抬起头，只见那个一直很显眼的大个子男生面露苦笑。我不明就里，有些呆愣。

"哎……这里是家庭餐厅，我们是不是绷得太紧了？"

听他这么一说，我——不，是我们，这才意识到自己一直像在等待面试一样板着脸，坐得笔直，凝重地攥着菜单，像攥着什么奖状一样。九贺也随之一笑。

"想点饮料的人请举手——嗯，零票。"

"零票，咱们像来参加国会的。"

所有人都笑了。笑完终于发觉先前的精神状态确实非常好笑。

"想点什么就随便点吧。"大家欣然接受大个子男生合理到不能更合理的提议，各自点了自己想点的东西。服务员笑着离开时，九贺稍稍放松了些，提议所有人做个自我介绍，大家点点头。

"那我先来。"

九贺客气地举起右手，这个动作由他做出来，简直有如电影里的一幕。他长着刀削斧凿般的高鼻深眼，微粗的浓眉威严凛凛。然而这副长相并不会过时到让人联想起旧时的昭和明星，怎么看都是当代的青年才俊，实在令人艳羡。九贺报了自己的名字，叫"苍太"，越发显出完美无瑕了。

九贺苍太。他是因为被赋予了这个名字，才长成这副模样的

## 六个说谎的大学生

呢，还是为了配上自己的名字，不断自我磨炼，最后变成这个样子的呢？

"我就读于庆应大学的综合政策学院。"这个人简直过于完美，我差点忍不住奉上掌声。不过，不言而喻的是，他能被斯彼拉选中，靠的肯定不仅仅是外貌和学历光环。言谈、举止、眼神，无一不是落落大方，以至于让人不由自主地想要倾听他说的话。他话里的每字每句都透出了不起的伶俐。按理说，碰到这么完美的人，一般多多少少会产生抵触心理，可我完全没有涌起任何负面情绪。他身上有一种魔力，让人想多和他说说话，或是得到他的认可。

九贺提议按顺时针方向依次做介绍，下一个轮到的就是先前开玩笑缓和气氛的大个子男生——袴田亮。

"袴田同学，你真壮实，你身高多少啊？"我开口问。

"大体上有个一米八七吧。"

其余五人发出惊呼，袴田马上立起食指。

"状态好的时候，有一米八八。"

袴田有如岩石般硬朗的长相给人一种压迫感，实际上却是个有着纯真笑容的人。他高中时期担任过棒球队队长，现在在做志愿者协会的负责人。他喜欢健身，厚实的身板就是在健身房练出来的。

"我来自明治大学，干劲和毅力不逊于任何人——这么一说，大家兴许以为我是个只练肌肉不练脑子的人，其实我脑袋里也还是装了不少东西的，请各位多多关照。我非常讨厌破坏团队和睦的家伙，遇到这样的人，我会忍不住立马出手教训，希望大家多多包容我这种带着爱意的暴力行为。"

我的心里掠过一丝不安,袴田说这番话莫非是认真的?

"哎呀,你们别当真了。"袴田露出像毛绒玩具熊一样的友善笑意,缓和了大家的紧张情绪,"下个月,我们奉上一场最好的小组讨论吧!"

我们齐齐鼓掌,掌声落下的同时,服务员现身,端来一盘夹满新鲜奶油的蛋糕卷。"啊,这里。"举手的是一个女生,刚好轮到她做自我介绍。

"我叫矢代翼。"

她像紧盯着眼前的蛋糕卷一样鞠了一躬。矢代用右手轻轻拢回垂到耳朵前面的头发,抬起了头。

刚刚做完自我介绍的袴田吓了一跳:"矢代同学,你也太漂亮了吧!"语气像在征询其他人的同意。

矢代害羞地笑着,右手微微掩住面庞,客气地回了一句谢谢。

哪有,我一点也不漂亮——矢代太漂亮了,漂亮到如果这么回话,恐怕连老天爷都要降下惩罚。九贺的长相也很出众,而矢代的美貌又是另一种风格。哪怕说她在一家女性时尚杂志社做模特,都不会有人觉得奇怪。矢代介绍说,她在家庭餐厅打工,不过是另一家连锁品牌,不是我们来的这家。作为一个求职的应届大学生,她的发色稍微有些浅,但听她说自己天生就是这个发色以后,我们恍然大悟,再看过去,只觉得那个颜色妙不可言。

"我对国际问题很感兴趣,现在在御茶水女子大学学习国际文化。我还喜欢出国旅游,去年在欧洲五个国家游历了两个月。我对自己的语言能力也很有自信。"

## 六个说谎的大学生

　　但凡求职的学生，或多或少都已习惯了做自我介绍，但矢代的自我介绍比任何人都自信大方。她讲话的同时，坚定的目光也轮流照向每一个人，轮到我的时候，我简直要被自己没出息的样子整得面红耳赤。我根本找不到插话的机会。毫无疑问，就算我和矢代能当一起求职的同伴，也肯定当不了朋友。我这边刚不由自主地生出一些距离感，矢代却突然猝不及防地变了表情，一下子笑容满面。

　　"那个……我刚刚是不是说得太生硬了？大家别当回事儿。"

　　她脸上浮起毫不设防的笑，仿佛面对的是自己最亲密的朋友，接着轻轻拍了拍身旁嶌的肩头，不好意思地低下头。如果她是算准了时机，才摆出这么一副松懈不设防的样子，那还真是个非常人所能及的竞争高手，但大概是我自己想太多了吧。她在社交状态下竖起了铜墙铁壁，正因如此，私下不设防的样子才能消除我的顾虑。

　　大家为矢代鼓掌，随后嶌开始了自我介绍。嶌几乎只重复了我之前在咖啡店听到的那些内容。姓名嶌衣织，现在是早稻田大学社会学系学生，在连锁咖啡店打工。她说的基本都是我听过的，于是剩下的时间里，我就出神地看着她的侧脸。不是我孟浪，实话实说，嶌无疑也是个美女。如果说矢代的漂亮接近身形纤瘦的模特，嶌就像是莫名有种纯真感的清纯女演员。两人看起来就像一对有年龄差的姐妹。

　　嶌说完后就轮到我了。我说，我叫波多野祥吾，是立教大学经济系的学生。而后又略带诙谐地提到自己是散步社团的成员，散步社团的活动仅仅是时常在路上闲逛。我没有什么长期从事、值得一提的特殊经历，但自认为挑战新事物的探究精神比一般人要强，一向以成为"还不错的人"作为自己的目标。我就像拼图一样，把之前面试时得到过不错反响的话语拼凑到一起，顺畅地完成了自我介绍。

轮到最后的是一个叫森久保公彦的男生。看到他俨然聪明人标配的无框眼镜和锐利的目光，我下意识地判定这人肯定是东京大学的高才生，听他介绍，才知道他原来来自一桥大学，总之也是非常优秀的人才。自打进了家庭餐厅，话最少的就是他了。他的自我介绍也最简洁，说完学校、专业、名字，就以一句"请多多关照"收了尾。森久保似乎并不准备多说一个字眼，直接向后靠在椅背上，于是也没人再追问他什么了。为了不让气氛变得尴尬，魁梧的袴田和漂亮的矢代带着笑容，略带夸张地鼓起了掌。

说句题外话，找工作的过程中，我偶尔也会碰到东大的学生。集体面试时，一听到有人说来自东京大学，不知道为什么，我立马就会涌起一股难以名状的紧张感。不过，东大的学生也不一定就优秀到超出想象，有时他们一开口，我就会放下心来，感觉大家一样都是人。

为什么我会这么想呢？因为从五千人当中脱颖而出的在场六人中，没有一个来自东京大学。学历终究只是学历。斯彼拉链接是真的看到了我们的内核后，才选定我们六个进入最终面试。一想到这里，我的内心深处就满怀感动。

"前几天地震了，大家都还好吧？""没想到发生那么严重的地震，斯彼拉的考核日期竟然一点也没调整。""说起来，××公司的人事部还被狠批了一通呢。"……不痛不痒地聊了几句后，

# 六个说谎的大学生

我们终于转入正题。

"我觉得,我们首先应该提前了解斯彼拉的业务。"九贺皱起硬挺的眉毛,开口说道,"只要准确地把握住讨论方向,就不用担心当天拿到的是什么议题了。前期调研是个大工程,但不掌握必要信息,我们就不可能制订出解决措施。"

"确实,我们可以先各自调研,再聚在一起讨论,我觉得这个方向不错。"袴田环抱起粗壮的胳膊。

"就这么办吧。"矢代点点头,"干脆定个定期组会的日程,大家觉得呢?比如每周日下午五点之类的。"

"同意。"剩下的三人也表示赞成。我们建了邮件群组,又在 SPIRA 上成立了网络小组。考虑到不是每一次都能全员到齐,我们决定每周召开两次问题解决会,时间定在周二和周六的下午五点。

讨论过程没有磨蹭,该定的很快都定了。这种平时几乎没怎么体会过的高效让我感慨十足,同时我也实实在在地确信他们就是该留下来的那批人。

"祝我们今后全都成为同事!我预感会实现的。"我情不自禁地冒出这么一句。九贺帅气地颔首:"最终考核采取这样的形式太不同寻常了。刚听说的时候,我还困惑了一阵,甚至觉得这样占用求职者的私人时间不太合适。然而仔细想想,这和让我们写应聘申请表其实是一个道理。提前告知参与小组讨论的成员都是什么人——这样做其实是非常'公平'的。我们好好组建起团队,一起入职斯彼拉当同事吧!"

第一次组会上，带来最多资料的是话最少且看起来对入职斯彼拉并没有强烈渴望的森久保。

"基本上，斯彼拉的主要收益来自付费会员'斯彼拉贵宾'[①]交纳的会费，第二大收益来源是广告费。从简易的横幅广告到利用社区功能的引流广告，SPIRA上的广告种类多种多样，一应俱全。我尽可能收集了最多的资料，打印出了纸质版。"

森久保补充说，由于时间紧张，因此没能整理出全面的概要。然而单是在这么短的时间内调研到这个程度，就已经很值得嘉奖了。我准备的资料只有五张A4纸，而森久保准备的一沓纸看着得有三厘米厚，我除了惊叹还是惊叹。

九贺带来个消息，说上野有那种租赁会议室，一小时收费五百日元。会议室里有一块大白板、灯、插座、桌椅，虽然不到十叠[②]大，但对我们来说已经十分够用。

"有关斯彼拉，我准备的东西没有那么多，不过——"矢代说着也从包里拿出一大摞资料，"我调研了国外的社交网站模式，也从外国朋友那里了解了一些情况。虽然不清楚能不能派上用场，我还是先翻译出来了，这样大家看起来也更方便。"

"厉害啊。"袴田发自内心地惊呼一声。

"看起来还是挺认真的吧。"矢代笑着回了一句。

"难道只是看起来认真，实际上没怎么花心思吗？"我笑道。

---

[①] 斯彼拉贵宾：此处原文是英文"Spira Premier"的片假名拼写。——编者注
[②] 叠：一叠即一块榻榻米的面积，约等于1.62平方米。——编者注

# 六个说谎的大学生

"看来我说了什么多余的话。"

会议室里溢满笑声,气氛升温,然而很快又恢复了紧绷。所有人心里都清楚,聚在一起不是为了玩闹。九贺盯着摆在桌上的六摞资料,手指摩挲着下巴,似乎陷入了思考。

"先把带来的资料整合一下吧。矢代调研的国外资料作为附加参考应该具备很大的价值,不过我觉得眼下还是要先聚焦于斯彼拉本身的情况,在这个基础上整合信息。那么……"

"我们先花一个小时看下资料吧。"我提议道,"大家分着看,提取出主要信息并列在白板上。列完所有可能的议题后,再循着显现的脉络分类探讨解决方案,怎么样?"

九贺用力点头,确认了其他人也没有反对意见。大家像听到发令枪声一样,迅速投入到自己的工作中。我们首先把各自资料当中的要点列在白板上,然后六个人分着细读森久保带来的资料。我翻开自己手上的几页,情不自禁地拍膝叫好。股东大会的资料、公司财报上的简短记述、创始人及其深交者的著作,还有各种乍看起来就像娱乐杂志的报道,与我们的任务毫不搭边——实际上却处处充满值得挖掘的信息。我心里涌起不可言说的挫败感,然而更多的则是感动。森久保的能力,以及他潜藏在内心深处、对于斯彼拉链接的热情与执着,深深打动了我。这么庞大的信息量不是一朝一夕间就能收集得来的,他应该很久之前就在勤勤恳恳地整理这些东西了。

我燃起斗志,暗暗告诫自己不能认输,又翻了一页过去。这时一个声音传来。

"波多野同学,要不要分点资料给我?"

听到嵩的声音，我不由自主地抬起头，而后吓了一跳。从开始到现在还不到二十分钟，嵩却已经看完了分到她手上的所有资料。她是不是急着看完，所以马马虎虎的？像是为打消我无端生出的怀疑一般，只见白板上的概要——大标题简明易懂，下面还跟着一目了然的细致解读。

"……好快，你是会速读吗？"

"没有没有，我哪里会这个。只是相对来说这方面一直算是我比较擅长的，像提取核心信息啦，挖掘本质啦之类的。我的洞察能力还不错——哎呀，这么说好像有点儿自以为是。"

我接受了嵩的提议，给她分了些手头的资料。最后嵩又从其他四人手里各分了些资料，把原定一小时的阅读时间缩短到四十分钟。她还多做了一小步，在白板上无序罗列的信息间添加了逻辑线，把斯彼拉的营收业务划分为"产品促销""大型活动""信息收集""简易横幅"四类。

她的表现实在过于优秀，我抱起胳膊，心想，总还有可以补充的地方吧。结果想破脑袋也只想出一个建议。

"'大型活动'或许可以再细化一下。"

"确实，考虑到庞大的信息量，再稍微细分一下应该会更好。"九贺对我的意见表示赞同，"照现在这个情况来看，'简易横幅'成为小组讨论议题的可能性很低，我们也许不用投入太多精力，最好还是把更多的时间放在收集其他类别的相关信息上。"

"是的。"森久保接过话头，"有些类别的资讯稍显不足，我再去多收集一些。尤其是'产品促销'类，信息量显然很少。"

"我也许可以在'大型活动'方面帮上忙。"矢代睁大漂亮的

## 六个说谎的大学生

眼睛，微笑着说，"我认识几个做活动组织策划的朋友，应该能打听到第一手讯息。我这边尽早联系他们，问问他们有没有和社交网站合作过什么项目。"

大家点点头，各自在记事本上匆匆记录着什么。白板上新写了不少内容，这个人的提议往往引发那个人的新奇想法，新的方向一个接一个地显现成形，租赁的会议室转眼就到了退还时间，真是令人难以置信。

"哎呀呀，完了。"

袴田从资料堆里抬起头，双臂环抱在厚实的胸前。我见他盯着时钟，以为他指的是退还会议室的时间到了，没想到他突然打趣似的皱起脸。

"……今天我完全没有表现的机会呢。"

看他的表情，不是想寻求安慰，而是在逗弄大家。所有人都毫无顾忌地笑了起来。

在第一次的小组组会上，和其他人相比，袴田确实显得有些收敛。不过第三次组会举行那天，他真正的价值发挥得可谓淋漓尽致。

我们倒也没发生多少激烈的争执或纠纷，只是有那么一会儿，森久保和矢代之间出现了一点点意见分歧。森久保认为"产品促销"和"大型活动"很有可能成为小组讨论的议题，应该集中思考这两类问题的解决方案，而矢代则认为其他类别也应该兼顾。他们并没有吵得不可开交，但是互相都不让步，你一句我一句，话说得有些刺耳。空气中弥漫起难以言喻的气氛，团队似乎有了分崩离析的征兆。此时必须得有人站出来叫停。然而即便九贺反复劝森久保和矢代冷静下来，火药味依旧越来越浓。我擦去额头渗出的冷汗。就在这时——

"既然无法统一意见，那就只能凭力气解决了。"

焦躁的袴田咯吱咯吱转动脖颈，站起身来。身形魁梧的男生单是气势凛然地站起身，就能释放出强烈的压迫感。先前滔滔不绝的森久保和矢代也在一瞬间不由自主地噤声不语。袴田是不是准备各打五十大板，进行武力镇压？不客气地说，有这种预感的应该不止我一人。

袴田开始伸手摸索自己放在会议室一角的包，最后掏出来的却不是指虎①，而是细细长长的东西，用可爱的包装纸裹着，好像礼物一样。一、二——一共有五份。

"虽然突兀了点吧，接下来我要颁发袴田杯大奖了。"

"……袴田杯？"

袴田点点头，依然没有多做解释。

"首先是九贺同学。"袴田把那个包在纸里、不知究竟为何物的东西递到九贺面前，"恭喜你获得袴田杯'最佳领导奖'。这个奖授予那些发挥了出类拔萃的领导能力，带领团队高效协作的人。恭喜！"

还没搞清楚状况的九贺微微点头，接过奖品。

"接下来是波多野同学。恭喜你获得袴田杯'优秀智囊奖'。这个奖授予那些一直纵观全局，准确判定团队前进方向的人。

---

① 指虎：一种格斗时戴在手指上，用来增强攻击力的武器。——译者注

# 六个说谎的大学生

恭喜！"

接到手里的奖品比我想象的轻了很多。之后，袴田又先后给嵨、森久保、矢代颁发了"最佳成员奖""信息收集达人奖""全球视野＆人脉达人奖"，同时恭恭敬敬地递出奖品。

"其实，我本来打算等今天的讨论结束后再颁奖，现在稍微提前了些。我自己揣摩了大家的喜好，在日本桥的高岛屋买了奖品……东西也没多贵，你们要不要打开看看？"

我们都没太搞懂袴田是什么意思，然而打开包装，看到里面的脆香棒，所有人都愕然发笑。袴田做戏做全套，给每个人的口味还不一样，会议室里剑拔弩张的紧张气氛终于缓和下来。回过神时，我才发觉先前沉闷的情绪已经一扫而空。

"你整这些干吗？"我笑着问。

"本来只是想带过来让大家一起吃，不知怎么就起了这个想法。"

"还专门包起来？"

"那个嘛，开个玩笑咯。"

我笑得更开了。袴田朗声大笑，笑完后略带认真地说：

"说实话，在聚焦议题这一点上，我赞成森久保同学——啊不，森久保的意见。但矢代说得也有道理，我们不应该疏忽其他类别。我在想，要不然干脆就总结出适用于所有领域的通用型解决方案，形成指导手册，大家觉得这样如何？"

袴田挑的时机正好，所有人都顺从地点头，赞成他的提议。

"'公平'的折中方案。"

## 入职考核

　　九贺一锤定音,这次没用敬语①。我们自此也都没再说敬语。说起来,可能袴田才是我们这群人中最能引导气氛的人。好久没吃脆香棒了,我一边咂嘴享受美味,一边在心里如此想到。

　　休息时间,我去卫生间上小号。刚站到便池前,几乎同一时间,森久保也来到我旁边,对着墙面喃喃自语:

　　"刚刚真是多亏了袴田。"

　　闻言,我不由自主地转过去看他。森久保平时沉默寡言,脸上的表情也几乎一成不变。在我看来,他不是傲慢无礼,只是为人比较严肃,不过我从没想过他也会开口夸人。我浅笑着说:"互帮互助嘛。"

　　"小组讨论,"森久保依然盯着墙面,目光悠远,"我以前也参加了不少,经常遇到碎石机一样的家伙。"

　　"碎石机?"

　　"根本没什么本事,只看了点指导手册,就不自量力地想要主导局面。说要整合大家的想法,其实根本说不出个所以然,完全不动脑筋,只会把大家的意见复述一遍,白白浪费时间。只要有这种人在,小组就完了,所有人都会被他拖下水。"

　　"啊……还有这回事。不过确实有这种人,我偶尔也会碰到。"

　　"这么简洁高效的团队,我还真是第一次碰到。第一次觉得

---

① 敬语:日语使用的一种表达方式,用以对不熟悉或地位高于自己的人表示尊重。不使用敬语,也就意味着双方的关系更近了一步。——译者注

# 六个说谎的大学生

其他人一点也不烦。"

对森久保来说，这恐怕是他能给出的最高评价了。森久保没有再多做解释，动作利落地抖抖残尿，开口说：

"可能是我不太喜欢吵吵闹闹的氛围，所以之前对你们态度有点儿差，不好意思。我就是死也要进斯彼拉。一起拿到录用通知吧！"

森久保潇洒地转身离去，看着有点儿好笑。我凝视着他的背影，再一次真切地感受到我和他所想的完全一致。我也希望我们所有人可以一起入职斯彼拉，不，在这个时候，我甚至确信这个想法一定会实现。

不管遇到什么难题，不管面临多么不合常理的安排，一切依然尽在掌握之中。我们正在组建一支最强的队伍。我们一定，绝对，能够实现全员录用。

4月12日，星期二，算起来是我们第四次碰头。

矢代要采访做活动组织策划的朋友，森久保有兼职抽不开身，两人都没来，剩我们四个聚在一起讨论。该定的差不多定好以后，袴田、九贺相继离开，等回过神来，会议室里只剩下我和嶌两个人。反正会议室的租用时间还剩一会儿，干脆就在这儿填一下其他公司的应聘申请表吧。这么想着，我奋笔疾书起来，与其说是"留下来用功"，不如说我的心情更像是在"加班"。

写完后，我足足检查了三遍，确认有没有错别字。一抬头，发现嶌已经趴在桌上睡着了。大概是一直埋头做事，体力到达极限了吧。空空如也的茉莉花茶饮料瓶像是被她推出去的，横躺在桌上，旁边是写有斯彼拉链接校招说明的宣传册。"在斯彼拉提供的广阔天地间，你将**成长**（Grow up）、**超越**（Transcend），蜕变成为全新自我"，这些内容我早已烂熟于心。嵩先前大概也一直在反复看这本册子吧。

没来由地，一股热意突然涌上心头，眼睛莫名其妙地湿润了，连我自己都觉得这起伏的情绪实在好笑。感动之余，我露出一个自嘲的笑，捡起嵩掉在地上的毛毯。已经过了晚上七点，位于三楼的会议室窗前出现了半轮明月。会议室可以用到晚上八点，就让嵩睡到那个时候吧，我这么想着，随手掸了掸毛毯上的灰，轻轻盖到嵩的肩头。

我自以为动作很小心，完全没料到嵩会醒来，结果惊吓过了头，一直退到墙边。

"对不起，我只是想给你盖上毯子。"

抬起头的嵩很快又趴回桌上，藏起睡颜，半梦半醒间嘟囔出一句稍显亲近的话："我还以为是哥哥呢。"

"啊哈哈……"幸好没被嵩误解为流氓，"对不住。"

"哪里，是我害你费心了……现在几点了？"

"七点……二十分。"

"哇……我睡了这么久啊。"

嵩再次抬起头，盯着手边的东西看了一会儿，确认自己的进度。她大概也在准备其他公司的简历和应聘申请表吧。她拿起一张纸检查完背面的内容后，又拿起另外一张。没多久，她把所有纸张收拢到一起，放到桌子边上。

"其他公司的应聘申请表？"

# 六个说谎的大学生

"……嗯,我想着把这几张表上的自我展示那一栏写完。"

"写的是'对洞察能力很有自信'吧?"

"别开我玩笑了。"茑不好意思地笑了笑,"我还挺擅长自我分析的,按说写起来不难。会在什么时候做什么,什么时候做不到什么,这些我都心知肚明,可真到了要落笔的时候,却不知道为什么,总是犹豫不定。"

茑伸了个大大的懒腰,驱散开残留的些许睡意,眼睛看向窗外。

"月色真美啊。"

茑是在借用夏目漱石的逸闻①向我示爱吗?我完全没有这种想法。因为她在陈述事实,此刻的月色确实很美。

"好漂亮的黄色。"我也凝视着窗外应道,"纯正的黄。"

"不知道为什么,我一直很喜欢月亮。"

"唔,确实有吸引人的感觉。"

"它只显露表面。"

"嗯?"

"我是说月亮——从地球上看绝对看不到它的背面。听说了这点以后,我就开始想些有的没的,月亮背面会是什么样的呢?"

"真有意思,是什么样的呢?"

"什么样的呢,不在上面住上一住大概是无从知晓的。"

---

① 据传日本文豪夏目漱石担任英语老师时,曾问学生"I love you(我爱你)"用日语如何翻译。夏目认为可以译作"今晚的月色很美",用日式的含蓄表达传递情意。——译者注

说完，嶌脸上的笑意仿佛细雪融化一般逐渐转浅。窗外照进的月光让她的脸上隐隐泛起黄色的光辉。

嶌默默无言地凝视着月亮，那张脸有如思念故乡的辉夜姬[①]，溢满乡愁之色。我正想开个玩笑，问她是不是从月亮上来的，但冷静下来，发现这个玩笑并没有多么好笑。这时，嶌突然掉下泪来，而后满脸湿润。

"对不起，莫名其妙就……不对劲了。真的和你完全没关系，我怎么一下说这些。"

我给埋下脸的嶌递出手帕，默默地凝望她耸动的肩膀。

嶌为什么会流泪，我自然毫不知情。要说没有因这突如其来的变故心生半点涟漪，那当然是撒谎，不过我也没有过于惊慌失措，因为我也一样，偶尔会萌生想哭的念头。

大三下半学期，求职季就开始了。工作当然得找，不努力不行。然而悲哀的是，我却懵懵懂懂，找不准努力的方向。怎么做有利于拿到录用通知，怎么做不利于拿到录用通知，我对此完全一窍不通。

另一方面，不能全盘否定的是，这样的懵懂也挽救了我。从小就没有突出的地方；学习也好，运动也好，都马马虎虎还算过得去；总感觉是个随和、机灵的好人——周围人这样评价在成绩表上没有任何一项亮点的我。我开始第一次把他人的评价当作参

---

[①] 辉夜姬：又名赫夜姬，日本传统民间故事《竹取物语》里的人物，从月宫来到人间，后回到月宫。——译者注

# 六个说谎的大学生

考，思考自己的优势究竟在哪儿。找工作虽然艰辛，但我可能也并非不擅长。在院系同学、打工的便利店同事、散步社团的成员口中，我好像能把事情完成得比其他人更好。然而除了"好像能把事情做好"，再也没有超出这个层面的其他反馈了。就好比如果用透明的枪持续射击看不见的敌人，我可以拿到出乎意料的不错的成绩，然而即便因此产生喜悦，当中也不存在具体的依据和定准。比起看不到来由的胜利带来的喜悦，无情地抵在面前的败北之痛反而会一直深深地留存在我的心间。

任何人都不可能百战百胜，这是求职的现实。即便闯进了斯彼拉链接的最终一轮考核，却也同时收到了众多企业的落选通知。嶌想必也和我一样。

当我们六个人在这间会议室里展开讨论的时候，毫无来由的自信会像细胞膜一样轻柔地抚慰内心，然而一旦收到落选通知——所谓的"祝福信"，我们就会陷入被全盘否定的失落中。

毫无来由的自信，毫无来由的安心，毫无来由的焦虑。

在漂浮无依的状态中，我正面临着恐将影响往后数十年人生的一大挑战，根本不可能保持冷静。

"太多事让你不安了吧。"

嶌没有回话，趴在桌上频频点头，要是能轻柔地抱住她的肩头就好了。这不是在面对柔弱的女孩时产生的瞬间冲动，意识到这一点的时候，我才发觉自己已经不可避免地被她吸引。

我把嶌看作与其他小组成员一样出色的人才。被她的努力打动，放任自己对她可能抱有的苦恼感同身受。对嶌的一切，我都抱着毫无疑义的尊重，然而除了尊重，我还对她怀有超出其他四个人的感情。

我向流泪的蔦打了声招呼，走向外面的自动售货机。买什么呢，我只犹豫了一瞬，在看到茉莉花茶时便有了答案。蔦一直喝茉莉花茶，肯定会喜欢的。我顺带着又买了罐热咖啡，是给自己的。打开会议室的门，蔦顶着红肿的眼，对我撑起一个笑。

"刚刚真是不好意思。你可千万要保密……"

我说了声"好"，把茉莉花茶递给她。

作为替你保密的回报，下次我们俩单独出去玩吧——如果蔦是社团的朋友，这种调情一般的话我大概早脱口而出了。不知是幸抑或不幸，就在正式开启求职之旅的去年十月前后，我结束了与女朋友一年零三个月的恋爱（不，是被结束了）。搭讪蔦不算出轨。但我没这么做，想必是因为在我眼里，她已经成为与我并肩作战的职场伙伴。

这或许就是一个人成熟的体现。怀着自己都不知道是对还是错的预感，我把嘴凑到微甜口味的咖啡罐边。

第一次觉得咖啡甜过了头。

"再次感谢大家辛勤备战斯彼拉的最终考核，大家辛苦了。本来说只是一起吃个便饭，其实是骗你们的，今天我们不醉不归，不喝的家伙要重罚，都放开了喝吧！干杯干杯！"

除了因为参加面试姗姗来迟的九贺，其他人全都穿着便服。

脱下面试套装，求职者也只是普通的大学生而已。一群大学生聚在酒馆，势必会有一场喧闹的酒局。袴田说完开场词，短短几秒就灌进去一大杯啤酒，很有大块头的架势。矢代有如风卷

## 六个说谎的大学生

残云一般，一口气喝干了整杯白葡萄酒。森久保似乎一喝醉就变得十分谦卑，喋喋不休地嘟囔着忏悔的言辞，也不知道是说给谁听的。酒至微醺的我看着这个样子的森久保，忍不住发笑。袴田也笑了。没多久，森久保也笑了，大概连他自己都觉得自己好笑吧。

"老是讨论这个讨论那个，气都喘不过来了，什么时候找机会聚一聚，放松一下吧！"——九贺一这么提议，矢代就举手赞成，说有个地方还不错，"他家的比萨和精酿啤酒都很好，要不要去那儿？他家不是榻榻米式的座位，摆放布置的都是桌椅，最重要的是菜肴真的很好吃"。然而现在，摆在桌上的比萨等菜肴并没像矢代所说的那样，受到大家的热情追捧。这当然不是因为比萨不好吃，而是所有人都一个劲儿喝酒，根本顾不上吃。

很快，一个大大的红酒醒酒瓶摆在嶌的面前。嶌说过自己不会喝酒，平时滴酒不沾。此起彼伏的掌声响起，仿佛迎来了生日会上推出蛋糕的一幕。热闹欢腾的掌声中，森久保一脸认真地说："你不喝酒吧？那不能乱来……是我的错，不要因为我勉强自己。"话音刚落，全场被更大的笑声包围。闲提一句，我喝醉了就爱笑。酒一进肚，平时根本不觉得好笑的事也能逗得我哈哈大笑。

"衣织，今天就放开了喝吧。"矢代点点头，隐隐有种自信满满的感觉，继续劝道，"只喝茉莉花茶怎么有体力撑过小组讨论呢？今天我让你喝，出什么事我负责！从现在起，这只醒酒瓶就是你一个人的了，你要把它喝完！"

酒从醒酒瓶倒入玻璃杯，嶌勉强喝完第一杯酒，弱弱地比了个 V 字手势。

袴田似乎燃起了胜负欲,他也狼吞虎咽般喝干啤酒,豪迈地擦去嘴角的酒沫。

"袴田……你不是说明天有面试吗?这么喝能行吗?"

森久保流露出担忧,袴田用力搂住森久保的肩膀——

"别担心!反正我们都要进斯彼拉,其他的面试无所谓!这么开心的日子谁不喝酒?不喝酒的家伙要判死刑、死刑。"

"给,帅哥。"矢代欢快地应和着,递来湿毛巾。

袴田拿湿毛巾擦干净嘴边残留的酒沫,估计是来了兴致,纵声高歌起来,唱的是几个月前刚因为吸毒被逮捕的歌手相乐春树的歌,喝醉的我下意识捧腹大笑。

"怎么偏偏要唱这首?别唱了,快别唱了。"森久保虽然在笑,无疑也是在认真叮嘱。相乐春树如今俨然过街老鼠的代名词。他曾因疏忽驾驶造成过交通事故——自打几年前新闻报道了这件事,相乐春树的公众形象就已经岌岌可危了,前些日子的吸毒报道最终给了他致命一击。尽管相乐春树绝对属于实力派情歌歌手,但和偶像派一样包装美好人设的营销手法加剧了事件的严重性,随着形象的轰然崩塌,公众也对他失望至极。

虽然没有实际验证过,但我想,要是在谷歌上搜索"相乐春树",随便点进一个链接,看到的肯定全是关于他的负面评价。

袴田唱到副歌部分时,嚯一下来了劲,把第二杯酒喝得一干二净,豪爽的做派让我们拍手大赞。掌声还没散尽,又是一杯下肚。正当我们起哄让她再来一杯时,穿着西服的九贺跟随服务员的指引来到座位前。

# 六个说谎的大学生

我们毫无顾忌,大声喧闹的场面大概超出了九贺的想象,他看起来好像被我们吓了一跳,夹克都忘了脱,整个人呆愣了一阵。没多久,他浮起笑意,开始与我们渐渐合拍。九贺看着放在嶌面前的醒酒瓶。

"……嶌,你不是喝不了酒吗?没问题吧?"

第四杯酒咽得并不顺利,嶌稍微呛住了。矢代替嶌点点头:"今天这个日子,即便是衣织也必须得喝,没问题。九贺,你也放开了喝。"

"不要太勉强啊。"九贺不放心地叮嘱道,随即坐下来,从矢代手里接过菜单。他没仔细看,说了句先来杯可乐,袴田听了略有些激动,九贺面带歉意地一笑,求袴田放过自己。

"回家后还要做学校的课题,今天就放过我吧……对了,森久保,谢谢你的书。"

"书?"酩酊大醉的森久保眼神涣散,"什么书?"

"麦肯锡的那本啊。你说好多人都想找你借那本书……我快看完了,二十号应该能还你,你有空吗?"

"哦……"森久保扶正眼镜,拿出记事本,"那本书啊……我三点在神奈川有面试,我看看……五点过后可以。"

"好,那到时候找地方会合。"

我提议说:"反正你们两个要会合,不如就把小组下次碰头的时间调整到二十号。我二十号当天一直有空,如果大家的日程能对上,那就很方便了。"然而袴田看了看自己的记事本,嘟囔说他二十号不行,其他人也各有各的安排,调整日程的事于是搁置下来。

## 入职考核

九贺的可乐到了。大家纷纷合上记事本，准备一起干杯，唯独袴田依然感慨万分地看着记事本，吸了下鼻子。我起先以为是看到袴田喝得脸颊通红，才会产生这个错觉，然而他似乎真的管不住泪腺了。

"啊……写得满满当当。"袴田合上记事本，在封面上轻敲两下，欣慰地说，"我们组成了一个相当不错的团队啊。"

他的语气一下子正经起来，莫名有点儿好笑。尽管我喝醉后只知道傻乐，但也不是一点眼力见儿都没有的家伙，这回我没打趣他。大家都噙着羞涩的笑点点头，各自回首一路走来的这段日子。

"录用通知会拿到的，大家都会有的。"

这句话从最不可能这么说的森久保嘴里吐露出来，奇异地令人感动，先前一直煽动着欢乐情绪的醉意骤然刺热眼角。距离正式考核明明还有一个多星期，不知怎么，我们却已经有了尘埃落定的感觉，我也打开了话匣子。

嶌很勤奋，袴田总是那么积极向上，矢代的眼界最开阔，森久保实在优秀，九贺的领导能力很少见，大家一定要一起入职啊，不，是一定能——我的讲述稍微有些激昂，自己都有点儿不好意思，然而没有一个人发笑，所有人都深深点头。

袴田等我说完，开口说："让我们再次干杯，祈祷全员入职斯彼拉吧！"

九贺打开可乐，我们再次回归先前欢乐的酒局氛围。醉意加剧的袴田像我先前一样，极力称赞起每一个人，翻来覆去，好像怎么都说不够似的。被称赞的我们也抛开谦逊，一起大夸袴田。

## 六个说谎的大学生

大概是为了掩饰自己的不好意思，受到夸赞的袴田一个劲儿向身边的人劝酒。

就在嶌硬生生往喉咙里灌进不知多少杯红色的酒液时，一片掌声中，九贺拍拍我肩膀：

"……波多野，能聊几句吗？"

大概是有什么重要的事要和我说吧，九贺一脸意有所指地比着卫生间的方向，我随之站起身，袴田看到了，指着我们俩：

"看这俩人——"等所有人的视线集中到我和九贺身上后，他接着说，"这么自然地约着一起去厕所，这才是人与人之间真正的羁绊哪。"

其实并不是多么好笑，但我确实已经喝醉了，还是被他逗得哈哈大笑。

吹着夜风，走了几分钟，醉意清醒些许。

嶌、矢代与我乘坐同一条线路回家。我们过了检票口，抬头盯着电子屏，看下一趟电车的到站时间。距离末班车还有好几趟，地铁站里比较空旷，我一路看着嶌的背影消失在洗手间门口，矢代大概是喝多了，直接开口问我：

"你喜欢衣织吧？"

还是与九贺在卫生间闲聊和先前似醒非醒的时候好，我麻痹的大脑使劲消化着矢代的话，终于理解了她的意思。因为是花了些时间慢慢反应过来的，所以才没有乱了阵脚。

"那么明显吗？"

"你提到衣织的次数实在太多了，还总是用余光追着她跑。不过

## 入职考核

衣织自己有没有意识到，我就不清楚了。其他人都感觉到了。"

"原来如此。"

"这不是挺好的嘛。还没进公司，先开始办公室恋爱。你们两个看起来也很合拍。"

今天喝得最多的显然是袴田，仅次于袴田的无疑就是矢代。袴田从头喝到尾，矢代哪怕十分钟后有面试，依然能毫无顾虑地豪饮，脸色变也不变。酒至正酣之际，她还能注意到每个人是不是够喝，赶在前边为大家点单。矢代倒酒的架势也很熟练，像是久经沙场的老手。我还真想像她那样掌控酒局，正想着的时候，嵩回来了。

电车里并不拥挤，不过空着的座位都是老幼病残孕专座，我只得抓住吊环。这时，矢代坐到了连着的三个空座的正中间。

"你们也坐啊，反正都空着，没事没事。"

她无所顾忌的举动令我稍感无措，我与嵩面露苦笑，像在征询彼此的意见一样。大概是怕座位被别的人占了，矢代以一个一气呵成的动作交叠起修长的双腿，而后立刻把自己的包放在空座上。那是个浅褐色的真皮包。即便我不懂奢侈品牌，也不懂包，至少也知道 HERMES 读作爱马仕。这或许是我第一次见到实物。

"波多野，你那个很重吧，就算你人不坐，放个包也行啊。"

矢代说的是我拿在手里的大公文包。包确实重得非比寻常，里面装满了我们迄今为止用到的所有资料。

第一次碰面的时候，大家就提出了今后收集的资料放在哪里保管的问题，我主动接下了保管资料的任务。为了求职，我租了一间小仓库，不如就由我带回去保管吧——话音刚落，大家就起

# 六个说谎的大学生

哄,说我真有钱啦,真厉害啦。不是谦虚,也不是别的什么,我还真不是什么有钱人。大家估计把我说的仓库想象成了车库、马棚那么大的地方,其实仅仅是比投币式储物柜略好而已,月租金两千日元整。我住在自己家,租这个仓库,单纯是因为房间太小,想有个方便放东西的地方。说白了,不是因为有钱,而是因为没有地方可用,这才不得不租。

真正的有钱人不是我。大概是另外一个人——老幼病残孕专座上的爱马仕包随着电车的震动微微摇晃。

公文包确实重,然而即便如此,我也不太想把它放到座位上去。我逞强说,包没那么重,我拿得了。就在这时,我们三个的手机同时振动起来。同时收到提醒,大概意味着小组里的哪个人群发了一条消息吧。然而事实证明我想错了。

发件人是斯彼拉链接股份有限公司,邮件内容简单到滑稽,让我们三人一时失声。

【关于4月27日最终考核的内容变动通知】

我是斯彼拉链接股份有限公司的招聘负责人鸿上。

衷心感谢各位前段时间光临我司。原定于4月27日(周三)的小组讨论(最终考核)将变更考核方法,特此来信通知。

受上月11日发生的东日本大地震(东北地区太平洋洋面地震)影响,综合考虑我司运营情况,我们遗憾地决定,今年的录用名额限定为"一人"。因此,当天的小组讨论将请各位探讨"六人中谁最应该拿到录用通知",我司将经小组讨论推选出的候选者发放正式录用通知。

事出突然,非常抱歉。

感谢各位的理解与配合。

心里的千言万语不知从何说起。希望六位合作进行团队讨论——负责人对我们说这话的时候,地震早已过去了两周。既然如此,至少也该在那个时候说明考核方式有可能会变啊。都决定只录用一人了,还有必要让我们自己讨论谁最适合斯彼拉吗?小组讨论作废,再来一轮普通的面试不就行了吗?这么荒谬的考核方式,我真是闻所未闻,太欺骗人了。

我完全无法理解这种做法,然而即便如此,片刻过后,驳斥回去的想法最终还是消失殆尽——我们这帮求职大学生根本不理解社会的本质,可我们面对的却是日本最先锋,也最善于谋算的公司斯彼拉。我们眼里觉得不正常的种种现象,放到成人世界或是日本最顶级的IT企业里,可能全都是正常而普遍通行的常识。

等我从手机屏幕上抬起头时,矢代已经不在座位上了。她肩上背着爱马仕包,手抓着吊环,从她的表情来看,似乎自先前起便一直都是这个姿势。我和嵩面面相觑了一会儿,意识到对面的人已经不是同伴、朋友,只是敌人,然而即便如此,我们内心还是没能完全接受这一事实,双双面露苦笑。

"这下完了。"我说。

"这下完了。"嵩点点头。

"我到了,再见。"矢代十分冷淡地下了车。我和嵩只能茫然

## 六个说谎的大学生

地目送她的背影远去。

那之后,"茫然"的状态持续了四天左右。沮丧、恼怒都不足以形容我的感受,总而言之,我是第一次体验到这样的情绪。就像被强行拔了插头一样,一切都结束得猝不及防,残留下来的只有一股无处可去、不知怎么形容才好的热情。过去那段日子里,我们积累起的一切,究竟算什么呢?

在旁观者看来,我大概已经自暴自弃了吧。母亲和妹妹都在不同阶段问过我工作找得如何。小事一桩啦、还有的找——尽管嘴上这么回答,但那种胸口仿佛被戳了一个大洞的缺失感却是真实存在的。

4月21日,星期四。尽管我的茫然来得出乎意料,该结束的终归要结束。

那家公司是不起眼,但是有一定实力,还是不错的——这是父亲对一家中坚型化学纤维业方面的公司所作的评价。值得庆幸的是,我差不多拿到了这家公司的录用机会。人事部通知我去现场签录用承诺函,于是我穿上久违的面试套装,搭上了去往这家公司的电车。

我在上石神井站下车,踏入了这家公司并不崭新,但养护得宜,干干净净的三层小楼。一个年纪五十上下,看起来很和善的人事专员笑着给我带路。我进了一间像是初中多功能教室一样的会议室,面前放着录用承诺函。

"除了我们公司以外,你应该也参加了其他公司的面试。不过我们有非常强烈的意愿,希望你能加入我们公司,所以想让你签一份录用承诺函,承诺退出其他公司的面试。"

## 入职考核

　　签了录用承诺函后是否还能放弃录用——这是求职大学生间时常讨论的话题之一。先说结论，大多数人都认为从法律角度上讲，放弃录用没有任何问题。我自己也一样，想先签个字再说。父亲也是上班族，既然他觉得这家公司还不错，拿来当保底肯定也够了。

　　然而握住钢笔的瞬间，我眼前浮现出自己进入这家公司，每天到这里上班的模样，与此同时，种种思绪在大脑里炸开，来来回回。

　　我真正想去的公司在哪里？它当然不在这里。我不是想去斯彼拉吗？斯彼拉链接的考核现在进行到哪里了呢——我还没有落选。如果我们六个不能同时入职，那就没有意义了——我是从何时开始产生了如此天真的执念？一切不是都还没结束吗？如果我想去的是其他公司，哪怕有一点点给这家公司带来麻烦的可能性，那么不管我的行为在法律上如何正当，我都应该先做一个有道义的人。

　　回过神来，我把钢笔放回到桌上。

　　"我放弃录用。"

　　我再度回归求职者身份，第二天，又有一家公司通知我不予录用。

　　斯彼拉举行最终考核的前一天，袴田群发了一条短信。

　　"好久不见（其实也没多久）。反正都要去斯彼拉，不如大家在涩谷站集合，一起过去吧？"

　　我没有理由拒绝。

## 六个说谎的大学生

走出玉川检票口,已经有四个人等在那里。据说森久保还有其他公司的面试,先坐车走了。看来我是出现在集合地点的最后一个人。

"没想到会变成这样。"我说了句无用的话。

袴田也笑了。"真是的,总之,认真完成小组讨论吧,我可完全没打算让出录用机会。"

"堂堂正正来一场吧,"九贺也突然点头,面容依然端正,"公平竞争,无论谁胜出都不要记恨,我也不打算让出机会。"

我认真点头,微微一笑。

"我早就想说了,九贺,你很喜欢用'公平'这个词啊。"

"……是吗?我说得很频繁吗?"

嶌和袴田说"是很频繁",说完两人都笑了。

"不过我真的觉得这个词很好。虽然没想到事情会变成如今这样,但我们还是来一场公平竞争吧。"

大家听到我的话,再次点点头。矢代不知为何,站在离我们稍远一些的位置。她面色恶劣地摆弄着手机,心情似乎很差。我还是第一次见到她这副表情,想来也是无可奈何。不合常规的事一件接一件,她大概还没有调整好心态吧。

我们五个坐上电梯,在前台拿了出入证。人事部的鸿上先生现身,态度诚恳地为更改考核内容致歉,而后直直地盯着我们的眼睛,说了句"今天就有劳各位了"。鸿上先生的身姿和办公室精简干练的氛围,让我再一次认定自己确实非常渴望进入斯彼拉。

"我会竭尽全力,希望今后依然有机会和您见面。"说这话的是嵩。我心想不能认输，也准备对鸿上先生说些什么。我先低头理了理头发，然而很快意识到无论现在对鸿上先生说什么，都不会影响考核结果。思忖片刻后，我发自真心地说了一句简洁至极的话。

"我不会认输。但——无论最后选出来的是谁，肯定都是对的选择。"

## ■ 第一位受访者：斯彼拉链接（股份有限公司）原人事部部长——鸿上达章（56岁）

**2019年5月12日（周日）14：06**
**中野站附近的咖啡店**

举行最终考核的那天，你在入口处说的那句话，我到现在还记忆犹新。你问为什么，为什么啊……为什么呢？可能是因为你出色的发言让我很感动吧，也可能是因为我预感到接下来应该会发生不好的事情——这大概是马后炮了。我完全想象不到会有求职的学生做那种事，真的让我大吃一惊。

有多少年了呢，那场招聘……是在八年前吧？没想到都过去那么久了。2015年的时候，我从斯彼拉辞职，创办了如今的这家公司。这么算起来，确实是在八年前，发生地震的那年。真的是弹指一挥间啊。

——幸运的是，公司发展得很顺利。我们从事的是以招聘活动为核心的咨询业务，所有企业都面临着难以找到合适人才的问题。创业初期的那段时间，我们的客户主要是中小企业，如今，一些上市企业也渐渐向我们抛来橄榄枝……可以说，我们发展得

## 六个说谎的大学生

过于顺利了。在斯彼拉的经历为如今的我打下了基础。

不过要说顺利,真正顺利的应该是你吧?听说你在支付事业部混得风生水起……对,对,风声也传到我这里了,哈哈。我虽然离开了斯彼拉,但是并没有和以前的同事断了联系。传闻这种东西本来就会到处流散。好事也会传千里。你如今是斯彼拉名副其实的王牌。我也觉得骄傲。那当然了。

对于自己招进来的员工,我多少会怀有一种看待自家"孩子"的感情。如果他表现得不好,我会因此沮丧;如果他工作做得好,我也会像是自己做得好一样感到骄傲。不管怎么说,都是我自己选进来的嘛。

所以,那年入职的是你,真是太好了。

我长年从事招聘事务,也算见多了可以称之为"意外"的情况。像是没收到通知的学生在面试当天赶来,纠缠不休地请求霸面啦,确定落选的学生闹事,宣称面试不公,甚至惊动了警察啦——可当年的那种"意外",我还是第一次见呢。事到如今,告诉你也没关系,其实当时在隔壁会议室监控现场情况的我们也相当恐慌。还有人事部同事说应该冲进去叫停你们的小组讨论。不过最后,我们还是遵守了与你们的约定,一直密切关注着小组讨论,直到讨论结束。

说句无赖话,我确信你们闹不出什么动静。那件事绝对不会宣扬出去,因为我们也好,你们也好,所有人都袒露了自己不为人知的阴暗的一面。谁都不会把那桩"意外"抖搂出去的。确实,小组讨论结束后的几个星期里,我是微微担心过会有人在就业公告栏上曝光那件事,然而内心深处,我其实安然无忧。因为一旦曝光，所有人都只会遭受负面影响。所有人都是受害者，最终就意味着所有人都是共犯，所以我很放心。

……嗯，如你所说，那件事确实"痛切人心"。当然，你们表露了想要加入斯彼拉的强烈渴望，这对我们来说是一件值得感激的事情。然而我万万没想到竟然会有人采用那种办法。拜此所赐，斯彼拉高层大发雷霆，明令禁止我们再用同样的考核方式。真怀念啊。那可是楠见董事啊——如今回想起来都是笑谈了。楠见先生现在还在斯彼拉吗？是嘛，是这样啊。

——视频？哦，你们小组讨论的视频啊，应该是人事部在保管吧。视频对外保密，不过你想看的话，应该也能看。你去和人事部说一下，他们会拿给你看的。视频时长不到三个小时，三台摄像机拍摄的影像还完整保留着。不过，中途画面切换，只剩两台摄像机在拍摄。

话说回来，你为什么现在还关注着那件事呢？已经过去八年了，那都是"年代久远"的往事了。

啊，去世了？你是说那时的"幕后黑手"？该说什么好呢？他和你一个年级，算起来只有三十岁左右吧？死因是？哦，得的什么病？哎呀，怎么会这样呢？

这么说有点儿可悲，但小组讨论最终找出了"幕后黑手"，真是不幸中的万幸。要是没把那人揪出来，局面就真的不可收拾了。让那种人进入最终考核，真是我们的失职。当时看着倒是个优秀的人才。

……嗯？又是个有意思的问题。其实很简单啊，简单到好笑。在此之前，我能再点个甜点吗？我对鲜奶油真是毫无抵抗

## 六个说谎的大学生

力……很意外吗？人本来就是出其不意的生物。

"幕后黑手"的真面目，真是让人意外啊。

## 2

鸿上先生带我们去的不是上次那间有玻璃隔墙的会议室，而是一间四面都是白墙、稍小一些的会议室，里面完全没有窗户，隔音很好，和透明的会议室相比，用途恐怕大不相同。会议室里摆着一张很大的白色圆桌，六把白色的椅子围放在桌边。神色紧张的森久保已经在离门口最近的位置落了座，简单的寒暄过后，我们各自选了位置就座。选择的座位会不会也是决定某方面成败的重要因素呢——这个想法只在脑海里闪现了一瞬，我很快让自己平静下来，告诉自己不要想太多。

我在椅子上坐下，深吸一口气，环顾四周。

墙上摆了些观叶植物，给病房般空洞的会议室增添了些许色彩。植物丛中藏着四台用三脚架固定好的摄像机，大概是用来录制讨论过程的吧。一块白板上、几支马克笔，除此之外再无其他。

"今天小组讨论的规则和之前邮件通知的一致，我再给大家讲一遍。"鸿上先生寒暄了几句，接着开始解释考核方式，"讨论时长为两个半小时，从我离开会议室起开始计时。包括我在内的人事部员工基本上会在隔壁的房间全程监控这边的现场。除非发生强烈余震或火灾等紧急情况，否则我们完全不会干涉你们的讨论。同时，我们也严禁各位自行离开会场。如果因为身体不适等特殊情况必须离场，请使用那边的内线电话拨打041，会有人事部的员工接听。不过——请大家明确一点，讨论中途离场即失去录用资格。

"两个半小时后，我会再次进来，询问各位最终决定的人选，请所有人一同告诉我那个人的名字。如果两个半小时后，各位的意见依然没有统一——也就是说，如果各位说的不是同一个人，那么所有人都将落选。不过，如果各位意见统一，选出了录用者，我们会给那个人发放录用通知，这是当然的，对于其他落选者，我们也会略表心意，向每人奉上五万日元的交通费，以感谢各位一路走到今天。当然，如果没有选出那个人，交通费也将取消。

"选择方法不作限制。请各位以自己觉得最好的方式进行讨论，决定人选。只要不出这间会议室，各位可以自由使用手机、智能电话与外界联系，如有必要，甚至可以上网查询信息。所有规则都由各位协商后自行决定。不过——有一点要注意，请各位不要靠盲选抽签、猜拳等赌运气的方式来做决定。我们希望与各位经过认真讨论后最终选出来的那个人成为同事。

"我们一共安排了四台摄像机，其中三台用于录制现场实况，现在已经启动。只有安放在稍高位置的那一台是给隔壁的我们提供监控画面的。总之，我们虽然会录制现场实况，但只会把它当作资料存档，或是万一出现非法行为时，用作证据参考。人事部事后盘查录像，认为各位选出来的人并不适合斯彼拉——这样的情况绝不会发生，请各位放心。"

## 六个说谎的大学生

鸿上先生似乎是想抚弄戴在左手无名指上的戒指，手上微微一动。这个动作我似曾相识，大概是他的习惯使然吧。他大幅度地点点头，像是确认了所有事项都已传达完毕。

"那么，五分钟后，在我离开会议室的同时，请各位开始小组讨论。要去卫生间的现在可以去。"

讨论时长两个半小时，确实需要先解决好生理需求。所有人都站起身，一个接一个走向卫生间。走在我前面的矢代却不知为何停在门口，眼睛扫视着地板，似乎在搜寻着什么。

"你丢东西了吗？"

"没有……没事。"

矢代没有看我，径直去了卫生间。她大概是太紧张了吧，和之前比起来简直判若两人。

我并非完全不在意她的改变，只是眼下顾好自己才是最紧要的。如今，矢代也是我的对手之一。我拒绝了手头的所有机会，前来参加今天这场考核，因此绝不能掉以轻心。我当然也紧张，但幸而并没有慌乱不安到连看东西都出现幻影的地步。

等所有人都从卫生间回到会议室，鸿上先生又一次询问我们有没有疑问。确认无人举手后，鸿上先生依旧摩挲着戒指：

"两个半小时后再会，祝各位好运。"

自我们进入起便始终敞开的大门"咚"的一声关上，会议室里比想象中更加寂静。我们六人与外界完全隔绝，有一种被全世界抛弃的感觉。

大家没有立刻着急忙慌地开始讨论，两个半小时的时间似乎足够悠长，最重要的是，我们并非对彼此一无所知，不必如此争分夺秒。况且不难想象的是，一开始就喋喋不休地讲述自己多想拿到录用名额、与公司多么匹配是十分拙劣的招数，最能招致其他人的反感。我们露出无意义的苦笑，仿佛在向彼此确认大门是否已经真的关上了，而后深呼吸几下，像准备周日早餐一样，慢悠悠地开始了小组讨论。

"怎么办呢？"

最先开口的自然是九贺。

"最普遍的做法是最后投票决定，少数服从多数，不知道你们还有没有其他想法。"

"我有个建议，可以吗？"

我说出了自己预先的想法。

"既然安排了这么充足的时间，不如每三十分钟举行一次投票。现在先进行第一轮投票，以此为起始，设置每一轮投票的时间——也就是说，一共要进行六轮投票。最后推举总票数最高的人成为入职候选人，怎么样？"

"为什么要用这种方式？"袴田问。

"就算大家铆足了劲推销自己，六个人也不可能同时陈述。这么一来，最后得利的肯定是说得最慷慨激昂的那个人。那很可能就会出现这种情况，明明前面的两个小时里，内心已经决定一定要投票给某人，结果在最后的半个小时被另一个人打动，出于一时感动转而投给了另一个人。我觉得应该增加投票次数，让少数服从多数的投票机制更加精确。这可能是最——"

"最'公平'的方式。"袴田略带戏谑地插嘴道。

我笑着点头，九贺受到感染，也笑了。

## 六个说谎的大学生

"确实'公平'。"九贺盖棺定论,询问其他人,"要不就采纳波多野的提议吧,大家觉得呢?"

嶌很快给予了支持,笑着说这个想法非常好。森久保、矢代虽然不是很积极,却也认可我的提议还不错。

我点了下头。

我提议举行多轮投票,并非仅仅因为我觉得这种方式最为公平,其实很大一部分原因是想在小组讨论时尽可能一点点地展示自己。讨论的主导者估计会是九贺,我必须坐稳袴田所说的"参谋"位置,尽可能多地掌控讨论的方向,赚取票数,否则就拿不到录用机会。

九贺在手机上设置好每隔三十分钟左右就响一次的闹铃(由于最后一轮投票不能过于逼近小组讨论的结束时间,因此稍微调整了一下),而后号召大家先进行第一轮投票。

大家各自举手投出除了自己以外,当前最应该拿到录用资格的人选。离白板最近的嶌负责记录结果。

无论是谁,都是对的选择。

我对鸿上先生说的这句话绝非客套或其他,而是我内心的真实想法。投票结果基本也应和了我的判断,呈现适度的分散态势。

■ 第一轮投票结果

·九贺2票  ·袴田2票  ·波多野1票  ·嶌1票  ·森久保0票  ·矢代0票

我在记事本上记下了投票结果。

票数最多的是九贺和袴田，各有两票。投给九贺的是袴田和嶌，袴田很欣赏九贺出众的领导能力。

"九贺确实有集结众人的领袖气质。坦率地说，我不如九贺。我会自然而然地想要听从九贺的话，大概是他的人格魅力使然吧。真的很厉害。"嶌的评价基本也和袴田的意见大差不离。

投给袴田的是森久保和矢代。森久保似乎很紧张，频频拿手帕擦拭额头的汗，边擦边说："我们六人无疑都是优秀的人才。但说实在的，如果缺了九贺，波多野肯定能补他的位，矢代所起的作用，我也可以承担。嶌和波多野的角色，也一定能有人接替补上。可唯独袴田无可代替。在所有人都不知不觉地强调自己的意见时，他总是冷静地从全局出发，维持团队的平衡。我大力推举袴田。"

"说得我都不好意思了。"袴田挠挠头，会议室被善意的笑声包围。

从涩谷站起就一直保持着严肃神情的矢代，在谈到为什么投票给袴田时，语气都比先前平稳了几分："我觉得，最值得信赖的人显然是袴田。"

让我高兴的是，给我投票的是九贺。"我的想法可能接近森久保刚刚说的。不过对我来说，波多野是团队中不可或缺的协调者。每个人都有优势和劣势，波多野的综合实力最强，缺点也最少。"

这句话听得我心花怒放，简直想录下来好好珍藏，但我面上只淡淡一笑，回了句"谢谢"。这么重要的场合，冷静再冷静。我如此告诫自己，不断思考着被选为录用者的最佳方法。

我把票投给了嶌，夸赞她勤奋、业务能力强。嶌看起来很高

## 六个说谎的大学生

兴,但也没有得意忘形,只点头说了句"谢谢"。

我必须得到其他人的推举,可明晃晃地宣扬自己如何如何优秀并不能赢得好评,与此同时,还要留心不可贬低他人。这场小组讨论实在太难,我穿在西服下的衬衫已经被汗水浸湿。

每个人都举棋不定,就在这时——

"……哎,那是谁落下的东西吗?"

"啊,我也在想呢,是谁的?"

袴田回应了嶌的疑问,所有人的视线都被吸引到门那边。

先前森久保坐在我正对面,恰好让我落入了视线盲区。我站起身,才发现门边确实放着个东西,打眼一看就知道是个白色的信封,可以直接装进 A4 纸——是个尺寸相对较大,最适合用来寄送简历、应聘申请表的信封。之所以感觉像落下的,不像丢掉的,是因为信封并非随便倒在地上,而是像梯子一样,静静地靠立在墙边。

"谁的信封?"九贺问了一句,然而所有人都说不是自己的东西。

九贺说,当下正在进行小组讨论,但信封里要是装着斯彼拉的内部资料,我们应该停下来,先去报告这个情况。他说着站起身,静静拾起信封。信封没有封口,拿在手里就敞开了,九贺自然而然地看到了里面的内容。那一瞬间,他讶异地皱起眉头,手缓缓探入信封之中。

我本想说,东西要不是我们六个人的,就不要随便动它了。可我咽回了这句提醒,因为九贺从里面拿出了一个尺寸稍小的信封,上面印着"波多野祥吾专用"几个字。

## 入职考核

我眨眨眼,怀疑自己一时眼花,然而没有看错,确确实实是为我准备的信封。我完全不知道是怎么一回事,僵在原地。九贺接着又从中取出另一个信封,上面写着"袴田亮专用"。

"……所有人都有,先分给大家吧。"

没有人知道这究竟是怎么回事,既然写了每个人的名字,那大概就是供小组讨论使用的吧,也许是斯彼拉链接准备的用具之一。他们是忘了放到桌上,还是忘了告诉我们呢?

写有"波多野祥吾专用"几个字的信封也是白色的,不过尺寸稍小,可以装进折了三折的A4纸。信封里的东西摸起来很薄,即使透过日光灯也看不清是什么。不过从信封上微微凸起的阴影来推测,大概是折起来的纸张吧。

我们疑惑地盯着分到各自手上的信封。

"可能是有助于推动我们讨论的魔法工具呢。"

袴田信口开了个玩笑,此时九贺笑着把手指伸入缝隙,划开封口。九贺的举动可能确实有点儿草率。虽然信封上写了自己的名字,但在不知道里面装了什么的情况下,本就不应该开封。况且当下是特殊场合,大家还不清楚该用什么方式继续讨论下去。但我们无意责怪九贺擅自打开来路不明的信封,足以印证这一点的是,袴田也紧随其后,已经把手指放到了封口处。九贺但凡再晚点发声,我肯定也已经打开了自己的信封。

"嗯?"

九贺扫视完从信封中拿出的纸张,当即僵滞不动,脸色肉眼可见地泛起苍白。连着好几个人问怎么回事,终于,九贺眼神微动,带着疑惑,轻轻把纸张放到桌上,他的手在颤抖。

## 六个说谎的大学生

那是一张已经摊开的 A4 打印纸。

纸上印了两张图片，图片下方是一串用 word 文档制作的、没有任何排版设计的、简单粗暴的宋体字。

我哑然失语。

会议室里的空气彻底凝滞不动了，宛如被强行扯离了地球。

印在上方的照片是某高中棒球部成员的合照。照片里约莫有三十名男生，在学校操场上排成三排。排在前面的大概是有名有号的主力队员，全都穿着正式的球服。大概是心理作用使然，每个人看起来都魁梧得很。后面的成员则穿着普通的白色练习服，上面用马克笔写着各自的名字。男生们晒得黝黑，球服上的校名没怎么听过。这就是不知名学校的不知名棒球部的成员为作纪念拍的一张集体合照吧。合照中唯有两人用红笔圈了出来。其一是队伍最后一个身形瘦小的男生，他露出孱弱的笑，胸口写着"佐藤"二字，应该是他的姓氏，除此之外再看不出其他什么了。

另一个圈出来的人却很是眼熟。那个站在最前面正中间，昂首挺胸，身形尤为魁梧的男生不是别人——正是袴田。既然是高中时期，照片算起来至少也是三年多前拍的，但与现在的模样如出一辙。如果仅有这些，那我们看到的不过是一张记录下袴田高中时期某个片段的普通照片而已。

然而下方还印了一张剪报图片，冲击力过大的标题让我的心脏冒出冷汗。

**【县立高中棒球部成员自杀　起因或为校园霸凌】**

图片是放大打印的，从我的视角也能毫不费力地看到详细内容。

【上月24号，宫城县立绿町高中棒球部男高中生佐藤勇也（十六岁）被发现于石卷市的家中上吊身亡。因房间内留有遗书，警方判定死者为自杀，并据此展开进一步搜查。遗书所写内容暗指死者生前曾在棒球部内遭到霸凌，学校、县教育委员会正迅速调查实情。】

新闻下面还加上了别的信息——应该是准备信封的人留下的。

袴田亮是杀人犯，高中时霸凌"佐藤勇也"，逼得同学自杀。

（※另，九贺苍太的照片放在森久保公彦的信封里）

是继续死盯着告发信息，还是窥探被告发的袴田是什么神情？两种选择同等可怕，哪个都好不到哪里去。尽管如此，我还是心惊胆战、小心谨慎地抬起头。袴田要是和从前一样露出温和的笑容，说些"什么嘛，弄得还不错""搞得像真的一样"之类的玩笑话，我们之间或许已经恢复了先前的气氛。然而他明显慌了神，像被一股抑制不住的感情生生从椅子上拽了起来，脸色涨红，下巴上滴下一滴汗，肩膀剧烈起伏，本就壮硕的身形好像膨胀到了原来的两倍大。这不是我的错觉，袴田现在非同一般地心慌意乱。

## 六个说谎的大学生

"……怎么回事？"

我们无可回应。我们也想问袴田同样的问题。怎么回事？袴田眼色闪动，细细地挨个观察我们每个人的表情，手掌粗暴地拭去脸上渗出的汗水。

"谁……谁干的，我在问你们呢？"

"是真的吗？"

问话的是矢代，话一出口，恍如紧紧拉住了横冲直撞的疯牛身上的缰绳。

"……什么？"

"这上面说的是真的吗？"

矢代并非完全不畏惧情绪失控的袴田。旁观者都能清楚看出她以保护自己的姿态用力环抱着双臂，整个人明显紧张又害怕。然而她的眼神里蕴含着力量，透出绝不退缩的坚定。

袴田凶神恶煞地盯着矢代，身体微曲，仿佛一头面对猎物的狮子。他的右手紧握成拳，坚硬如岩石。

"信封……是你准备的吗？"

"我什么时候说过这话……我是在问你，上面说的是不是真的。"

"现在谈这个，没什么意义吧。"

"怎么没意义？如果那是事实，说真的，光是和你待在一个地方，我都厌恶至极。说人渣都算客气的了。必须先把这件事搞清楚。"

"……当然是谣言啊。"袴田语带威胁，"关我什么事？"

"不关你事？你撒谎吧？照片上有你。"

"不对，这件事……肯定和你有关。"

"这个叫佐藤的人真的自杀了吗？"

"是！佐藤这个废物。"

袴田慌不择言地说道。说出口的同时，他大概也知道自己失言了，可这句话已经清晰地、鲜明到可悲地烙入我们耳中。袴田承受着我们怀疑的目光，慌乱地搜寻找补的话。

"……你刚刚说什么？"

然而，矢代已经抢先开口。

"你把自杀的人称作'废物'？"

她继续对开不了口的袴田乘胜追击。

"霸凌别人，逼人自杀，最后还放言说别人是废物……简直难以置信。我记得你是棒球部部长吧？你是身为部长带头霸凌别人，还是放任棒球部里的霸凌行为？不管哪种情况，都坏到了极点。"

矢代话音刚落，袴田坚实的拳头就狠狠砸在桌上。我绝不是夸张，这一击下去，冲击力之强足以令人疑心会议室是不是遭到了轰炸。我们下意识地缩起身子，直等到如有实质的气浪平息，这才去窥视袴田的神情。

"不好意思……失态了，对不住。"

大概没人能够坦然接受袴田的道歉。他情绪失控，狠砸桌子的举动，看起来反倒成了难以撼动的依据，证实了告发信息的真实性。这个拳头曾经殴打过"佐藤勇也"——如此光景现在很容易便可想见。

"我非常讨厌破坏团队和睦的家伙，遇到这样的人，我会忍不住立马出手教训"——初次见面时袴田在家庭餐厅说出的话，

# 六个说谎的大学生

复苏于这个残酷的时间点上。

"谣言。"

九贺掷地有声,似是为了重整混乱的局面。

"是谣言对吧,袴田?"

九贺带着诱导的意味询问袴田。袴田紧咬嘴唇,缓慢酝酿话语,一阵长到不自然的静默过后,他开口了。

"……嗯,是谣言。"

九贺像是要让自己信服似的点点头:"确实是我做得不妥,不该随便打开这种来历不明的信封。实在对不起。大家把刚刚看到的忘了吧。袴田自己都说是谣言,那就是谣言。要怪就怪我吧。这个信封——"

"信封——"九贺话还没说完,嵩开口了。她的眼睛因为充血一片猩红,一次次以手掩唇,竭力抑制自己的不安:"斯彼拉没理由准备这样的东西吧?"

大家没怎么朝这个方向想,但嵩说得又确实在理。

斯彼拉诚然是一家极具冒险精神、精于谋算的新秀企业,但也没道理做出如此不人道的事。如果鸿上先生他们事先已经得知了袴田霸凌同学的事,只要把他淘汰就行了,完全没必要特意把他留到最后,还准备这些东西放在会议室里,制造讨论话题。

我的视线落在面前写有"波多野祥吾专用"几个字的信封上。

里面装的是什么,并非全无想象的余地。"九贺苍太专用"的信封里出现了告发袴田的信息,那我的信封里装的应该也是针对其余五人之一的告发信。而在场某个人的信封里,恐怕也装了告发我的文件。

我呼吸困难地抬起头，与所有人目光交汇。大家互相投去怀疑的目光，又齐齐流露出畏惧，此情此景令人见之恐惧，几欲呼喊出声。在场剩余的五个人确实都被源自心底的不安彻底支配了，然而唯有一人的扭曲表情是装出来的。

那个装出受害者神色，给这场会议带来烈性毒药的背叛者——

就在我们中间。

■ **第二位受访者：小组讨论参与人——袴田亮（30 岁）**
2019 年 5 月 18 日（周六）12：08
**神奈川县厚木市内某公园**

哇，你还真的来了。真怀念啊……你比起那个时候没怎么变。嗯？记得啊。只一起面试过一次的人当然都忘光了，可那五个人不一样，不可能忘。虽然最后闹得难看，但怎么说呢，这也是忘不掉的原因之一。啊……都过去这么久了。我胖了吧，没事，你直说就好。我自己看刚进公司时的照片都觉得好笑，完全就像另外一个人。我本来就是易胖体质，一偷点懒，立马发胖，"砰"一下就长起来了。

对了，我们去那边的长椅子上坐吧。这是我的固定位子，刚开始还经常和一个不认识的大叔抢，后来我每回来都坐这里，他就放弃了，我大获全胜，哈哈。现在坐在这里喝罐装咖啡、吃饭团已经成了我的固定习惯，到饭点了，我开吃了，不好意思啦。

我穿的工服，不好意思啊。在仓库上班的，不管是办公室职

# 六个说谎的大学生

员还是财务人员,全都要穿工服。没办法,现在管理层也经常来现场。嗯?对对,周六也要上班——不只这个,我们还有夜班,算是上四休二——就是上四天班,休息两天,所以周六周日、法定假日都和我没关系。刚开始还不适应,习惯了就觉得没什么了,反倒觉得周六周日出门才麻烦,人山人海的,特别是小孩子,吵得闹心。你看,就像那边……是不是?偶尔也有小孩来这个公园,那边是居民区嘛。我是每次看见小孩一个接一个地扎堆来到这里,才会反应过来说,啊,今天是周六啊。不说了,都无所谓。

你今天是坐电车来的吗?坐车?……欸,出租车?你从市中心打车过来的!我的天……真有钱。斯彼拉正式员工的收入就是非同一般啊,哈哈哈,开玩笑啦,不是挖苦。我真的很欣赏你,应该拿到斯彼拉工作机会的人绝对就得是你。其他那些家伙,怎么说呢,反正都有各种问题。

我吗?我大学毕业后就一直待在这家公司做物流工作,不过一开始是做销售,当时在新桥的总公司,过了几年又去了辰巳的办事处,到厚木这里,我数数——是四年前的事。现在在仓库做综合事务,我自己申请调到这个岗位上来的。做销售的时候吃够了苦头,差点儿破罐子破摔,现在安定多了。

回想起来,先前那么折腾也许是毕业季求职造成的……怎么说呢,可能是萌发了连自己都说不清楚的斗志,可能是精神高亢得不正常,说好听点就是"成长过度"了吧,被求职激成了那个样子。明明还不知道自己想成为什么样的大人、什么样的职场人士,就被胡乱催着往前走,我又是搞体育出身,很容易就燃起

## 入职考核

了斗志，于是一个劲儿地找那些标榜工作忙碌、成就感满满的大公司啊、名企啊，不怎么在意行业。当时家里出了点事，乱作一团，我就更加争强好胜了。不过嘛，也因为这个，我才进了大公司，挺好的。但说实话，只要正常上下班，工资过得去，我就很满足了。我当时特别想进斯彼拉，可要真是过上那种每个月加班时间超过一百小时、工作特别有成就感的日子，我大概已经渐渐活成行尸走肉了。以前一心觉得辛苦的人很酷。

进了这家公司以后，那种奇怪的自尊心依然作祟，让我觉得男人就该做销售，真是莫名其妙啊。到近几年，我才想着好好爱老婆，生小孩，过过惬意的日子。啊……我五年前结的婚，普普通通的办公室恋爱。介意我抽根烟吗？饭后一支烟是我的习惯，不好意思啦。

嗯？我那时不抽烟？怎么会？不过是当着大家的面克制着不抽而已。我十六岁就开始抽了。哈哈，这个替我保密哦。当时的我可真是个撒谎精。

其实，我那时还存了挑战的心思，想看看自己的谎能撒到什么地步。当过酒馆的兼职生领队，当过志愿者协会负责人，这两个最大的谎我记得都没有被戳破……哦，没错，都是假的。我确实是在酒馆兼职，但并不是什么领队。本来就不存在领队这号人，哈哈。大二的时候吧，我和五个朋友去岐阜玩了一次，在那里和旅馆的人一起参加了当地的捡垃圾活动。毕业求职的时候突然想起这段经历，告诉自己那就是百分百的志愿者活动，志愿者协会负责人的故事便就此诞生了，够厉害吧？不过大家也都一样，绝对错不了。

# 六个说谎的大学生

哎呀，想起来也真有意思。有次面试，问我志愿者协会有多少人，我当时不是随口说三十七人嘛，然后呢，就把这个数字给记住了，自己接受了"我担任负责人的志愿者协会有三十七名成员"这回事。面试了一次又一次，这个故事也渐渐成形，后来我甚至都不觉得自己是在撒谎，还能脱口答出各种细节，真够厉害的。求职的学生啊，都是撒起谎来面不改色心不跳的天才……啊，对不起，不知道这么说对不对，可能只有我这样吧，哈哈。哦，那个啊——

不是吧，那帮小孩准备打棒球……没劲儿，怎么打成那样。吵死了，惨不忍睹……真是看得火大。

啊，不好意思，是……那件事吧，你是想问——那个信封里说的事吧？

嗯，是的，全是真的。从头到尾，全都是真的。霸凌，然后自杀。说真的，我实在没想到那家伙竟然那么没骨气。……嗯？谁？佐藤啊，佐藤勇也。"我要一天不落地让你尝尝猛速飞球的滋味，你做好准备。不管打出多少瘀青，我都不会手软"——就在说出这句话的第二天，他自杀了。实在是太轻巧、太突然、太没劲了。简直软弱到极点，那个废物。咦……我是不是说了很难听的话？的确说了，哈哈。刚刚的你就当没听到，不好意思。

不消说，棒球部立刻就暂停了活动。现场留了遗书，他自杀的账就完全算到了我们头上——不不，他在遗书里有指名道姓，自杀几乎都成了我的过错。我虽然不是那种有能力问鼎甲子园的强势选手，但最后的比赛被取消，也够让我堵心的了。直到现在，心里还留着点不甘呢，青春没能画上圆满的句号，就因为那个自私的废物——不行，我一开口就忍不住要骂那个家伙。哈哈，可以不谈他了吗？

嗯？啊，对……我也想知道，小组讨论结束后我还自己去调查过。我没想斥责那个告密的家伙，就想知道佐藤的事是怎么走漏风声的，想想就觉得可怕。结果一调查才发现——哎呀，真的让我很害怕。

那个"幕后黑手"好像是利用社交网站——当时的mixi网站，给我朋友的朋友发消息，有一个算一个，能发的全发了，就用寻找好友的"好友功能"。"我的好友"，听起来真有年代感……算了，这不是重点。那人发消息说，说出袴田亮的黑历史，奖励五万日元。于是一些认识我，但算不上朋友的人就把佐藤的事告诉了"幕后黑手"——大概就是这么回事。

你猜那五万日元是怎么给出去的？放到现在，用"PayPal""SpiraPay"转个账就完事了，当时可没有这些。

幕后黑手利用了车站的投币式储物柜。是不是觉得难以置信？透露佐藤那件事的家伙先把东西——棒球部的集体合照、当地报纸上的报道——放到储物柜里，然后离开。"幕后黑手"找到对应的储物柜，把五万日元奖金放进去，离开——完全和地下交易一样。我吓得发抖，这人是有多想进斯彼拉啊！

"幕后黑手"——我真没想到那人能做出这种事。感觉也不是个让人讨厌的家伙，我不讨厌他……什么？死了？是吗……得病死的？啊……真是，最后落得那个下场，还是让人可怜。

不管怎样——小心！喂，该死的小鬼，给我注意点，站好！别跑！浑小子……球要是砸到人了，你准备怎么办？喂，说话

## 六个说谎的大学生

啊,喂!把人弄伤了你怎么办,啊?骨头可是很容易折的!不然我把你弄折了试试?哦?不许哭,给我好好听着。还有那边,你,马上把刚才逃走的两三个家伙带回来。别以为跑了就万事大吉。你要是敢跑,我就给这里没跑掉的所有人一点厉害瞧瞧,你给我想好了。知道了就快去!赶紧去!


# 3

"总之——信封里装的是和我们有关的谣言。"

九贺边用拳头叩打着告发袴田的信,边开口说道。

"既然如此,就没有必要再打开其他信封了。我们都放回原来那个大信封里吧。"

九贺——我们的领导者说出的话掷地有声。所有人都像站在没有围栏保护的悬崖边一样,不安又恐惧,而他指出的路确实清晰,也合时宜。

我们不知道准备这些东西的人究竟是谁。仅仅是想象有人做出了这种事,都会被失望和恐惧支配,仿佛体内的水分都被抽干了一般。然而无论幕后黑手是谁,他的目的都明显得不能再明显。

录用机会。

除此以外不可能还有其他理由。他在信封里放入我们的污点,只要我们打开彼此的信封,就能一下让所有人的形象跌落谷底。眼下只暴露了其中一封,幕后黑手的具体安排和整体计划还未完全显露。但无论如何，可以明确的是，那人把信封带了过来，意图以此获得录用机会，他想引导讨论的节奏。

清楚了那人的目的，眼前唯有一个应对办法，就是废弃所有信封。信封里装着每个人的谣言——如果所有人就此强行达成一致——我们也就没必要去在意信封里的内容了。我们要把彼此所受的伤害降到最低，还要打破幕后黑手的计划。这么看来，九贺的提议确实合情合理，就应该这么做。

"……等等，九贺。"袴田本已逐渐平静下来的呼吸再度乱了套，"'幕后黑手'怎么处理？"

"……你的意思是？"

"哈？不应该把他揪出来吗？"

"……揪出来，然后呢？"

"不把他揪出来，讨论还怎么往前走？如果我们什么都不做，最后可能就错把机会让给了幕后黑手啊！让给那个手段下作的垃圾人——怎么能、怎么能让这种事发生呢？我们绝不该犯这种错吧？"

九贺的眼里闪过迷茫，但只存在了短短一瞬。

"首先应该把幕后黑手找出来，幕后黑手确实——"

"然后霸凌他，逼他自杀吗？"

空气中似乎"砰"的一下响起了宛如气球爆炸的声音，会议室里浓重的阴云压下来。我不由自主地屏住呼吸。矢代的一句话激得袴田再度从桌边探过身。

"……是你干的吧，矢代？"

"又说是我，证据在哪里？"

# 六个说谎的大学生

"……仔细想想，你从早上开始就不对劲……相当可疑。呐，大家觉得呢？我觉得矢代就是准备这些东西的人，不是吗？"

"如果是我，你想怎么样？"

"不否认了？不否认的话——"

"咚"的一声，九贺一拳打在桌子上。矢代和袴田被声音一惊，闭口噤声，而后九贺厉声责备了两人。他拿起手帕擦汗，喝了口瓶中的水，猛地吐出一口气。

"再这么争来争去只会白白浪费时间。信封里装的都是关于大家的谣言，不足取信。不要再打开了，马上处理掉，幕后黑手也别找了，回到原先的议题——这是唯一的办法。这才是对那个人最大的抗击。如果我们基于信封里的内容开展讨论，那才恰恰合了幕后黑手的心意，不是吗？"

沉默持续了十秒左右，所有人都拼命用呆滞的大脑思考着最佳选项。

尽管头脑一片混乱，我还是竭力让自己冷静下来。一番思考后，我点头表示赞成。嵩也小幅度地点了两下头。九贺看到我们两个的反应，认为全员已经达成了一致，便也凝重地点点头。

不知何时起，会议室里的氧气浓度似乎急剧降低，空气凝滞，形成一片异度空间。空调开着，室内本应凉爽宜人，然而每个人都频频拭汗，与层层覆压的紧张和恐惧苦苦缠斗。如果可以的话，我真想出去透个气，可我不能这样做。离场就意味着失去竞争资格。

"那我们就把自己手里的信封放回原来的大信封里吧——"

就在九贺把最开始发现的大信封放到桌子正中央的瞬间，一阵电子音乐响起。声音源自九贺的手机,是提示投票时间的闹铃。我差点儿忘了这回事。每三十分钟投一次票——这恰恰是我提出的建议。

估计大家都没反应过来时间已经过去了三十分钟。才三十分钟,剩下的两个小时,我们还得继续在这个封闭空间里忍受煎熬。

九贺决定暂停回收信件的事,先开始第二轮投票。和之前一样,嶌站到白板前,大家举手推选自己觉得最应该拿到录用资格的人。投票开始没多久,无情的数字让我差点儿惊呼出声,往记事本上誊写投票结果的手也颤抖不止。不过三十分钟,信封的出现使得我们的世界天翻地覆。

■ 第二轮投票结果
· 九贺 3 票  · 波多野 1 票  · 矢代 1 票  · 嶌 1 票  · 袴田 0 票  · 森久保 0 票
■ 当前总票数
· 九贺 5 票  · 波多野 2 票  · 袴田 2 票  · 嶌 2 票  · 矢代 1 票  · 森久保 0 票

袴田一下子失去了支持。

"开什么玩笑……"

他瞪着先前给自己投过票的矢代和森久保。我特别能理解袴田面对他们大感愤慨的心情。两人改变想法的原因太简单,凭的全是来自外界、真假不明的"不公平"的告发信。

然而与此同时,比起袴田——我更加深切地理解转投他人的

## 六个说谎的大学生

矢代和森久保。哪怕当事人说了这是刻意抹黑,哪怕自己决定把它当成刻意抹黑,依然不可能完全不把这回事放在心上。何况眼下亲眼看到了袴田的态度骤变,匿名告发信已经相当可信了。

"……来吧,把信放回去。"九贺又一次递出那个大信封。

袴田恐吓道:"先把幕后黑手找出来……绝不能就这么算了。"

"那你倒是说说,究竟要怎么找?"

似乎是为了给不能立刻想出好点子的袴田最后一击,九贺接着又说:"总之,忘了这回事吧,一切抛之脑后,这是唯一能做的了。我们先把信封放回去。"

会议室气氛胶着。

"快。"

面对九贺的催促,大家并没有立马行动,个中缘由自然不是心有不甘,而是担心无论出于何种原因,眼下要是当即积极响应号召,恐怕会暗中招致袴田的不快。

没人行动,九贺大概是有些烦躁了,再度出声催促了一次,还把信封开口转向坐在右边的森久保。森久保见了,立刻就会把自己手里的信封交给九贺——我本以为如此,没想到他竟然一动不动,实在怪异。

九贺讶然,以为森久保没注意到自己的动静。

"先从森久保开始,放进来吧!"

九贺话音一出,森久保就用细不可闻的声音喃喃道:"让我想一想……"

"……想,想什么?"

"你明明知道。"

"……哈？"

"我要想想，把信封放回去是不是真正正确的选择。"

我疑心自己的耳朵出了问题。森久保根本顾不上我的反应，叹了口气，取下眼镜，用手帕细心擦拭起来。这是他陷入思考时的习惯动作，我已经见过很多次了。他像在忍受疼痛一般用力闭上眼睛，又像想起了什么一般睁开，盯着分给自己的信封。手帕则还在忙着擦拭眼镜。

九贺一直保持着递出信封的姿势，仿佛期待着先前是自己的幻听。察觉到森久保似乎真的有意探讨告发信的作用以后，他一下子难掩失望地把空荡荡的大信封扔回到桌上，涣散的眼神无力地盯住森久保。

"理解理解我……我现在一票都没有，可我真的很想进斯彼拉啊。"

森久保盯着眼镜，像给自己找借口一般喃喃说道。

"现在这个局面……我早就预想到了。我已经尽力打开了心扉，可和你们比起来，我本来就不是擅长社交的性格，你们和我待在一起，不会觉得我是个能给你们带来快乐的朋友。斯彼拉要我们选出最应该拿到录用机会的人，我们必定要经历一场苦战。我早就想到了。"

"所以你就使了这么卑劣的手段？"我忍不住问。

"波多野，你错了。恰恰相反，正因为有了这些信，我们才会明白谁是真正卑劣的人，不是吗？"

我咽回反驳的话。袴田依旧双眼喷火地瞪着森久保，森久保却看都不看他一眼。

## 六个说谎的大学生

"继续这样下去，最后选出来的人肯定是九贺。"森久保断言，"经过两轮投票，九贺已经得到了五票，要是不出什么意外，他应该会以绝对的优势胜出。我不知道告发信是谁准备的，但可以确定的是，我手上的这张牌，或许可以颠覆当前的局面——现在不是说漂亮话，做漂亮事的时候。我的信封里装的似乎是'九贺的照片'——对我来说，对剩下的四个人来说，打开这封信可能会起到积极的作用。既然有这么个机会，就要好好想想怎么用。与其在这里装好人然后落选，我更愿意多多少少蒙受一些污点，拼个未来几十年可以在斯彼拉工作的可能。"

"……应该会适得其反。"

嶌好像下一秒就要哭出来一样。她从桌上拿起告发袴田的那张纸，细瘦的指尖点在纸张下方。

"看这里打星号的地方，'另，九贺苍太的照片放在森久保公彦的信封里'——你有没有想过为什么会写这个？"

森久保擦拭眼镜的动作顿住了。

"打开信封的人是九贺，于是信里便公布了九贺照片的所在之处。害人终害己。幕后黑手这样安排，就导致一旦有人打开信封，伤害的将不仅仅是他人。如果信上说的是真的，那你的信封里装的必定是与九贺有关的照片，很可能就是陷害九贺的'黑料'，是贬损他形象的什么东西。无论是什么，我都坚信是污蔑。但九贺的票数可能会因此减少。而事情到这里远没有结束，告发九贺的照片下恐怕还会写，森久保公彦的照片在某某的信封里。这样一来，你自己也会被逼到绝境，大家对你的评价也会降低，这么做根本一点好处都没有。"

"……说这个话之前,我已经想到了这些。"

森久保终于戴回眼镜,正面直视着嶌,像要把她盯穿一样。

"所以,打开信封不更表明了我的真诚?"

"……你说什么?"

"打开这个信封,意味着我会背负自己的'照片'被公之于众的风险。如你所说,我也会被逼入绝境。可我明知如此,还要打开信封,甚至做好了心理准备,不就是间接的自荐行为吗?这等于向所有人宣告,我身上不存在任何不可告人的阴暗过去。难道不是吗?总之先打开,看看九贺的'照片',如果最终依然觉得九贺是个出色的人,他的支持者可以继续推举他。我所做的是自担风险,为这场讨论增加必要的信息——仅此而已。有什么不对的地方吗?"

言之有理——这个想法只在我脑海里闪现了一瞬,我微微摇头,驱散心中的邪念。我渴求一个可以冷静思考的环境,想想什么才是正当的竞争方式,什么才是为人应有的正确举动。可现在的氛围根本不允许我这样。即便如此,我还是不能认同建立在恶意之上的竞争。

"不对。"

森久保冷冷地看向我。

"信封超出了选拔考虑的范畴,不该用作参考,无论是以何种方式。"

"那波多野,你能把录用机会让给我吗?"

我噎住了,森久保立刻又面向所有人,有如质问一般说道:"如果不开信封,作为交换,可以把机会让给我的话,那就不开。

## 六个说谎的大学生

但我不接受除此以外的其他条件。我要开封。"

最终没人能够阻止森久保。他的手指探入缝隙，剥离开胶水。纸张撕裂的声音传入耳中，我凝视着天花板。事情怎么会变成这样呢？不消说，这是隐匿的幕后黑手一手炮制的局面，至于那人究竟是谁，我毫无头绪。

我们已对彼此有了一定程度的了解。理论上讲，尽管实施起来不算容易，但如果真的用心了，所有人都有可能查到其他人的过往经历。如果幕后黑手所做的只是把调查到的东西封进信封，放到会议室，找出那个人就是极其困难的一件事。

乍看起来，森久保面上依然维持着一如既往的冷静、理性，但他显然已经丧失了理智。他打开信封的动作机械、漠然，瞳孔深处却闪动着狂热的火气。九贺的眼神毫不收敛地释放出自己对森久保的失望，同时也难掩对信中内容的畏惧，呼吸微微失衡。嶌抱着头，视线低垂。袴田一边控制着自己的怒火，一边注视着即将打开的信封。就在这时——我看到了难以置信的一幕。

矢代在笑。

矢代坐在紧邻我的右手边，我比任何人都能更为细致地观察到她的表情。应该是看错了吧？我仔细地盯着她的侧脸，看了有三秒左右——不是我看晃眼了，也不是她在表情变换瞬间流露出的虚幻笑意。矢代确实在笑，笑得细微、尖锐、美丽——仿佛乐见事态恶化，又仿佛因森久保难掩狂热的丑态兴致盎然。

这时，我想起小组讨论快开始前的那件事。当时矢代就在大门附近，形迹可疑，信封又正是在大门附近发现的。我那时还以为她是在找什么东西，难道——我的预测尚未成形，森久保已经从信封中拿出了一张纸。

他看也不看那张纸,一下在桌上摊开。我们六个同时盯住那张纸,又同时陷入沉默。

这次,纸上印了三张照片。

最上面是九贺与一个年纪相仿的女生在海边比着 V 字的合照。两人靠得很近,不难看出女生十有八九是九贺的恋人。她一头棕色短发,T 恤搭短裤,脚下穿着沙滩凉鞋。两人虽然没穿泳装,但也一眼就能看出应该是在海边玩。女生很漂亮,站在九贺旁边显得非常相配。可以说——这是一对任谁看了都要艳羡不已的俊男靓女组合。

另一边,九贺的笑容也比我们向来所见的轻松平易许多。照片上用红笔写着"SOUTA & MIU"①的字样,标注了日期,还画了几个可爱的爱心。

和袴田的棒球部合照一样,至此一切还很正常。

然而到第二张照片,情形随之一变。照片似乎是偷拍的大学讲堂,学生们正在上课。讲堂很大,看着可以容纳五百人。虽然内部摆放着传统的木质长桌和椅子,不过整体设计风格比较现代,感觉应该建成没多久。拍照片的人大概是坐在讲堂中间按的快门,照片里能看到几个面向白板听课的学生。这块也画了两个红圈,一个圈出的是正在听课的九贺,他和五六个男女学生坐在一起;另一个圈出的是一位孤零零的女生,位置离九贺一群人很

---

① SOUTA & MIU:此处为两人的名字。

## 六个说谎的大学生

远,看起来似乎与九贺毫无交集——是海边合照中的那个女生。

第三张照片是某个文件的复印件。我没法细读,应该说,没必要细读。"人工流产知情同意书"的大标题最先闯入视线。"当事人"一栏里填的名字是"原田美羽","配偶或伴侣"一栏里填的名字是"九贺苍太",至此已无需更多说明。

> 九贺苍太不是人。他让恋人原田美羽怀孕、堕胎,之后单方面解除了恋人关系。
>
> (※另,森久保公彦的照片放在菖衣织的信封里)

九贺带给我的冲击远超袴田——为什么呢?大概是因为我真的敬重、崇拜他,像为运动员摇旗呐喊一样,单纯地喜欢着他吧。

尽管心中已有不好的预感,但我还是想要相信他。

我祈求着九贺能从纸上抬起视线,面色平静地告诉我们信上所说的是荒谬的谣言,用确定无疑的论据驳回告发,依然像我们的引领者一样露出从容不迫的笑容,号召大家回到正常的讨论中。然而我所期待的这些,一项都没有实现。

九贺粗暴地拢了把头发,原本在发蜡的强力固定下整齐迷人的发丝被拨得惨不忍睹,成了个可笑的造型,像是刚起床的样子。原来,那副完美切合"大好青年"这一描述的端正面目,实际上是他通过精心克制表现出的临时奇迹。九贺露出吊儿郎当的表情,和之前的他判若两人,他毫无顾忌,粗鲁地咂了下舌,像咒骂表现不如人意的赛马一样,语气不善地说:

"该死。"

入职考核

我一动不动，深深注视着这个坐在九贺位子上的陌生男生。

## ■ 第三位受访者：小组讨论参与人——九贺苍太（29岁）
2019年5月19日（周日）14：35
水天宫前站附近一家酒店的休息室

你当时盯着我看了有一会儿吧。

什么时候？当然是那时了，我的"照片"曝光以后。

我当然发现了啊。轻蔑、失望、怀疑，还有什么呢，你看向我的视线混沌不明，掺杂了很多东西。出乎意料地，我看懂了。

想喝什么就点吧，要是还没吃午饭，这里也卖轻食。我记得有三明治来着。啊，那个是饮品单，应该在那边，对，就是那个，会所三明治，很好吃哦，已经烤好了。

哦，我没在这儿住过，只是想着这么久了，难得见面聊个天，选在这个地方应该还不错。我现在在六本木上班，和总公司离得远，不常去那边，有点在外漂泊的意思。

现在在做IT。啊，不对不对，刚毕业入职的时候做的是手机业务，干了三年左右，分在对公解决方案销售部。每天的工作就是拜访客户，挖掘IT相关的需求，一个不落地推销我们公司的服务，守住地盘。这么听起来好像挺缺德的，哈哈。其实也没做什么坏事啦。收获了客户的很多感谢，能从工作中感受到价值，很开心。

有个朋友自己创业，就是我现在待的这家公司。大学同年级学生里有个家伙脑子很活泛，可以说是非专业人士中的专家吧。

# 六个说谎的大学生

让他做什么都能做到一流水平，是个既会说又会干的家伙。他讲话很有意思，又擅长运动，想法也独具一格，还有领导能力。嗯？我吗？和他完全比不了。不是谦虚，真是这样。四年前，他想做一款有趣的应用，就来拉我入伙，说要干出一番大事业。去年我们的应用下载量突破了三千万。你大概没听过吧？就这个蓝色图标的，啊，你知道？真开心啊，我们做的东西竟然入了大名鼎鼎的斯彼拉的眼。

斯彼拉又壮大了不少啊。虽然社交网站SPIRA没几年就迅速萎缩了，不过随着LINKS的普及，光是凭SpiraPay的市场份额，斯彼拉就已经成了日本顶尖的IT企业。你应该也在其中出了不少力吧，哈哈。不必这么谦虚，你绝对是个优秀人才。

斯彼拉依然是我梦寐以求的向往。现在做得是开心，可我还是想着，至少也要去斯彼拉的办公室里上个班试试。当时我和好朋友都进了面试，不过朋友在第二轮就落选了。为了不留遗憾，我全力相搏，可斯彼拉的门槛确实太高啊。听说总公司不在涩谷了？新宿吗？这样啊，人也更多了吧。时代完全不同喽。

真怀念那段求职时光啊。回想起来仿佛就在眼前，却又似乎已经过去了很久很久。就在那一天，不，就在那两小时三十分钟之间，我们的命运驶上了截然不同的轨道。啊，对不起，我不是针对最终入职的你。只是如今回想起来，又一次认识到大学毕业求职真是人生的一件大事。

啊，三明治在这边。怎么样，挺好吃的吧。啊，可以吗？那我不客气了，我也来一个。不好意思，其实我现在很饿。

仔细想想，求职期真是我最混乱无序的一段时期。为了认清自我，我跑到书店买了教人剖析自己的书。于是发现，哦，原来我是这样的人啊。如今回想起来，真不知道怎么会干出这种事，不过当时还特别认真。

门要敲三次，不是两次；寄简历一定要用白色信封；进公司前一定要脱掉外套；即便只是一场宣讲会，现场也会布置隐藏摄像机，观察你的日常言行。什么说法都有，真的是。我当时还算认真地想过，录用通知出来的方式会不会像必杀技一样炫酷呢。漫画里不是经常看到嘛，选拔、面试的情景。有的是选宇航员，有的是选忍者。哈哈，我看啊。没想到吧？我很喜欢看漫画的。

总之呢，漫画里的考试，试题本身没那么重要，往往会在其他地方设置得分点。我当时还隐隐在想，我的求职肯定也差不多是这样吧。比如大胆告诉面试官，他的衣领没翻好，然后就合格了之类的，谁知道呢。说实在的，指不定真有哪家企业真是这样干的。总之，到现在年近三十了，我还完全没弄懂求职这回事。

我觉得啊，求职学生大概是这世界上最容易受到欺骗的一类人，求职季真的是迷茫混乱的一段时期。啊，那件事，那个骗局，也是好久之前的事了。哈哈，要不不说这个了吧。

总之，正因为如此，"幕后黑手"那么细致地策划那起"告发事件"，背后究竟怀着怎样的心态，我倒不是完全无法理解。要是放在平时，哪怕萌生了这种想法，一般也不会付诸实施，但在那种情况下却轻轻松松地做了。尽管他最后没能得到录用资格，但要是布局再深一些，说不定就能成功入选。我觉得啊，这还真是人在求职季时能干出来的事。

那个时候，我是真的觉得我们成了朋友，所以被出卖的感

# 六个说谎的大学生

觉才那么强烈。不过如今再看,怎么说呢,隐隐会有些同情那个人。他做出不可饶恕的事,也是因为被逼到了不得不如此为之的境地。下次有机会的话,我去给他扫个墓吧。虽然相处的时间很短,某种意义上我们也算得上"同僚"了。如果可能的话,我当然想和他"公平"竞争,我真是这么想的。

唔,哦哦,你想听那件事啊。

全都是真的,我没有任何辩驳的余地。但怎么说呢,事到如今也没必要特意解释吧。这种事到处都有,如今也并不少见,都是无聊、卑鄙、愚蠢至极的年轻人的专属故事。

我当时有个女朋友。那次我们昏了头,随心所欲,没做该做的保护措施,结果就弄出了孩子。我们吓坏了,去了医院,孩子打掉了,重担卸下了。因为心里有了隔阂,我们就分手了,这就是全部。

我听说了"幕后黑手"通过社交网站收集我个人信息的事。就在那次小组讨论前后,好几个人都和我说,有个人在mixi和脸书上打听我的事,要我多加小心。那个人兢兢业业的努力还是得到了回报,成功找到了我那个前女友,原田美羽。真了不起。照片大概是她给的吧,除了她也没别人了。流产知情同意书还有我们的双人合照,除了我只有她才有。她应该很恨我吧。

啊,要不再喝一杯?可以吗?嗯?接下来还有工作?哦,不是去公司上班啊。不过话说回来,在斯彼拉上班也不容易啊。啊,不对,应该说,因为在斯彼拉,所以才不容易啊。真羡慕你,你果然才是斯彼拉需要的人。今后继续努力哦。

难得见次面,我送你过去吧。我开车来的。你是说要去中野那边吧,正好顺路。我接下来也有个酒局。说是为工作吧,也算。广义上说,是和利益相关方联络一下感情。啊,是的是的,确实如此。我只是看着能喝,其实一点酒都沾不了,也不喜欢喝。每次这样一说,别人都不敢相信。说句实话,我到近几年才搞明白,原来起泡酒和啤酒不是一个东西。哈哈,你也不敢相信吧?我一喝酒就头疼,一家人都这样。所以哪怕有酒局,也能安安心心地开车过去。那种你都说了不能喝,还是要硬灌你酒的人,我基本上不招惹。只要说自己是开车来的,就能堵上他们的嘴。不过怎么说呢,我大概是近年来才能坦然说出喝不了酒这种话。上大学的时候有被害妄想症,总觉得一说喝不了酒,就会遭到别人的轻视,一直强撑着小小的声势。大学时代真的是充满谎言啊。

啊,别别,我来。你来找我就够让我高兴的了,这种事就给我个表现的机会吧。你好,刷卡结账。好,可以。

我们坐那边的电梯下去吧,车停在地下。

我记得停车的位置还不错,啊,看到了,电梯前面,那辆白色的奥迪就是。别客气,上车吧。其实我来的时候就是打算送你回去的。嗯,什么?这是奥迪Q5。不是说这个?德系车里我最喜欢奥迪。宝马和奔驰也不错,但怎么说呢,奥迪给我一种有实力却不张扬的感觉,不是吗?

什么嘛,你说清楚。

停车位?这个嘛,我当然知道啊。这么大个轮椅的标志,想不看见都难。哦,这是残障人士停车区啊。管他呢,这个停车场本来就有点儿空,这里又离电梯近,很方便,是最好的位置了。

# 六个说谎的大学生

有什么问题吗?

## 4

闹铃响了。

时间在全员静默中过去了一分钟,九贺才终于按停响铃。我们必须进行第三轮投票了。

"全都是……污蔑。"

说话的人是嵨,用的语气不是询问,而是断定。全员沉默的会场里,嵨一个人站起身来,拿起白板边的马克笔。她向九贺投去祈求的视线,似在等待先前主持大局的九贺恢复生气。

"嗯,是污蔑。"

我紧随着嵨说出这么一句无力的话。嵨听进我的话,颔首以对,我也对她点点头,像得到了什么暗示一样。

针对袴田的告发尚有足够理由认定为污蔑。即便袴田所属的棒球部有人自杀是事实,霸凌的主谋也不一定就是袴田。然而九贺的情况却不一样。印在纸上的文件分量实在过于沉重,丝毫没有辩驳的余地。

都是真的。

打开信封的始作俑者森久保,面对九贺的照片竟然没什么反应。我原以为他会痛陈告发信的内容,恶意添油加醋一番,可他却只面色严肃地盯着桌面。或许是犯事之后的罪恶感与成就感恰好等量袭来,两相抵消了,或许是他已成功将九贺拉下马,便觉得没必要再去施加攻击,又或是告发信的内容太过出人意料,令他一时不知所措。

"是矢代吧?"

袴田靠在椅背上,一针见血地问道。

"大家怎么看?除了矢代,我想不到还有谁会做这种事。"

"真是够了……"矢代已经没了笑容,她不快地皱起眉,"就算假设是我做的——话说回来,就算做任何事,明显都比杀人好得多吧?"

"你在说谁啊?"袴田浮起不怀好意的笑,"——是九贺吗?"

我不由得喝止袴田,被他一盯又心生怯意,但在这个瞬间,我绝不能退缩。我伸出手指,示意大家观叶植物的阴影下有四台摄像机正对准我们拍摄。

"鸿上先生他们正在隔壁看着这一切。摄像机也在录影。为了让我们一路走到这一轮的人事部,为了我们彼此,有些缺德话应该在出口前三思。矢代也是。"

袴田的视线快速捕捉到摄像机镜头,像在反省自己的言行一般叹出一口气,微微垂下眼睛。矢代闭上了眼。

"投票吧。"

九贺的这句话似乎并非出自本人意志,而是义务感的驱使。

他大概拿手整理过乱发,看着比先前的样子好了几分,但依然难掩青白交加的脸色。他唯有眼神还勉强维持着威严,一举手一投足已然失去了优雅与力气,简直像被抽去了几升鲜血。

投票结果大体遂了森久保的意。

# 六个说谎的大学生

■ 第三轮投票结果

·波多野2票　·嵨2票　·九贺1票　·森久保1票　·袴田0票　·矢代0票

■ 当前总票数

·九贺6票　·波多野4票　·嵨4票　·袴田2票　·矢代1票　·森久保1票

第二轮投票中票数最高、拿到了三票的九贺,在这一轮的票数明显减少。之所以没得零票,靠的是断言信中所说一定是污蔑的嵨。她祈求内容造假的一票替九贺守住了排名第一的宝座。不过投票还有三轮,九贺是否能把首位的排名守到最后尚且存疑。

直到此刻,我依然觉得每三十分钟投一次票的想法绝不是什么坏主意。当然了,原本提出这个想法的前提是大家能够正常推动讨论。

这一投票机制与"信封"互相作用,不断酿出恶果。每当投票时间来临,我们都会看到支持率的流向,心中产生焦躁。这种焦躁会引导我们向信封伸出双手,而打开信封所造成的杀伤力又会赤裸裸地显露于眼前——地狱般的恶性循环就此逐渐成形。

幕后黑手准备的信封是十恶不赦的恶魔。然而一个不容掩饰的事实是,正是如此卑劣的手段阻止了九贺的一骑绝尘,为我提供了助力。九贺的人气恐怕难复从前。如此一来,最有希望的就是手握四票的我和嵨了。隐隐触碰到机会的感觉让我心生卑劣的喜悦,真是可耻。

谁都没点明,其实这轮投票中,除了九贺的票变少以外,还有一个值得玩味的地方。拆开信封——做出这一绝不应该获得褒奖举动的森久保，也得到了一票。

投票给他的人是矢代。

是因为森久保充分发挥了信封的作用，所以给他奖励吗？如此恶意揣测的我实在是上不了台面，可除此以外，我完全搞不懂还有什么其他的原因可以解释这一票的意义，想想就觉得毛骨悚然。连得了票的森久保本人都很吃惊，然而没人有权利驳斥这一票。会议室没有丁点儿活跃、正常的气氛，以至于思考为何投出这一票的理由时，能想到的只有"想投便投"了。

剩余时间还有一个半小时左右——讨论时间还很充裕。

"回归讨论吧……九贺。"

九贺还没对我的话做出反应，会议室里先响起了纸张撕裂的声音。万万没想到，袴田竟作势要打开自己手上的信封。

"你干什么？"

"这是没有办法的办法了，波多野。"封口粘得出乎意料得紧，袴田放弃了顺着封口打开信封的想法，转而准备直接撕掉信封顶部，"我不能原谅幕后黑手。我觉得应该就是矢代，但我没办法证明。那还能怎么办……怎么才能让这次面试再次回到九贺钟爱的'公平'状态呢？答案只有一个。那就是，把所有信封都打开，一个不留。"

我仿佛被什么东西穿胸而过。之所以产生这种感觉，不是因为我理解不了袴田的想法。应该说恰恰相反，从袴田的角度出发来看，这反倒是最合理、最具说服力的意见。信封只打开了两个，因此是不公平的。如果全部打开，会议室就会再度回到公平

# 六个说谎的大学生

的讨论环境。

可是——

"错了吧……明显错了。"

"我理解你的畏惧,波多野。可站在我的立场来看,这是唯一的办法。眼下这个局面,我和九贺完全不可能得到录用机会了,不是吗?这是唯一的补救办法。如果想让这场被人违规搅局的游戏回归公平公正,我们只能改变规则,允许所有人都违规。如嶌先前所说,打开信封的行为伴随着暴露自己照片的风险。不过可惜,我已经暴露了,再没有什么可失去的了,对吧?我不知道这封信里装的是谁的照片,但我不是什么老好人,不想为那个未知的'谁'一直保密。我这么做也是情非得已。选拔方式发生变动之前,我是真心希望这里的每个人……我们所有人都能一起高高兴兴地入职斯彼拉。我不是厌恶你们,绝对不是,真的。"

"那就更不应该打开了!我们不是朝着同一目标共同奋斗至今的同伴吗?过去那些天、那些星期里,我们不是已经对彼此有足够的了解了吗?!"

"没有吧!所以你才那么震惊啊!"袴田不甘心地咬牙切齿道,"不是吗,波多野?我很可怕吧?是吧?觉得我很可怕吧?我们的关系就是这么肤浅。我得承认,我展示给你们看的并不是我的全部。所以我也想到了,你们给我看的也不是你们的全部。在场六人中有像我这样的人,像九贺这样的人,还有那个最卑鄙下流、准备了这种东西的人渣。我们就是这样一群人。总之,我要打开信封。如果里面是你的照片,那就对不起了。"

嶌也想制止袴田,然而还没来得及有所行动,信封已在短短数秒间打开。里面装的——不是我的照片。我紧紧闭上眼，不想被人察觉自己在那一瞬间放下心来的样子，而后再度睁眼。对自我的嫌恶、悲哀的情绪以及阴暗的好奇心交相混杂，我觑眼看向摊在桌上的纸张。

与前两次相比，这次的两张照片十分简单明了。

第一张照片里是个衣着大胆的女人，穿着深红色的露肩长裙。女人坐在黑色的沙发上，白皙的长腿像是无处安放一般微微曲起，对着镜头露出撩人的微笑。她的发色相当显眼，妆也化得十分精致，无疑正是矢代。

第一张照片明显出自专业人士之手。而第二张则与拍下九贺上课一幕的照片相同，怎么看都像是偷拍。拍摄者应该是在对面的人行道上拍下了身着私服的矢代走入商业街某个混住大楼的身影。

**矢代翼是公关小姐，在锦系町的会所"Club Salty"上班。**

（※另，袴田亮的照片放在九贺苍太的信封里）

如同转息间剧情骤变的《奥赛罗》一般，这张照片的出现，使得此前所有感觉不对劲的地方全都得到了解释。为什么矢代的酒量好得出奇，为什么酒局上的表现那么游刃有余，为什么嘴巴比谁都能说，为什么举手投足间充满魅力，为什么还是学生却能拥有爱马仕包，为什么认识那么多能接受访谈的社会人士……一个个疑团接连解开。

# 六个说谎的大学生

"难怪……"

悲哀的是,这或许是最能代表所有人心情的一句话了。可嘟囔出这句话的人是九贺,实在令我哑然。

"什么意思?"矢代强势发问。

"……唔,没什么。"

"就是有什么,你说难怪是什么意思?"

"没什么啊,就只是难怪……没有别的意思。"

矢代沉默了一阵,而后大概是觉得最好就此打住,随即态度一变,挂上笑脸。

"就是信上说的那样,都是真的。我是在会所上班,可那又如何?不过是在吧台打工而已,有什么问题吗?又不是犯罪或者别的什么。我之前是撒了谎,说我在家庭餐厅打工。但除此之外,我没有任何该被你们指责的地方。我做错什么了?"

比起言辞,更让我们哑口无言的是矢代的态度。大家都放弃了反驳,在她面前缄口不语。会议室的氛围愈加沉重。渐渐地,不只我们自己的认知,就连这个会议举行的目的都变得模糊不清。虽然我认为无论选谁都是对的选择,但这场原本为优中选优而组织的会议,不知何时起演变成了矮子里面拔将军的淘汰赛。

"……连自己的份都准备了啊。"

袴田好似终于难以忍受深海般沉重的压力,溢出一句话来。

"什么意思?"

"还能有什么意思,你还主动准备了自己那份黑料啊。"

"还要揪着这个不放?真无语。"矢代浮起嘲讽的笑,"幕后黑手怎么看都只可能是那个人吧。"

尽管没有任何决定性证据,但要说最可疑的是谁,我也觉得应该是矢代。她从早上开始就表现得很奇怪,这就不说了,可能其他人都没有注意到,但我可是看到了她先前在大门附近的可疑举动。森久保打开信封的时候,她还旁若无人地露出微笑,最后投了森久保一票。无论怎么看,矢代都是最可疑的那个人。

可是,信封中也出现了针对她的告发信,局势一下子变得不同了。说起来,幕后黑手真的要故意自爆吗?会议室里有六个人,信封准备了六个,怎么看都应该是每人一封告发信,那么幕后黑手就必须也给自己准备一封。如此一来,那人究竟要怎么得到录用机会呢?

我的视线在剩下五人脸上巡睃一圈,看到森久保正在浏览一张小小的纸片,是一张名片大小的白纸。不多时,森久保发现我在看他,慌忙攥着纸片藏起来,低下脑袋。

"能准备这些东西的,只有一个人。"

矢代说完,盯着会议室的大门。

"信封不是自己从地上冒出来的,只可能是被人提前藏在门背后。会议开始前,大门一直开着。这是个内开门,如果开到底,门背后就成了一片死角。所以,会议开始前——包括人事部职员在内——没人发现信封。但门一关就没了遮挡,一旦会议开始,所有人都会发现信封的存在。来源不明的信封突然出现在会议室里——幕后黑手就是想营造出这种迹象。"

"这还用你说,你究竟想表达什么?"

面对袴田的质问,矢代难掩厌烦。

"幕后黑手应该是在家里处心积虑地搜集了所有人的黑料,再

# 六个说谎的大学生

细心装入信封。为了不暴露自己,他必须找准时机,巧妙地安放好信封。那他要怎么做呢?办法只有一个,就是最先到达会议室,找到适合藏匿的好地方,再把信封藏在那里。所以,大家一说在涩谷站集合,他肯定就急了,只能随便找个借口推掉。"

矢代说的是谁已经昭然若揭。

所有人的视线汇集到一处,森久保像被呛住了一样,被迫开口说:

"……荒唐,你根本就没有任何证据。"

他手忙脚乱地推了推本就端端正正架着的眼镜。

"我刚刚都忍不住笑了。"矢代寸步不让,理直气壮地说,"自己准备了信封,还振振有词地为打开信封找听得过去的理由,这么可笑的人还真少见。装傻到这个地步,把我都感动得送了你一票。估计你也拿不到更多票了,我这票就算送你的临别礼物了。如果你早点承认是自己干的,还不至于犯下大错。怎么样,还要继续装傻吗?"

"咳!"森久保显然是一时语塞,掩饰般地故意清清嗓子,浮起一个刻意的笑,"不要妄加揣测,你这是诬陷。谁都有机会放那些东西。"

"至少我们进来以后,谁都没在大门附近瞎转悠。要在门背后藏那么大的信封,怎么都会引起其他人的注意。我们确实都没做出过藏匿信封的举动——可在我要去卫生间的时候,门后就已经有了信封。我当时还不清楚那是什么,会议就快开始了,我也没太放在心上……现在想想,应该就是这些白色的信封。有条件藏起信封的人只有你。"

"你再怎么强词夺理,说到底还是空口无凭。要是没有任何证据——"

"摄像机一直开着呢,会议开始前就开着。"

矢代所指的前方是一台摄像机。

"一台连到隔壁,监控现场。剩下三台录制小组讨论实况。看,录制实况的摄像机带个小液晶屏,应该可以查看录制好的画面,你敢吗?"

森久保没能说出"请便"二字。

我多少有些反对,真能随意按停人事部架设好的摄像机吗?可现在毕竟事出紧急,首当其冲的就是找出真相。我们把正对着大门的摄像机从三脚架上取下来,按下停止键,打开闭合的液晶屏幕后,摆放到桌上。所有人都调整姿势,以便看到画面内容。我在触控式屏幕上选定最新的录制文件,屏幕上开始播放起录制画面。

最先出现在画面中的是摆放摄像机的人事部职员。

摄像机确实在第一个抵达者森久保现身前就已开始工作了。

小尺寸液晶屏的画质实在算不得好,不过对我们来说已经够用了,毕竟又不是要数桌上有多少颗芝麻粒。人事部职员离开后的几分钟里,画面没有出现任何变化,会议室里空无一人。一动不动的画面中显示着桌子、森久保和九贺的座位以及更远处的大门,像一张色调单一的图片。操作摄像机的人是我,因为画面一成不变,我甚至怀疑自己是不是误碰了暂停键,可屏幕右上方确确实实显示着三角形的播放标志。或许应该快进一下,可我——我们所有人,都耐心注视着一动不动的画面。

# 六个说谎的大学生

几分钟后,我感觉桌子在晃。这不是错觉,原来是森久保在抖腿,连带着桌子微微晃动。抖着抖着,森久保好似按捺不住一般起身离开桌子,两手叉腰。他脸色通红,就像好几分钟都没呼吸似的。忽然他奇怪地"啊"了两声,声音估计都传到了斯彼拉员工所在的大办公室里。

"不,不!不是这样的!"

就在我们因眼前的突变心生寒意之时,画面发生了变化,只见鸿上先生领着森久保进了会议室。森久保恭恭敬敬地对着鸿上先生弯腰行礼,把自己的东西放在离大门最近的末座上。没多久,鸿上先生离开,他立刻探头探脑地四下张望起来。

"我可以解释,你们听我说,听我说完就知道是怎么回事了!不要再看了!"

画面中的森久保盯着门背后看了一阵,静静地伸手探进自己包里,把从中攥出来的东西悄悄藏到门后。那东西毫无疑问,千真万确,绝对就是——

"可恶,可恶!"

就是那个信封。

## ■第四位受访者:小组讨论参与人——矢代翼(29 岁)
**2019 年 5 月 24 日(周五)20∶16**
**吉祥寺站附近的泰式餐厅**

你那时是不是和我处不来?真的?那就好,不过我总觉得和你有些距离感呢。印象里好像一直是 4+1+1 的组合……嗯,四人组有波多野、嶌，还有那个谁来着，块头很大的霸凌者……是叫袴田吧？对对，就是他。还有那个帅哥，叫什么来着？哦，对，九贺。你们四个是好朋友组合。而我和那个一桥大学的——不好意思，名字是叫……森久保吧？完了，我完全不记得他名字了。总之，我和他两个人，怎么说呢，感觉就像四人组的外援一样。没事，都过去那么久了，不用在意这些。当时就是这么个情况。

就像修学旅行时分到了六人间，只好再加上其他组多出来的两个人。这种感觉你懂吧？就有点儿……不过四人组彼此之间是否也有点儿微妙的距离感呢，我不太清楚。

所以啊，在接到斯彼拉的通知，要我们自己推选入职人选的那一刻，我立马想到，完了，最后选出来的肯定就是四人组里的某个人。我记得那个时候，收到短信的一瞬间，心里愤愤不平。当时是在酒局还是什么场合，我立马中途离场回家了……咦，好像不对。啊，想起来了，电车！我们三个一起坐的电车，在电车上收到的短信。是的是的，我马上冷着脸下了车。明明都还没到站。什么？嗯，是啊，还没到就下了，是不是很好笑？我觉得要是继续待在车上，以前一直装出来的乖乖女形象恐怕就保不住了，哈哈。

啊，绿咖喱放那边，我的是椰汁鸡汤……嗯？你第一次见吗？可好吃了。椰香真是太诱人了。很好闻哦，是吧？这家店做得尤其好。我在泰国本地也吃过，这家的味道是最正宗的。要不要来点？哈哈……别客气。

现在想想，我还是觉得毕业求职真让人犯恶心。嗯？你不觉

# 六个说谎的大学生

得?我反正讨厌得要死……什么玩意嘛!当然了,那时因为形势所迫,所以我的态度咄咄逼人了一些,即使我知道这是不对的。现在回想起来我还是直起鸡皮疙瘩,光是在电车里看到求职生,我都觉得不舒服。不好意思哦,但实在是没办法控制,讨厌就是讨厌。

我最讨厌的就是那种,那种群面啦、小组讨论啦结束之后主动来搭话的人。招呼大家一起去喝喝茶之类的,讨厌得要死。说什么"结识人脉很重要,大家在一起交换信息的机会很珍贵",一帮小鬼聚在一起能鼓捣出什么啊?我真是这么想的。实在是想吐。我真想知道,这种人进了公司以后,做起事来会是一副什么样的嘴脸。

因为斯彼拉的小组讨论要求必须和组员处好关系,所以我才下定决心和大家打交道。小组里也没有讨厌的家伙……当然,我指的是小组讨论正式开始以前。

你不觉得招人的公司也有问题吗?问我能用公司的光学传感器拓展什么业务——这我怎么知道啊?这是你们公司自己该考虑的啊!我心里真是这么想的……公司故意刁难人,学生为了迎合公司的预期,硬着头皮装出一副无所不懂的傻样。不荒谬吗,这种互动有什么意义啊——我根本瞧不上,却又不得不参与其中。那真是我最讨厌的一段时光。

对不起啊……话题跑偏了。要说什么来着?会所的事?我那时就说过了。在会所待了有两年吧。我不希望碰到当地人,心想得去远点的地方,就去了锦系町。现在我也一样,不觉得在会所上班有什么问题。和罪行暴露的其他人比起来,我又算得了什么呢？你不觉得吗？

我喜欢喝酒，也不怎么排斥和人聊天。因为希望能在短时间内多挣点钱，所以就去会所上班了。那些对此大惊小怪的人才让人生气。你不觉得吗？我很奇怪吗？粗俗的客人是有很多，可也有些正直的大叔，听说我临近毕业要开始找工作了，就耐心地教我很多事。因为有了那段经历，所以我的人脉比任何积极求职的学生都广。

对那些避谈会所工作的人，我也会敬而远之。我当时就是因为不想被有偏见的人害得落选，才一直对外声称自己是在家庭餐厅打工，不过仔细想想，会所和家庭餐厅又有什么不同呢？

嗯？啊……是啊。那场小组讨论结束后，朋友告诉我，说自己在社交网站上被一个怪人找上、有个账号在到处打听我的黑历史什么的。有个朋友半是害怕、半是好奇地问那个人爆我的料有什么好处，对方回复说可以支付五万日元，要求通过车站的投币式储物柜交换信息。还真够费尽心思的。总之呢，估计是有哪个人收到消息后，把我在会所上班的事给透露出去了吧。我不知道是谁泄的密。看不惯我的人还是挺多的。有这个嫌疑的人一只手还不够数的……哈哈。说起来怪为难的，上初高中的时候，我还遭受过很严重的霸凌呢。总之，身边尽是看不惯我的。就是因为这样的过去，我才对那个欺负他人的棒球部学生感到愤怒。那时我回忆起曾经的自己，莫名地就想刺他一刺。

话说回来，真看不出来他有那么神经质……"幕后黑手"也是，一开始装疯卖傻，最后老老实实认了错，之前还以为他是个有是非观的人……我记得，我也给"幕后黑手"投过一次票来

## 六个说谎的大学生

着。你还记得吗？……是啊。

不过呢，一打眼看过去，觉得人还不错，剥掉那层画皮才发现是个人渣——这种事可不仅仅发生在"幕后黑手"身上。

我也因为被"幕后黑手"威胁，在会上面不改色地撒了谎。欸？啊，对……咦，是我的记忆出错了吗？我记得幕后黑手威胁说，要把我的照片发给其他公司，不希望他这么做就得按他说的做。可再仔细想想，我根本就没有那样的机会。怎么回事？可能是产生奇怪的幻觉了吧。我的记忆模糊了很多。现在连大家的名字都记不住了，哈哈。

我那天的表现应该很惹人厌吧……没事，别有顾虑，我自己心里也有数。是因为生理期的缘故，我一到生理期就很不舒服。小组讨论恰好撞上了我最不舒服的一天。我起床的时候就开始心烦气躁了。我想努力克制情绪，可第一轮投票的时候，一票都没拿到，于是我的精神便完全无法集中了。

我刚才也说了，我一开始就知道自己希望渺茫，那会儿碰上零票的结果，头疼得像要炸开一样。我突然开始给自己找借口，觉得完全无所谓了，反正已经拿到了两家公司的录用通知，一切随缘吧……明明非常想进斯彼拉……我知道，得不到大家的肯定是我自己的问题。但因为当天身体不舒服，便放弃了往后几十年的人生，真是让我深切地感受到人生就得信命。

不好意思啊，牢骚发得有点儿多。没有，真的，我一点也不怨恨。我真心觉得录用机会给了你简直太好了。会议进行过程中，你不是还一直劝大家不要打开信封吗？我就做不到，我真的很佩服你。

在斯彼拉很忙吧？……嗯，是嘛。唔，这样啊。

那之后，是在六月吧，当时流行"六月名企"的说法——你还记得吗？真是过去好久了呢。我六月份进了一家做博客的企业……哈哈，是的是的。朋友也都这么说……可多了，说是最像我会去的那种公司。对对对，公司很好哦，挺有意思的。

不过因为种种原因，我前年出来自己"创业"了。厉不厉害？哈哈。要看宣传册吗？挺精美的吧？员工只有五个，不过呢，自己当老板，做什么都不觉得累。人啊，只能做到自己想做的事。说实在的，人生轻松最重要，绝对没错。……这个宣传册还不错吧，我可是花了些钱的。

什么，钱吗？没有没有，怎么可能攒到？到手没多久就会花出去。一有点儿钱就去国外耍掉了。现在东南亚绝对是热门旅游地点。嗯？啊，泰国就不说了，柬埔寨、老挝——还去哪儿了来着？要看照片吗？我在国外旅游的照片。这是开突突车的帅哥，这是强行给我兜售奢侈品假货的不知姓名的大爷。你看，商标是普拉达，做工简直太粗糙了。看照片就能看出来吧？软不拉几的，是不是一点都不想要？你看他那个眼神，绝对是在狠狠瞪我呢。仿得好的极其少见，铂金包算是其中之一吧……像他这种，拎手处的皮料处理得很粗糙，这样的货色我死都不会买。

嗯？你还记得啊。对，这个是爱马仕。不过现在已经旧得不行了。这边有点儿发黑，成破烂了。早就想换个新的了，可人家压根不送我……嗯？谁送？当然是"男人"了。哈哈。他说免费的东西就别抱怨那么多。这种人完全不理解女人的日常花销比男人要多多了。

# 六个说谎的大学生

让他稍微出点血又怎么了？

# 5

森久保——准备了信封的幕后黑手，嘴里不停地为自己找借口开脱。

"不是这样的""听我说""我可以解释""我会解释的"。森久保极其狼狈，举止混乱、语无伦次，仔细听也听不出他想表达什么意思。他嘴里的下一句辩解似乎是为了填补上一句辩解的漏洞，再下一句辩解，瞬间又把之前的声辩戳得粉碎。空洞无力的话一句赶一句地蹦出来。随着他的声音在会议室一次次响起，空洞的感觉越发强烈，耳中听到的仿佛是吸毒患者的妄语。终于按捺不住的袴田握住森久保的双肩大力摇晃：

"够了……别一再让我们失望。"

森久保依然难以自抑地漏出两三句话来。然而没多久，大概是袴田有如镇定剂一般的强大威压使然，森久保闭上了嘴巴，唯有呼吸依然混乱。

寂静的会议室里骤然响起不合时宜的笑声。

是从隔壁会议室传来的吗？还是幻听了呢？这声音听起来和我们很像，但又仿佛和我们毫无关系。笑声是从还在继续播放的视频中传出来的。"今天就请大家多多关照了""请多关照""堂堂正正地'公平'来一场吧"。屏幕里播放着信封尚未出现，小组讨论开始之前的和平景象。我按停视频，悲伤的沉默延续了数秒。电子铃音恰逢其时地响起来，仿佛正等着出场一般。

该进行第四轮投票了。

可悲的是，因为查出了幕后黑手是谁，会议室里松快了许多。被信封搅乱的气氛顺利地恢复如前——尽管还没达到这个程度，但先前隐而不见的敌人浮出水面，还是大幅减轻了我们的心理压力。

我对森久保的看法很复杂，有无数的话想要宣泄。光是看着他那张扭曲到判若两人的脸，心中的话就忍不住要冲出喉咙了。为了进斯彼拉究竟可以做到什么程度？扪心自问，实际上我觉得自己可以为之忍受相当痛苦的煎熬。我如果想出了能确保自己拿到录用机会的坏点子，即便多少有些下作，可能也早就付诸实施了。

初中的期中期末考成绩不尽如人意——中考努力就行。中考名落孙山——高考拿出真本事就行。高考也落榜了——不必太放在心上，进一家好公司就行。可要是进不了好公司——

往后会如何，从未步入过职场的我不得而知。或许每个人都有可能在意料不到的地方轻易崩溃，但说实话，目前并不存在足以让年轻的我忧虑不安的绝望。尽管如此，我多多少少还是觉得，将毕业求职判定为关乎人生的最后一场"胜负对决"，似乎并没有错。即使不择手段也要争取机会，我能深切地理解这种想法。但是，面对朝着错误方向一去不回头的森久保，我依然难以自抑地感到悲痛。

我们没再去管死鱼般瘫坐在椅子上的森久保，第四轮投票开始了。

# 六个说谎的大学生

■ 第四轮投票结果

·波多野 2 票　·嶌 2 票　·九贺 1 票　·矢代 1 票　·袴田 0 票　·森久保 0 票

■ 当前总票数

·九贺 7 票　·波多野 6 票　·嶌 6 票　·袴田 2 票　·矢代 2 票　·森久保 1 票

矢代的预言应验了，不会再有人给森久保投票了。

投给矢代的一票来自袴田。与其说是为表彰矢代揪出了始作俑者，他这一票更像是以自己的方式，为先前把矢代当成幕后黑手一事表示歉意，不过这也仅仅是我自己的推测罢了。

嶌依然投给了九贺。然而奇怪的是，每次她坚持给九贺投票时，都会露出极为痛苦的表情。认死理和放弃思考是一回事，我竭力让自己忽视信封里的爆料信息。看着一头走上不归路的嶌，我再度切身体会到信封给会议室造成了多么大的影响。

"我承认……'信封'是我带来的。"

无力回天的森久保在最后的挣扎中组织着语言。

"先前大声叫嚷是我不对。可……信封里的东西不是我放的。真的，真的。信封是事先被人寄到我家里的，我只是照里面附带的指示所说，把信封带到了这里而已。所以，里面那些东西——"

"森久保。"袴田平静地打断他，"说什么都没用了，你闭嘴。"

对森久保，他已经没有心力再说更多的话了。

找出幕后黑手的同时，在我们之间暗潮涌动的怀疑、不安、愤怒等恶念全在霎那间得到净化——我还不会乐观到如此地步。我们之间已经出现了一些不可修复的裂痕。不过即便如此，忧心事少了一件也是毋庸置疑的事实。我在内心深处相信，如果我们一点点地修补嫌隙，会议室的气氛应该可以渐渐变回最开始的样子。

"'信封'怎么处理？"

袴田的这句话令我感到天旋地转。他这是什么意思？现在没什么可讨论的了，信封的事就此打住。既然已经查出了幕后黑手是谁，我们就没必要再被那个东西耍得团团转，废弃不管就得了。然而这么想的似乎只有我和嵩两个人。大家没有理睬想把信封当作恶作剧，一笑而过的我，讨论方向骤然切换到如何处置信封这件事上。

"毋庸置疑，森久保犯下了不可饶恕的错。但在某种意义上，这也可以解释为，他率先调查了我们。我们六个人背地里的秘密，单单是一起准备小组讨论不可能弄得明白，森久保把我们的秘密暴露在了阳光下——对吧？那就和他先前说的一样，总之先把所有信封都打开，推选最终经得起如此考验的人就行了。要是爆料不实，就让被爆料的人自证清白，大家觉得呢？"

毫无意义。我正准备这么说的时候，有人抢先开了口。

"……总之，打开看看应该也无妨。"矢代面色严肃地颔首。

"确实。"连九贺都开始赞同起这个论调。

"这是最'公平'的办法了，是吧，九贺？"

"'公平'……"

事态发展至如此残酷的地步，却也称得上理所当然。要是我

## 六个说谎的大学生

站在他们的立场上，可能早已说了同样的话。

袴田虽然刚开始就斩获两票，开了个好头，可也最先遭到告发，之后再也无缘得票。九贺得益于初期票数，目前还把守着第一的宝座，但显然已经现出了颓势。现在，尚未遭到告发，还能继续得票坐收渔翁之利的，就剩我和嵩两个幸运儿了。

被告发的人得到录用机会的希望渺茫。而如果怀着攻讦他人的心思，像森久保、袴田那样主动打开手上的信封，自然也不会有助于增加自己的票数。信封显然是这场考核的关键所在，只要被告发的人和没被告发的人同时存在，两者之间就会始终存在不可逾越的差距。

既然如此，索性就打开所有信封。那样才能实现真正的"公平"。

正因为理解，我才觉得心痛。

明白了，行，把所有信封都打开吧。我无所谓。

这样的话卡在喉咙，眼看就要脱口而出。我曾经犯下过什么大错吗——至少一时半会儿想不起来。当然，信里可能会揪着我的一点小错大做文章，也可能会爆出一些连我自己也完全忘记的、了不得的大错。然而，即便存在最坏的可能性，也不意味着没有机会——如果主动提出让大家先将告发我的那封信打开，不但能推动会议的顺利进行，而且能提高我的口碑。

但有一个理由让我始终无法赞同打开所有信封，这个理由就是嵩。

连异常忌讳、嫌恶信封的我，都不由自主地觉得我们或许必须在一定程度上接受信封的存在，这样才能把讨论继续进行下去。可在这样的氛围下,唯独嵨一个人始终坚决反对打开信封。不可否认的一点是,她和我一样,正因为还没有遭到告发,所以才能继续坚持正义。但她选择的道路无疑是最合乎伦理的。

我不想让她失望,必须承认,这是我的私心。更重要的是,一旦信封尽数打开,被告发的将不止我一个人,这也阻止了我随波逐流——要知道,嵨也会被告发。

我再次慎重地整理好思绪,在袴田、矢代、九贺三人正在讨论应该先打开谁手上的信封时,我插了进去。

"我看……信封还是处理掉吧。"

袴田的心情八成就像飞行棋正玩得好好的,却被无端退回了五步一样。他如同指责不懂事的孩子似的对我说:"波多野,现在已经没有这个选项了。事到如今——"

"嗯,我明白。我特别明白——可是,可是……"

我觉得自己应该尽可能诚实、直接地表达心声。没关系,一定能表达出来。应该表达的东西,一定能清楚地表达到位。对,相信自己。

"我还是希望处理掉信封。当然,我说这句话的一部分原因绝对是我自己还没被告发……说来确实很可悲。我不知道信封里装了什么。如果受到奇怪的指控,想都不用想,我的口碑肯定会下跌。这在之前的讨论过程中已经得到了充分验证。好不容易才攒到六票,谁乐意就此失去录用机会——我必须承认,自己身上存在这样的利己思想。说真的,我害怕——非常非常害怕。可我并不是因为害怕才在这里闹事,说不希望大家打开信封。

"更重要的是,这种类似于如何有效利用核武器的话题,这

## 六个说谎的大学生

种因为自己受到攻击，就觉得所有人都应该受到同等攻击的论调，我认为不应当继续下去。我们现在的状态是不正常、不讲道德的。可能和之前的意见稍微有点儿矛盾，但我想说，信封里可怕的告发信，也就只是一张纸而已，对不对？

"幸好，我们已经知道了始作俑者是谁，不可能错把机会让给他了。我们一起度过了这么多天，不是应该已经对彼此有了充分的了解吗？就因为一张纸，把之前的印象全部推翻，一门心思认定纸上写的才是那个人的真实面貌，实在有些愚蠢。我们一开始不是还说好了吗，要把信封的事忘得一干二净啊。

"大家绕不开信封，恐怕有部分原因出在我提出的每三十分钟投一次票的规则上。由于票数的变动清晰可见，为挽回局势，就算多多少少使点不干净的手段也无妨——就是这种不该有的想法控制了我们的大脑。所以——如果占据首位的九贺同意的话——我们不妨把所有人的票数都清零。"

先前好像总有某种东西一直伺机掐断我的话头，不过等我说完，会议室的气氛似乎出现了一丝裂缝。袴田和矢代的表情变了。

"还剩两轮投票，可以从下一轮开始这么做，或者到最后一轮再这么做也行。如果这样大家还觉得不公平——那我来坦白。"

"坦白什么？"

"……我想到的，自己做过的坏事。"

我知道，此刻大家都在心里暗自揣量我究竟会坦白什么。

可我本人根本想不出自己做过什么坏事。我的大脑以光速运转，急慌慌地搜索着过去的记忆，却完全想不起什么值得一提的、能称得上坏的恶行，也不知该羞耻还是该自豪。大概是见我默默思考了太长时间吧，袴田难以置信地问：

"你要坦白的事那么严重吗？"

"不是……"我摇摇头，"大概有做过什么，可一时半会儿想不起来……现在能想起来的就是小学时找朋友借的超级任天堂游戏卡没还回去之类的……再给我一点时间，应该能想起些什么。"

我说得很认真，没承想这傻里傻气的话勾起了矢代的笑声。紧绷的气氛一旦缓和下来，笑声便接连响起。九贺浅浅一笑，嵩也笑了。袴田也笑着抚弄自己的脖子，好像在说真拿你没办法。

笑声传了一圈，回到我这里。

"真服了，波多野。"

袴田浮起开朗的笑。

"我算是冷静下来了……真有你的，你就是有这个本事。"

从会议室天花板上施加下来的那股重压好像消融了似的，空气都变得轻盈起来，蔓延开令人怀念的气息。那是在租赁的会议室里，我们朝着全员通过的目标团结一致、共同奋斗的气息。

"丢掉信封吧……至于票数清零，就没必要了吧。"

袴田粗声粗气地说。他叹了口气，而后环起双臂。

"虽然出了点意外状况，但我们的得票的确体现了每个人积累起来的口碑，用不着再改。还剩两次投票机会，总共十二票——不对，除去自己是十票。如果拿到十票，任何人都有平等获得录用机会的可能。谁要是自以为高枕无忧，眨眼间就会被人超越，都做好准备吧——这是我的意见，大家怎么想？可以吗，九贺？"

## 六个说谎的大学生

九贺没有异议,矢代也随即颔首。嶌从包里拿出纸巾,擦拭红通通的眼角。我也被感染了泪意,用力点点头。我们让会议室进入了极其接近正常状态的气氛,闹铃响了,似是为了祝福我们一般——森久保不在其列。

第五轮投票的时间到了。

结果超出了我的预想。

■第五轮投票结果
・波多野5票 ・嶌1票 ・九贺0票 ・袴田0票 ・森久保0票 ・矢代0票
■当前总票数
・波多野11票 ・九贺7票 ・嶌7票 ・袴田2票 ・矢代2票 ・森久保1票

除了我投给嶌的一票,其他人的票全都投给了我。

我终于超越九贺,一跃登上票数第一的位置。胜负还未定,可我在记事本上记录投票结果的手已经开始兴奋地颤抖。这场令我拒绝了两个已经到手的录用机会,一心一意前来参加的小组讨论,让我遭遇了完全没有料到的麻烦。不知多少个瞬间,我险些就要一蹶不振。我被迫看了不想看的,被逼跨越没必要跨越的坎。可在经历了种种痛苦之后,终于,终于看到了希望的曙光。

我的脑海里浮现出此刻应该正在墙壁另一边工作的斯彼拉员工的模样。再有一步,这里就会诞生我的位置。入职工资50万日元——刚算起这笔细账,我马上打断了自己的幻想。我太大意了。

"九贺，放回原来那个信封里吧。"

袴田拢起一直放在桌上的纸，递给九贺。

不只袴田，矢代和森久保此时也已无力扭转败局。我原以为他们会露出更加浅显易懂的愕然之色，没想到袴田和矢代的神色竟然愉悦明朗。他们没能藏起不甘，然而脸上更多的还是放弃挣扎后的豁达。

九贺从袴田手里接过那沓纸，简单归整几下，准备放回原来的信封里。

我也把分到自己手上的信封递给九贺。

这样一来，一切就结束了，我如此相信着。

然而九贺却不知为何停下了手上的动作。

他像着了魔似的死死盯着袴田递过去的纸——上面是不怀好意的告发照片。他的心神像被吸进去了一样，看了很久很久。待仔细看完袴田、矢代还有自己的照片，九贺眸中再次亮起紧张的光芒。如果是故意作弄我们，那就实在太过恶趣味了些。信封和照片应该已经没有必要再多作讨论，就算他是在开玩笑，那也没什么好笑的。

袴田问他怎么了，九贺却只字不答，而是把三张纸翻来覆去地看了好几遍。

"森久保……"九贺发问时眼睛仍旧盯着照片。

尽最后的义务——森久保以这样一种态度参加了第四轮投票。从被袴田要求住口后，他便一直保持着沉默，只瘫坐在椅子上，像个遭受了心灵而非身体创伤的拳击手。森久保周身萦绕着

101

## 六个说谎的大学生

灰蒙蒙的气息，成了会议室里一件了无生气的摆设品。

"你能再详细说下拿到信封的经过吗？"

"喂，九贺……"

"袴田，这很重要。我想听听森久保怎么说。这不是你准备的吧，森久保。借口就不用说了，坦白真相就行。"

森久保缓缓抬头，像隔了好几年才再度接通电源的电脑一样，看着都让人替他担心。他拿手擦了擦脸，慢慢开口道：

"……有人把它送到了我家。"

"什么时候？"

"……昨天。"

察觉到九贺还想听更加详细的信息，森久保重新坐直身体。

"在我家的邮箱里。一个只写了'森久保公彦收'，连邮票都没贴的大信封被人送到了我家。我不知道是什么，打开一看，里面正是这个白色的大信封和一张写着使用说明的纸。纸上写的是：'在斯彼拉链接的小组讨论考核当天使用这个信封。请放在会议室里，不要让任何人发现。部分员工不了解这件事，因此也绝不能让人事部员工看到。最好放在会议开始后就能被参加者们发现的地方。这份文件非常重要，明天务必不要忘记。'所以我就第一个到达会议室，把信封藏在了大门背后。"

九贺听着森久保的辩白，像在听什么重要的证词一样，而后以手掩唇，摆出思考的架势。大概是不满九贺如此认真的模样，袴田愕然摇头。

"别想了九贺……你还认真听他胡扯，简直是浪费时间。怎么看都是森久保在给自己开脱。说什么'不要让人事部员工发现',有谁会在看到那么荒谬的指示后半点也不怀疑,老老实实把信封带来会议室的?扯谎也要扯得像一点——"

"都说了我没撒谎。真是别人寄到我家来的!"

"真是完全不会撒谎。至少也得稍微切合点实际吧。"

"要说不切实际,这样的考核方式不也一样吗?"

坐在椅子上的森久保身体前倾,好像找回了生气。

"让我们自己投票选人——这样的选拔方式闻所未闻。收到通知的那一刻,我就在想,果然是斯彼拉,做什么都不奇怪。收到信封的时候,我确实觉得难以置信,是个人都这样。可我又想,准备这种奇怪的东西肯定是斯彼拉的一贯风格,有点儿个性的IT企业大概都这样。纸上还加了句提醒,说'不要打开信封',所以我就没检查里面的东西。要早知道是这玩意儿,早知道是我们六个当中的某个人布的局,我就不会把它带过来了。"

森久保的话固然有荒唐可笑之处。但要说他是为了逃脱罪责临时编了个谎,那这个谎未免也太有鼻子有眼了。大家渐渐有了相信他的意思。种种怀疑已令我们疲惫不堪。关在房间里两个小时已经憋闷得不行了,更别提会议开始后还有一连串糟心事不断发生。现在,比起真理,我们的身体更想寻求平静。

谁都没对森久保的话发表意见。九贺再次将两张纸并排摆到桌面上——是他自己和矢代的告发信。

"这个地方有奇怪的噪点,能看到吗?左下角同样的位置有个黑点——这里。"

九贺说的是那两张照片。一张偷拍了九贺在教室上课的情景,一张偷拍了矢代进入一栋混住大楼的身影。九贺指出的地

## 六个说谎的大学生

方似乎是两张照片的共同特征。确实如他所说,虽然两张照片很小,但右上角都有类似条形码的噪点,左下角则都带有黑点,这极可能是镜头上的污点导致的。因为照片印在纸上的位置并不相同,所以不可能是打印机故障造成的。从逻辑上讲,两张照片确实应该是用同一台相机拍的。可这又能说明什么呢?

"——所以呢?"袴田问。

"这张——"九贺咽了口唾沫,指向自己的那张照片,"拍摄时间是四月二十日,星期三,第四节课'都市与环境'快结束的时候,绝对没错。看站在讲台上的老师和板书内容就知道。时间大概是下午四点左右。"

"说你的结论。"

"森久保不可能拍得到这张照片。"

"咚"的一声,天花板上的空调恰在此时发出巨响。转向的冷风吹得观叶植物摇晃起来,让人不禁有些毛骨悚然。眼看着事态又要回到原点,嶌大概是忍不下去了,从包里拿出茉莉花茶灌入口中。我也深呼吸了一下。

"我约了森久保在二十号见面。我问他几点方便,他说下午五点以后。他那天有面试。记得吗?酒局那天,他当着所有人的面这么说的。"

这个我有印象。九贺那天确实说想把借的商务书还是什么的还回去,约森久保几月几号见面来着。然后森久保说有面试,可以约在几点以后。具体的日期和时间我记不清了,但他们两人之间确实发生过这样的对话。

当事人九贺说得信誓旦旦,那时间应该没错。二十号,星期三，下午三点要参加面试——酒局那天，森久保至少有说过这个。

可单单以此认定森久保的清白还为时过早。所谓的面试时间可能本来就是假的。口头说的事，想怎么造假都行。我想到这里，马上又发现这是没有意义的恶意推论。酒局是在选拔方式改变之前，那时我们不是对手，而是同伴，森久保没必要欺骗其他人，撒这个谎根本没有任何好处。

接着，又一个疑惑浮上心头：拍照的人不一定非得是森久保本人，他完全可以请别人帮他拍。如果是这样的话，他的不在场证明就没有任何意义。至此，问题的关键就在于照片上的噪点和黑点。

"这两张照片是用同一台相机拍的。"

"可相机的主人不一定是森久保吧。也可能有人受了森久保的指使，用同一台相机拍下了九贺和矢代的照片——"

袴田越说越小声，最后止住话头。与此同时，在场所有人的情绪几乎都消沉了下去。袴田的想法并不切合实际。除了幕后黑手自己以外，还有谁会东奔西走，拍下这样的照片呢？幕后黑手的父母或亲人？花钱雇的情报员？有绕这么一大圈的工夫，怎么看都不如自己去拍。

照片只可能是幕后黑手自己拍的。拍下照片的那个时间点，森久保有不在场证明。因此，他不可能是幕后黑手。

那究竟是谁呢？

过去的两个小时，我们一直在苦苦挣扎，指望着真相浮出水面，可走到这一步，我们再度被拽回了泥淖深处。会议室的空气

## 六个说谎的大学生

沉闷，所有人都乱了呼吸，仿佛在争夺有限的氧气。

还是得先验证森久保的不在场证明。森久保打开记事本，上面确实记录了面试的日程，而后又给那家公司的人事部打了个电话。袴田担心森久保找同伙假扮人事部职员配合他演戏，还用自己的手机查了那家公司的电话号码。大概是害怕承受更多怀疑的目光吧，森久保特意开了免提，向对方解释说，他要以正当理由向自己所在的研讨小组递交请假单，所以必须确认自己参加面试的具体时间，由此证明了当天下午三点到四点间，他确实在对方的公司里。我们便没了怀疑他的丝毫余地。

我想知道真正的幕后黑手到底是谁，也想撕开隐藏在我们六人当中的那个卑鄙小人的真面目。能显现的，就应该让它显现。然而假使把我的正义感放到天平上，与进入斯彼拉链接的诱惑相衡量，前者实在显得太过轻飘飘了。要是按眼下这个情形继续进行下去，录用机会很可能就是我的了。我怎么都没办法把追查真相放在第一位。

真正的幕后黑手是谁已经不重要了，继续先前的讨论吧。

可这种话我根本——根本就说不出口。怎么看都只有真正的幕后黑手才会说这种话，怎么听都只会让人觉得这是没能嫁祸森久保的幕后黑手在负隅顽抗。我绝对不能这么说。

更重要的是，我清楚自己是清白的，可以毫不犹豫地把录用机会给自己，但其他人应该不行。只要我还有嫌疑，他们死都不会让我得到录用机会。既然如此，我或许也得横下心，先把幕后黑手揪出来。

会议还剩二十来分钟——摆在我们面前的只有找出幕后黑手

这一条路。

"反过来看，也就是说二十号，星期三的下午四点左右，有时间空档的人有这个嫌疑？"

因为袴田的这番话，我们各自拿出记事本，查看二十号当天的日程。然而除了上课的九贺和面试的森久保，所有人下午四点都没有任何安排，没法通过不在场证明锁定幕后黑手。

会议室里渐渐漫延开焦躁的气息。

"幕后黑手——"大概是极不情愿继续这个话题吧，嵩一脸强忍恐惧与不甘的表情，煎熬地说，"幕后黑手肯定连自己的告发信都准备好了。"

我的脑海里数次闪过同样的疑问。在场六人，每人一个信封，加起来当然是六个信封。如果每个人手里的信封装的都是针对剩下五人中某一人的告发信，那么幕后黑手本人的告发信应该也在其中。

幕后黑手给自己准备了什么内容呢？

"会不会有一个信封是空的？"袴田推测道。

"应该不会。"九贺说，"所有信封都打开后，如果有个人什么黑料都没被曝光，无异于向所有人宣称他就是幕后黑手。信封里肯定装了什么东西。"

"那会是什么呢？"

五秒的沉默过后，九贺指出："现在能想到的有两种情况……"

一是告发内容性质恶劣，但经过理性分析后很快露出破绽，被判定为污蔑。

# 六个说谎的大学生

"原谅我以袴田为例。袴田最后没能成功驳回信中对他的控诉，尽管他声称信里所说的都是污蔑，但可惜的是，他没有证明自己清白的方法。假如幕后黑手有能够成功驳倒告发内容的借口、证据、证人之类的什么东西，就算信封里放了他的黑料，他也能摆脱困境，挽回自己的形象。换言之，幕后黑手在信封里放的是'可以证实为假料的告发信'。"

另一种情况则是，告发内容相对来说没有那么严重。

"所有信封都打开以后，我们恐怕会基于各自的照片展开讨论。这时，假如其中一人……举例来说吧，针对他的告发内容是'曾经顺了很多酒店的免费用品带回家'——这么做确实不太好，可我们并不会因此认为他完全罔顾人性。幕后黑手放在信封里的可能就是这种'和其他人比起来相对较轻的罪行'。"

我的思绪又一次逡巡在三份已知详情的告发信上。当然了，罪行已经曝光的三人也不一定是清白无辜的，也就是说，被告发的人不能完全排除自己是幕后黑手的嫌疑。我总是不由自主地把他们看作受害者，然而目前除了森久保以外，所有人都可能是那个幕后黑手。之前因为需要互寄资料，大家都知道彼此的住址。给森久保家送信这种事，谁都可以办到。

九贺列出的第一个猜测——信封里是可以证实为假料的告发信——不符合已被曝光的三个人的情况。袴田虽然声称自己遭到了污蔑，却没有足够的证据；九贺虽然没有直接承认告发内容，却也放弃了反驳，沉默不语；矢代则主动承认了针对自己的告发内容。

第二个猜测——信封里是罪行相对较轻的告发信——这又该

作何分析呢？价值观确实因人而异，不过针对矢代的告发显然没有其他人那么严重。矢代本人也大方表示，虽然她谎称了自己在家庭餐厅打工，但在会所服务算不上犯罪。职业不分贵贱，她本人没有任何问题，只是从事了社交性很强的行当而已。

这么看来，现在最可疑的就是——

"……可以打开我的。"

森久保指向嵨手边的信封。

"如果这样能进一步接近幕后黑手的话，就用不着顾虑什么了。"

如今基本可以确定森久保并非幕后黑手。客观来看，受到栽赃陷害，当了幕后黑手棋子的森久保是最大的受害者。就算有所牺牲，他也要找出幕后黑手究竟是谁，这样的想法并不难理解。我们不清楚这么做能起到多大作用，但打开信封，至少会得到更多有利的信息。

嵨自始至终一直强烈反对打开信封，所以森久保的话让她一脸难色。可当事人自己都说了不介意，她也没法继续拒绝。何况森久保又补充说这是为了找出真正的幕后黑手，这么一来，反驳的话就更说不出口了。

嵨仿佛即将见证朋友自裁而亡一般，脸上露出痛苦的表情，缓缓打开信封。

接着，她从信封里拿出一张纸，放到桌上。

纸上印有两张照片。

第一张拍的是一间大型会议室里正在举行宣讲会的情景。讲台上，一个男人正举着像是黑色救生衣一样的东西，通过话筒讲

## 六个说谎的大学生

述着什么。听众席上,众人头上的白发尤为显眼,看起来似乎是一场面向老年人的宣讲会。主题一目了然,"先进未来股份有限公司高功能背心宣讲会"——讲台上的巨大展板上印着如此字眼。讲台右侧站着两名青年,其中一个的脸照例用红圈圈了起来。这张脸上浮着虚伪的笑,仿佛戴上了多福面具①,正是森久保。

第二张拍的似乎是大学校园。既然主角是森久保,想必应该是他上的一桥大学了。相机在稍远些的地方拍下了这样一个瞬间:森久保从一栋漂亮的西式建筑中走出来,一个上了年纪的男性逼近他,激愤地讲述着什么,把森久保弄得仓皇失措、缩手缩脚的。

*森久保公彦是诈骗犯。他参与了面向老年人的直销诈骗。*

*(※另,蔦衣织的照片放在波多野祥吾的信封里)*

第二张照片拍的大概是上当受骗的老人突然造访森久保的瞬间吧。照片依然是右上角有噪点,左下角有个黑点。推断可知,这是幕后黑手亲自拍下的照片。

先不论信中所说是否属实,这样的罪名不管怎么说都非常严重了。森久保看到照片,肉眼可见地慌了神。

---

① 多福面具:一种圆脸、高额、塌鼻、面颊鼓出的女性面具,表情带笑。——译者注

"来学校这点很可疑。是为了拍照吧……"

他有如自言自语般急忙嘟囔了一句，而后慌乱地窥探我们五个人的神色。

森久保恐怕是下意识地想为自己辩护，可他欲言又止，视线无力地垂到地上。会议室里的时间所剩无几，已经不允许我们放任他在没有证据的情况下空口宣扬自己无辜。

即便森久保有能够自证清白的证据，他为自己解释的行为也不可取。因为我们已经对九贺先前推测的情况——信封里放的是"可以证实为假料的告发信"——产生了一定的警惕心理。越是能有力地驳回告发内容，森久保进入嫌疑人名单的风险反倒越高。他能做的唯有咽回想说的话，接受告发内容，以沉默证明自己并非幕后黑手。

森久保轻轻拿起纸张，紧张地盯着上面的照片。

参与诈骗。对于这个罪名，我并未感到讶异。其中最大的原因或许在于，先前我已经把森久保误认为幕后黑手了。刚才，我打心底里对他感到失望，待他洗脱嫌疑，我在仓促之间改变了对他的看法。但这时，告发信曝光了，他在我心里的形象再次一落千丈。我完全不认为诈骗行为是轻微的错误，然而短时间里实在发生了太多变故，我的大脑还没跟上这个节奏。唯有一点可以确信的是，现在，眼前这个名叫森久保公彦的人，和我此前印象中的森久保公彦截然不同。

"这是我去参加面试前发生的事……所以，原来如此，大家听我说。"森久保点点头，尽管犹豫，仍然像确信无疑般断言道，"这张照片……也是二十号那天拍的。二十号是星期三……发生

## 六个说谎的大学生

在面试前,所以是下午两点左右。绝对没错。"

有用的信息出现了。带有噪点和黑点,证实为幕后黑手亲自拍摄的第二张照片——拍下了森久保在校园里撞见老先生的一幕的照片,同样拍摄于二十号那天。幕后黑手在偷拍了森久保后,又去了九贺的学校,偷拍了九贺。那人当天的行动轨迹就此浮出水面。

大家以考试开始后扑向试卷的架势再次翻开各自的记事本。有不在场证明就能证实自己的清白。如果除了幕后黑手以外,其他人都有各自的不在场证明,我们就能采取排除法找出那个人。

可我却心生寒意。

四月二十日,星期三——我一整天都没有任何安排。没课,没社团活动,没兼职,没面试。记事本上一片空白——我一整天都待在家里。要想找出幕后黑手,就必须有个像我一样的人。换句话说,只有除幕后黑手以外的人都具有不在场证明,才能最终锁定真正的始作俑者。

真是叫人措手不及,我陷入一时不知如何解释的尴尬境地。怀着窘迫的心情,我面露苦涩,等待其他人从记事本上抬起头来。随后,好消息连连传来,超出了我的意料。

"下午两点左右……我有面试,给人事部打个电话就能证明。"

矢代第一个举起手。九贺紧随其后:

"我在学校。我们有研讨课,我可以请老师作证。"

转瞬间已有两人摆脱嫌疑。还剩一人,只要再有一人给出不在场证明，我们就能瞬间锁定幕后黑手。我感到胃液上涌，紧盯着嶌和袴田。现在已经可以确定，幕后黑手就在他们两人之间。莫非，难道说，那个人是……不，不可能——

这时，一只手倏地举起。

"我有面试。"

斩钉截铁，清晰可闻地说出这句话的人，是袴田。

"我也能给人事部打个电话，证明我所说的属实。"

听到袴田这句话的瞬间，幕后黑手已然现身。

小组讨论的时间所剩无几。我感到自己的身体正因绝望不断冷却下来。怎么会有这么荒谬的事，怎么可能这样？什么逻辑、理论通通丢掉吧，我只想自暴自弃地将嶌维护到底。但理性设法压制住了我张口欲言的冲动，尽管我已经接近崩溃的边缘了。

快说不是你啊，嶌。我的心声，传到了嶌那里。

"我有课。"

嶌举起了手。

"我和九贺一样有研讨课，可以请老师作证。"

嶌会不会是为了洗脱嫌疑，才迫不得已撒了这么个谎呢？我一厢情愿地为她担忧，不过偷偷瞄了眼她的记事本，上面清清楚楚，明明白白地写着"研讨"两个字。嶌没有撒谎，她的确有不在场证明。

嶌不是幕后黑手，太好了。

这份安心只存在了短短一瞬。为什么大家都有不在场证明呢？我边思索着，边把身体瘫靠在椅背上准备叹口气，就在此

## 六个说谎的大学生

时,我终于发现了自己有多么后知后觉。

怎么会这样?

反应过来的瞬间,我耳中仿佛响起了火灾报警器的尖锐鸣叫,一股爆炸般的不安涌上胸口。所有人的视线都集中在我身上。

"波多野……你呢?二十号的下午两点左右,你在干什么?"

袴田像是在触碰一个肿块似的,问得特别小心翼翼,于是我更加感到紧张。我心里想着得快点回答他,却发现自己除了附和了几声无意义的嗯嗯啊啊,再也说不出其他的话。我合上先前一直摊开的记事本,像要把它藏起来似的,会议室里弥漫着愈显浓重的怀疑色彩。我必须说点什么。心头闪过一个邪念,要不干脆就说自己也有课得了,却又很快意识到这就是个谎言,绝对不能这么说。可说了实话会怎么样呢?

我不是幕后黑手,因此只要有理有据地解释清楚就行了。但我又实在不知如何解释。焦躁很快显露在外,我难以做出正确的判断。大家怀疑的目光逐渐染上失望之色。

"总之……"九贺的目光依然停留在我身上,"先确认所有人的不在场证明是否属实吧。我们挨个给能作证的人打电话。"

九贺像森久保先前做的一样,开着免提拨打电话。为防造假,袴田查了学校的电话号码。电话接通后,九贺请对方转给上研讨课的老师,听筒里很快便传出老师的声音。九贺谨慎地组织语言,询问自己二十号有没有去上课,得到的答复是"当然来了啊",证实了他的清白。

接着是嵩……

大家逐一确认二十号星期三那天下午两点左右的日程。每多一个人洗清嫌疑，我就多一分窒息。现在的样子很可疑，快恢复清醒，恢复理智吧！可焦躁越积越多，我只能像是用力扯开缠乱的线团一般思考。越是思考，越是焦躁，大脑越是容易短路。我视线游移，咽下唾沫，刚环起胳膊，又觉得如坐针毡，于是马上放下，然后再环起来，如此反反复复。不行，我现在的表现完全就像幕后黑手一样。一部分的自我还能以客观视角俯瞰自己，但身体和大脑却怎么都不听使唤了。

我们预设的推导前提有误。冷静下来，我不是幕后黑手。

认为幕后黑手亲自拍下了照片的想法会不会是错的？我试着从这个方向入手，几秒后就发现不存在这种可能。正如九贺所说，噪点和黑点的存在毫无疑义地表明三张照片都是用同一台相机拍摄的。假如幕后黑手委托了他人拍照，"拍摄者"即"幕后黑手"的结论自然站不住脚，但幕后黑手没有理由把拍照这件事交给专人去做。假如指使我们各自的熟人把照片带给他，那倒还说得过去。

然而这样一来又无法解释为什么所有照片都出自同一台相机。按理说，幕后黑手应该会让提供九贺照片的人去拍九贺，提供矢代照片的人去拍矢代。

可实际情况并非如此。想来想去还是幕后黑手亲自拍照的结论最经得起推敲。而且故意伪造不在场证明的可能性也同样不现实。毕竟发现照片出自同一台相机全靠九贺的一双慧眼，这条线索原本就不可能会被任何人发现，犯不着特意为此费心。

事情到此就很简单了，有人的不在场证明是假的。这是唯一

## 六个说谎的大学生

的可能。

"……有人在撒谎吧。其实除了我以外,二十号那天应该还有人是空闲的。"

恰好在其他人都打完求证电话的时候,会议室里响起了我稍有些不负责任的话。嵨和九贺打给了各自的老师,袴田和矢代打给了面试公司的人事部。这些明显值得信任的对象证实了他们的不在场证明。电话号码不是随意拨打的,而是像之前验证森久保的不在场证明时一样,先由其他人查询号码,再按查到的号码拨出去,没有可供质疑的余地。尽管如此,其中必定有人造假。

"……有人想方设法找人作假,是的,绝对没错。"

然而我的这番话有如朝着鬼魂丢石头,没有引发任何反响与效果,空落落地消失在会议室的另一头。我必须尽力冷静下来,否则就会被大家冠上幕后黑手的名头。虽然大脑乱作一团,我还是时不时露出故作轻松的笑容,一心摆逻辑讲道理,然而却归于徒劳。大家完全没有听进我说的任何字眼,好像只有我,抑或说除我以外的所有人都变成了以假乱真的全息图像一样。

其他五人面色沉痛地弓起身子。

"总之,矢代——"

袴田发话了。

"打开信封吧。看了波多野的照片,很多事情……大概就能水落石出了。"

之前嵨打开信封的时候,我们都知道了针对嵨的告发信放在我的信封里。那么基于排除法即可得知，针对我的告发信放在矢代的信封里。

矢代细瘦的手指滑入纸缝间，一点点撕开封口。

我始终沉默地盯着这一幕。

■ **第五位受访者：小组讨论参与人——森久保公彦（31 岁）**
**2019 年 5 月 29 日（周三）12：19**
**日本桥站附近的套餐店**

被骗的人也有过错吧。

嗯？我在说什么？诈骗的事啊。刚刚说了，我上大学的时候参与过诈骗。

被金钱迷了眼，上赶着相信天上掉馅饼的人德行不好，他们已经无可救药。世上怎么可能会有轻轻松松就把钱挣了的好事呢？可总有人不过脑子，傻乎乎地听信花言巧语。这些人一点也不值得同情，自作自受，合该他们上当。

不好意思，能帮我拿下那个牙签盒吗？不用，牙签我自己拿，连盒一起递给我就行——对，谢谢，劳烦再放回去吧。

信封里的东西都是真的。你应该早就清楚吧？嗯？得了，别装出不知道的样子了，有点儿刻意。你很清楚其中的具体情况吧？……真是麻烦。

简单点说，就有点儿类似房产诈骗的升级版。那是件背心，有点儿像棉马甲，样式土得要死，被我们鼓吹成了一款功能超强的健康产品。背心里面填充了很多磁石，穿在身上可能多少能

## 六个说谎的大学生

改善血液循环,但我可顾不上有没有科学证明。就那样的水货背心,要价可是高达三百万日元呢。我们向老年人兜售背心——但不是让他们自己穿,而是鼓动他们先买下来,再租给其他有需要的老人。如果每个月赚个一万日元,对那些担心只靠养老金无法过活的高龄家庭来说,也算有了一笔小小的副业收入。初期投资三百万日元,每个月返现一万日元,听起来也真是挺不错的。如果中途急需用钱,把背心转卖出去就行。这么一说立马就能打消他们的顾虑。转卖当然不可能把原先的三百万日元一分不少地拿回来,但卖上两百多万日元一般没问题。听了这番信口开河后,大部分老人都会趋之若鹜。他们这么轻易地相信了我们的说辞,简直让我忍不住想问他们是不是真的理解了我们说的话。工作几十年,最后好不容易拿到手的退休金,就这么插上翅膀飞走了。这生意做得真是一本万利。

我的角色是负责协助宣讲、为产品质量背书的顾问。公司说,只要一摆出我学校的名头,就能把人唬住几分,所以想请我去做兼职。我是文科生,却装得很懂科学知识一样,帮着榨干了不少老头儿老太太宝贵的养老金。我丧尽天良,畜生不如,你想怎么骂就怎么骂吧。

我几乎没怎么碰到直接找上门控诉的受害者,只有那么两次,一次是准备离开公司的时候,还有一次是在学校里——被人拍了照片的那次。

肯定是幕后黑手在暗中指使的,告诉对方几月几号,什么时间,去学校哪个地方就能见到诈骗团伙的其中一员。毕竟时机未免也太凑巧了,我是一点儿也没想到……不过呢,不管怎么控诉我，钱的事我一个人也做不了主。没法承诺还钱，也不知道如何道歉，只记得那会儿一个劲儿地说"我也没办法，我也没办法"。是在脸书上找到我联系方式的吧。嗯？谁？当然是幕后黑手啊。我也听到过一点风声，说有人想挖我的黑料——算了，无所谓，都已经过去了。

那个，你不需要吧。我是说这家店的优惠券。你现在不会在这种店里吃饭了吧？给我呗。减两百日元可是相当大的优惠。券你要是不准备拿走的话，就给我吧。

现在回想起来，那次的小组讨论依然像是一场梦……好像什么心理实验，又像电脑上的廉价死亡游戏。只是一个混进会议室的破信封罢了，却引起了那么大的骚动，太荒谬了。

毕业求职——再没有什么比这更浪费时间的了。

为了得到企业的青睐，所有学生都在撒谎，企业也只宣传对自己有利的正面信息。我现在的公司是做包装业务的，从毕业入职起，我就一直上这家公司的当。那时专门和应届生对接的男性人事职员戴一副眼镜，身材瘦小，看着和和气气的。我想，这样的人待的公司应该气氛很好，最后就是因为这个才决定入职。可等进了公司，我很快就发现像他那样的人是例外中的例外。公司从上到下全是头脑简单、四肢发达的家伙。我心想，这种和体育部没什么两样的公司，那个人事职员应该很难待得下去吧。果然不出所料，我入职当年，他就被迫辞职了。有意思吧？大概是我学生时代骗人，这才遭了报应。我是彻底上了公司的当啊。

人事职员挂起笑脸说的什么"女性员工也能大展拳脚""公

## 六个说谎的大学生

司具备全球化视野""有生日假等独特福利"全都是谎言。公司以女员工不适合做销售为由,把她们都分到内勤岗位上;面试的时候问托业分数,实际上进了公司,根本就用不上英语;不管人在哪里,都有公司事务等着你处理;至于生日假,我完全没看到有谁休过,谁都不知道还有这种假。

说谎的学生,说谎的企业,毫无意义的情报交换——这就是求职。

人事招聘的标准究竟是什么,这个我到现在都一无所知。不过,就算他们想告诉我,我也没兴趣了解。

算了,不说这个了。你见过他们四个人了吗?哦,怎么样?大家都对那场小组讨论没有任何怀疑吗?怎么会呢?……哎呀,行了,别藏着掖着了。我什么都和你说了,你也想想我嘛。我把宝贵的午休时间抽出来和你聊天,你多少也说点实话啊。

你是因为"幕后黑手"死了,所以来销毁证据的吧?

那场小组讨论结束后,我想了很多。"幕后黑手"的计划真的有那么粗糙吗?我们看到的所谓真相真的是事实吗?为了不暴露身份,小心谨慎到往我家寄信封的那个人,真的会那么轻易就露出马脚吗?

我不觉得自己进不了斯彼拉都是拜信封和"幕后黑手"所赐。多少我也有点儿自知之明。我人缘不好是事实,无论信封有没有出现,我大概都不会成为六个人当中的那个幸运儿,这点我承认。可我就是讨厌搅乱局势,让我成为最大嫌疑人的"幕后黑手"。所以,后来意识到我们在那次会议上找出的并不是真的"幕后黑手"时,我真是满满的不甘心。

你怎么了？口渴？要不要来杯凉水？没事儿，别客气。

信封分配的方式很奇怪，就像一场游戏，这样的安排当然不是为了把会议变成一场戏剧性的心理战。仔细想想，应该是"幕后黑手"为得到录用机会，经过相当缜密的谋算后，一手炮制出了这个前所未有的分配方式。

小组讨论在即，那人想查到除自己以外剩余五人的黑历史，抹黑大家的形象。有了这个想法以后，真正困难的是如何揭露其他人的黑历史。诈骗、流产、还有什么来着……接客、霸凌，不管再怎么骇人听闻，只要他敢开口讲出来——说自己调查到了这些东西，就会暴露自己背地里偷偷摸摸挖人黑料的行径，让大家怀疑他人品有问题。就算成功把别人拖下水了，他自己的形象也会一落千丈，失去录用机会。如此一来就是本末倒置了。

因此，告发这种事怎么都必须从第三者，或是从不知究竟是谁的人口中说出来。"幕后黑手"必须准备信封。可要是把针对所有人的告发信一股脑儿装到大信封里，"砰"一下全摆到桌上，我们之间就绝不会发生互相揭短的闹剧。大家弃置不管，这事儿就过去了。

于是"幕后黑手"就把告发信分装藏进不同信封，散发给所有人。这样一来，他必然也得准备自己的那一份。在场一共六人，信封只有五个显然不对劲，所有信封都打开后，要是只有他自己没被告发，大家就会知道谁是幕后黑手。所以，他也不得不准备了对自己不利的告发信。

当时有哪些推测，我已经记不全了，不过我记得讨论是按照我们推测的方向发展的。无论如何，"幕后黑手"大体上也就只

## 六个说谎的大学生

有两条路可选,一是能够证明告发内容是假的,二是只给自己安个程度相对较轻的罪名。

可我有个新发现——其实幕后黑手还有隐藏的"第三条路"。发现这一点的时候,那种好像解开了复杂算式的成就感,以及掉出候选人之列的不甘齐齐涌上心头。啊,原来还有这种办法啊。虽然是盲点,但实行起来却极其简单。这是一种像我这样的人想不到的办法。

把揭发自己的信封,交给自己的爱慕者。

只须这样一个举动,便能轻轻松松地免遭告发。为了明示谁的照片在谁手上,信封中必须留下"另,某某的照片放在某某的信封里"的提示。自己手上的信封里装着心上人的照片——要是对方在尚未得知这一点前便打开信封,那就会带来很大的风险。但想要避免这种情况发生,其实非常简单,只要从会议刚开始时,便极力主张"不应该打开信封"就行了——仅此而已。任何人都会想要与自己喜欢的人的意见保持一致。如果喜欢的人说的话合乎情理,自然就会与对方站到同一阵线。

不在场证明是怎么伪造的,我不知道。总而言之,我觉得幕后黑手是个天才。恭喜了,成功拿到录用机会,工作了将近十年。现在年收入有多少了?工作得开心吗?为了得到机会,不惜践踏喜欢自己的人,真的有价值吗?应该有吧,我想是有的。你确实有很强的行动力。

哎,你口渴就说嘛,我可以给你叫杯水啊……哦,对了,那个瓶子上的不干胶标签就是我们公司生产的,不过不是我负责的。话说回来,你以前就老喝这个呢,茉莉花茶。很喜欢吗?

我说，嵩，你才是"幕后黑手"吧。

波多野祥吾绝对不是"幕后黑手"。

## 6

矢代从信封里拿出照片。看到照片的瞬间，我从椅子上滑落下来，狠狠跌坐在地上。印在纸上的照片只有一张。似乎是为了与我现在的心理状态形成对比，照片上的我一副活泼开朗、无忧无虑的样子，脸上洋溢着灿烂的笑。那是大一时参加迎新联谊会，和大家一起赏花时拍的照片。

波多野祥吾是罪犯。大一时，他在社团聚会上违反了未成年人不得饮酒的法规。

（※另，矢代翼的照片放在袴田亮的信封里）

未成年人喝酒确实犯法。严格来说，这是不可饶恕的罪行。然而根本用不着询问会议室里的各位对此持何等看法——把我算进去都行——所有人都是一个想法。

不痛不痒的罪名。

与此同时，另一个冲击使我惊愕万分，几欲昏厥。照片里，我对着镜头举起麒麟拉格啤酒，身影略微失焦。与照片中的自己目光交汇的瞬间，我明白了幕后黑手究竟是谁。

原来如此，竟是这么一回事。我好蠢啊。

## 六个说谎的大学生

　　我缓缓抬头，窥视幕后黑手的神色，以眼神无声地控诉着：幕后黑手就是你吗，陷害我的就是你吗？你太残忍了，我明明由衷地相信你，真的很喜欢、很喜欢你。然而幕后黑手的演技简直炉火纯青。我像照镜子一样，看着幕后黑手露出与我完全一样的表情。那表情好似在说："你背叛了我，我明明由衷地相信你。"有那么一瞬间，幕后黑手似乎湿了眼眶。

　　大家听我说，我知道谁是幕后黑手了。是那个人，不是我。

　　我想过指认幕后黑手，却始终做不到。我的大脑虽一团混乱，却也没迟钝到以为当场指认真正的幕后黑手就能扭转形势。现在怎么挣扎都是徒劳。幕后黑手也早已料到我无能为力了。所有的布局都起了妙用，就为了让我顶罪。现在想想，那时候的那件事就是对我的宣战。

　　"我的……照片，"矢代指向拍下自己走入混住大楼一瞬的照片，"我想起来了……这张也是二十号那天拍的。差不多是在下午五点差十分的时候。"

　　我不知道矢代为什么会突然间想起照片的拍摄时间，又为什么突然间要补充这个信息。总之，矢代说的已是可有可无的事实。至此，最后的致命一击达成。大家互相看看记事本，发现下午五点左右，除我以外，其他人都有安排。森久保和九贺为了交接图书，正好约在了这个时间见面。袴田和嵩去兼职打工了。他俩各自给兼职的地方打了电话，获得了不在场证明。我完全没有了任何退路。

　　闹铃声似乎从很远的地方传来，最后一轮投票的时间到了。

　　"进行最后一轮投票前——"我用弱不可闻的声音询问道，

"我想请认为我就是幕后黑手的人举个手,可以吗?"

自己是受人陷害,才会一败涂地的——不明确这件事的话,我将无法迎接未来之日。森久保和袴田最先举起了手,接着是矢代和九贺,最后,当嶌的手仿佛被空气推着举起来时,我有如人偶般无力地点点头。明明内心完全无法接受,我还是点了头。

在四人发自内心的轻蔑和另一人刻意装出的责备视线里,我尝到了满满的绝望滋味。没有流泪不是因为坚强,而是已经被震惊和沮丧填满,顾不上悲伤了。

我一边想方设法地压抑着自暴自弃的念头,一边思考着最恰当的应对之策。苦思冥想后,我定下了最后一招反攻之计,狠狠一咬牙,组织起一番话。

"……没错。"我拿起分到自己手上的信封,里面装的应该是嶌的告发信,"调查大家的黑料,装进信封,投递到森久保家邮箱的人就是我。我只给自己安排了相对没那么严重的罪名,企图在最后拿到录用机会。大家预想得没错。不过,我其实是想曝光所有人的黑料来着,却怎么都挖不出嶌的,于是就决定把她的信拿在自己手上。这样一来,只要最后没打开,这封信'空空如也'的事情也就不会败露了。"

说完,我就把信封塞进了西装的内层口袋里,接着把包括记事本在内的所有私人物品一股脑儿扫进包里。我不顾会议尚在进行,自顾自做着离开房间的准备。没人阻止我的动作,这并非因为大家想对我这可怜的幕后黑手施予最后的同情。他们也有他们的事要做,现在必须赶紧举行最后一轮投票,选出录用者。

# 六个说谎的大学生

"我投给嶌。"

我只口头说了一下，没有举手表决。

投票结果用不着再特意确认。

■ 第六轮投票结果

·嶌 5 票　·九贺 1 票　·波多野 0 票　·袴田 0 票　·森久保 0 票　·矢代 0 票

■ 当前总票数

·嶌 12 票　·波多野 11 票　·九贺 8 票　·袴田 2 票　·矢代 2 票　·森久保 1 票

恭喜你，嶌。享受你美好的职场生活吧。

我的手搭在会议室的门把手上。转动把手门就会打开——当我莫名为这理所当然的事情感到讶异时，一只脚已经踏出了会议室大门。扑面而来的空气冷得像要结冰一样，如此清新，充满解放感。我深切体会到自己先前被关在一个多么闭塞的空间里，软禁在多么异样的世界里，一下子眼角发热。现在能感受到悲伤了。我吸吸鼻涕，借此憋回眼泪，在斯彼拉的走廊上迈步前进。

鸿上先生从隔壁的房间里走了出来。

他有什么话想对即将离去的我说，却欲言又止。你还真有本事，把小组讨论搅成这个样子——我本想着，就算他这么骂我也没什么好奇怪的，可他终究什么都没说出口，大概是没找到合适的话吧。我自己也不知道该说什么才好，实在没办法，便只朝他点点头，既非道歉、致谢，也不含告别意味，随后就朝着出口的方向去了。

我像扔东西一样把口袋里的出入证还给前台,走进电梯。

电梯下行的同时,泪水夺眶而出。我顾不上会不会弄脏面试套装这回事,当即支撑不住,瘫倒在地,发出了似乎能响彻整栋大楼的吼叫。

电梯还在下行,一直在下行。

AND THEN

在那之后

在那之后

# 1

○ 森久保公彦
现就职于经营包装材料业务的商贸公司。他认为波多野祥吾是无辜的，我才是那个幕后黑手。

我再也没心思继续记下去了，把手机丢进包里。看着马路，目送三台汽车开过去后，我招手拦下一辆推拉门的出租车。和司机说了斯彼拉总公司在新宿入驻的大楼名字后，我随着车子启动的惯性，放任自己靠在座位上。

商务区到处都是一身西装打扮的人。这个世界竟会存在能够容纳如此多人的办公空间、工作岗位，我漫无边际地想着，在司机未察觉时悄悄叹了口气。要联系一下芳惠吗？这样的想法只出现了短短一瞬，我很快便意识到根本没有任何需要即刻告诉她的事情。我现在很焦躁，不应该在这种状态下给她打电话。我喝了口茉莉花茶，想拂去心头的不快。瓶子上印有可爱植物图案的不干胶标签突然看着很碍眼，我沿着边线整条撕下来，丢进了包里。

我跟五个人进行了面谈，包括前人事部部长鸿上先生，却没有任何成就感，也没有得到任何可以称之为结果的结果。我不再

## 六个说谎的大学生

想面谈的事,一边闭眼休憩,一边盘算着下午的计划。

  由于没有对比参照,我并不清楚斯彼拉链接的工作是否繁重。早上八点半左右到岗,下班时间一般在晚上九点到十一点之间。说起来这或许可以归类为黑心企业了,但结合薪酬来看,这样的强度并不过分,比起叫苦,我更想尽早独当一面,得到别人的认可。

  进公司那年,综合岗位只招了我一个,技术岗招了几个学理科的本科生和研究生,设计部招了几个专业学校出身的人。与我同期入职的应届生一共八名。由于新员工人数比较少,和入职其他公司的朋友比起来,我们的培训期也比较短。我最开始分到了当时的核心业务"SPIRA"的销售部门,主要工作是策划方案——如何结合 SPIRA 的社区功能,推出吸引用户参加活动的企业广告。新员工欢迎会上,领导问我想做什么样的策划案,我说了自己早在入职前就思索已久的想法,结果领导大力鼓动我,叫我第二天就试着执行看看。我空有干劲,却什么都不懂,希望有人能多多少少点拨我一下,但没有哪个员工闲到有空一对一指导新人。现在回想起来,我可以客观地说,斯彼拉对新人太过放任自流了,然而当时我被斯彼拉的光环所迷惑,自以为这就是斯彼拉的一流管理法,尽管心里不安,还是一头扎了进去。我不敢说自己所做的一切都完成得很好,但我能感受到自己成长的速度超出了前辈的预期,完成了从新人到斯彼拉战斗力的转变。

  第三年,我调到了当时新成立不久的"LINKS"部门。LINKS 是一款主攻手机端的聊天软件,它凭借着操作便捷和免费通话功能广受好评，发布第一年就创下了五千万的下载量记录，现在已经完全成了斯彼拉的主要业务。如今很难见到没装LINKS的手机了。我依然负责市场工作，主要为企业策划可以在LINKS上使用的联名表情包。

因为公司叫斯彼拉链接，新业务就命名为了"LINKS"，遗憾的是，受其他新兴社交网站的挤压，原本的核心业务SPIRA如今已经完全断了生机。瞄准年轻群体的产品，一旦没有了新鲜感，立刻就会走向灭亡。然而LINKS的发展势头十分亮眼，足以让人对SPIRA的衰退毫不在意。公司规模以肉眼可见的速度日渐扩张，就像被打气筒吹起来的气球一样。

我还没自恋到愚蠢地认定公司的发展都是我的功劳。不过置身于飞速发展的公司里，那种喜悦是毋庸置疑的，如果把日本比作一辆新干线列车，我大概是坐在车头的人，这种程度的自负和陶醉还是有的。

两年前，公司总部搬到了新宿。同一时期，我也调到了支付事业部。随着二维码结算服务"SpiraPay"的发布，曾经名存实亡、纯粹沦为公司名称的"斯彼拉"一词也再度复活。尽管SpiraPay不像LINKS一样一经发布便爆红，但作为非现金支付服务，它在国内的市场占有率也是遥遥领先。

基于SpiraPay提供的服务内容，不太可能通过开发创新功能来扩大市场占有率，受此影响，我们市场团队现在的工作变成了接地气的上门推销。团队分成两个小组，地推组一家家走访中小型餐饮店，问人家要不要使用SpiraPay服务；大客户组拜访大型商场、超市，请对方把SpiraPay引入所有连锁店。我属于后者。

## 六个说谎的大学生

令我不得不开始追溯当年真相的导火索事件，大概发生在采访森久保公彦的三周前。但事件发生时，我的入职经过或者说那场小组讨论，在我看来已是久远的过去，变得跟幼儿园时期舞台汇演的舞蹈动作一样模糊泛黄了。

"我没想让你道歉。"

大概是被我略有些尖锐的声音吓到了，铃江真希脱口而出一句"对不起"，这已经是她今天第八次道歉了，说完她又皱起眉，像在反省自己道歉的行为，明显沮丧了下去。

"我说过，邮件准备个套用模板，简单复制粘贴一下就能发出去，不要在这上面花太多时间。你太慢了，自己心里也清楚吧？"

"……是的。"

"在这种简单的行政事务上花费太多时间，就没空处理那些真正耗时的工作了，尽量快些，再快些，可以吗？"

"知道了。"

这句"知道了"不过是敷衍罢了。虽然她嘴上说得很好，待人接物也不错，但是工作效率怎么都提不上来，看着也根本没有要改的意思。我知道自己不是什么了不起的人物，没资格对她大吼大叫，所以总想着平心静气地解决问题，然而脸上的笑意无疑一次比一次冷淡。人事对我说，铃江处于在职培训期，尽量多给她安排一些事情做，于是我把写邮件的简单工作交给了她。但是现在我的忍耐已经到了极限。

"嶌，可以拜托你一件事吗？"

我放下手里的工作手机，转过身，只见经理一脸歉意地看着我。这种情况下，来的往往都不是什么好事。

"你刚刚是准备打电话吗？"

"是准备打，没关系，您说。"

"给那家医院？"

"嗯。"

"不是昨天才打过吗？是不是有点儿盯得太紧了？他们也有自己的办事节奏，可以再等等，让他们好好准备……反正只是要一份登记客户信息的非正式文件。"

"就是因为只要一张纸，才得多提醒他们。有些事对我们来说很重要，对对方来说就只是无关紧要的杂事。您找我是要……"

"这个嘛，是这样的。人事联系我，说想让我们团队出一个人当面试官。"

"……面试官？做招聘吗？"

"校招面试官，说是要举行群面，差不多在下个月六号……请各个团队派出一个最优秀的员工，我心想只能找你了。"

"我不行啊。"

经理显然是想用"最优秀的员工"这种说辞诱导我应承下来，但却反倒更让我提不起兴趣。经理人不坏，就是说话做事照本宣科、虚浮空泛，我没法相信他说的半个字。这个男人虽然到了四十多岁的年纪，但形象精致，潇洒十足。没有一丝赘肉的身材，整齐的小胡子，时尚的圆框眼镜，与其说是公司的中层领导，不如说更像一个活力满满的艺术家。就外表来说，他全身上

## 六个说谎的大学生

下没有一处缺点。但即便如此——或者要说正因如此吧，内在的不足才会格外让人难以忽视。

　　我回绝经理的请求并非出于对他的个人情感。说"不行"而非"不想"，是因为我的工作负荷已经到达极限，手头的事情没法再增加了。以医院为代表的医疗行业是推广非现金结算服务阻力最大的领域。很多时候，大家在支付有保险覆盖的医疗费用时用不了信用卡，就是由于存在手续费。不过在实施了积分抵扣和调整优惠时间的举措后，我现在已经隐隐看到了非现金结算纳入医疗支付体系的希望。医疗界的三家顶级机构眼看着就要点头答应，早晚能够拿下他们，到时候 SpiraPay 在业界的市场占有率将不可撼动。我的努力已经进入收获期，怎么都不可能去当什么面试官。经理应该也十分清楚当前的情形。

　　铃江真希从旁插了进来，说有人打电话找我。我对她说等会儿回电过去，请她问清楚对方的名字，而后继续转向经理。要是含糊不清地结束对话，他往往就会把我的答复解释成他想要的样子。

　　"总之，请您另找他人吧，我实在没空。"

　　"哦，也是，这样啊。原来如此。"

　　对话显然应该到此为止，经理却还含含糊糊地念叨了一阵，没有从我面前走开的意思。我知道，最让他省心的办法就是把这件事强推给我，尽管经理没这么做，但他既不提替代方案，也不做让步，一直犹豫不决，没有任何表示，看着也够破坏心情的了。他莫不是以为摆出为难的样子给我看，我的态度就会一百八十度大转弯？我再次明确地表示拒绝后，他像吃了苦头一样晃荡回自己的座位上。看样子，过个几天，他绝对还要再来找我聊这件事。头疼。

说到底，我就算有空，也没道理去当什么面试官。

我走向铃江真希的座位，准备问一下刚才的电话并回拨过去。铃江真希正不甚熟练地敲着键盘写邮件，我走到她身后时，发现她才被分来不久，就已经把办公桌装饰得花里胡哨了。我倒不会因为这个挑她的刺，就是觉得她还真挺没心没肺的。

正准备开口叫她的瞬间，我不由发出"啊"的一声——我看到了她放在桌上的一张照片。

"啊，嶌。"铃江转过身，顺着我的视线看过去，"咦，你知道他？"

"……是相乐春树吧？"

我都没说喜欢还是讨厌，铃江已经像找到了同好一样双眼发亮。

"我是他的忠实粉丝。"她毫不在意我的冷淡，"歌唱得好，最重要的是可爱极了。包括性格，哪方面都无可挑剔。"

"是吗……"

"还有上音乐节目时说话的方式，他的好真是藏都藏不住。"

"可是——"我忽然生出一股促狭之心，"大家最近好像都忘了，这个人曾经吸过毒吧？就这样你还觉得他性格好？"

"……哎呀，那都是过去的事了。"

"可那是真实发生过的吧？你都没见过他，就一口咬定他性格好，是不是有点儿太随意了？"

我也实在是幼稚，心里这么反省了一下，然后我叫铃江给我

## 六个说谎的大学生

刚刚来电的人的名字和号码。她递来便笺，上面却没写来电人的公司名字，我指出这一点后，她说：

"啊，对不起。那人没报公司名字，我以为是你的老熟人……就没问。"

又来了。

"下次要问清楚啊。"我叮嘱完就回了自己的座位。现在别无他法，只能试着用谷歌搜索这个号码，看能不能找到公司名字，结果一无所获。048 开头的号码本来就很让人费解。我上网一查，发现这是埼玉县的电话区号，却仍然想不到有谁会从埼玉打电话过来。来电人的名字我从没听说过，本想干脆无视，但既然已经告知了对方会回电，就不能失了礼数。

无奈之下，我只好拨通电话。四声过后，电话被人接起。

"打扰了，我是斯彼拉链接的嶌，刚刚接到这个号码打来的电话，就给您回拨过来了。请问波多野在吗？"

"……是嶌吗？"

"……是我。"

"嶌衣织小姐？"

"是……"

一种难以言喻的糟糕感觉让我不太舒服，我沉默了一会儿。

"我是波多野芳惠。"

"承蒙关照。"我下意识回了一句，发现自己确实和对面的人没有任何交集。正准备问她究竟是谁时，电话那头又发话了。

"我是波多野祥吾的妹妹。"

"波多野……祥吾。"

我一时间还没反应过来,这个名字略有些耳熟,却完全想不起来是谁。是小时候看的动画片主角,还是初中时的同学,抑或是前世的恋人?我心想不能失礼于人,开始拼命地在大脑中搜寻起这个名字。就在这时,波多野芳惠的又一句话唤醒了我的记忆。

"他应该和你一起参加过求职面试。"

几个光年的距离瞬间消失,八年前的那段记忆清晰地涌上心头。

波多野祥吾。小组讨论、最终考核、会议室、信封。

回忆成串袭来,我不由得渗出冷汗。那天的事,或者说那段日子的记忆,我并没有遗忘,而是拼命封锁着,一再告诫自己不要想起。我的大脑一片混乱,甚至都快忘了当下身处何地。正当我即将把已在斯彼拉链接工作了好几年的事抛之脑后的时候,对面的人开口了。

"哥哥去世了。"

哥哥……仿佛有一只鹦鹉在我脑子里不断复述,我一点点理解了这句话的意思。"波多野他……"

"嗯,两个月前走的。"波多野芳惠说,"我在老家整理他遗物的时候,发现了他留给你的东西,我想着应该联系一下你,就往你的公司打了电话。你什么时候方便的话,可以来我家一趟吗?如果你不感兴趣,我就自行处理了。"

抵达位于埼玉的波多野家时,已经是晚上九点了。本来想早点结束工作的,可必须处理的报价需求一个接一个地来,时间拖后了。我知道这个时间点不适合去根本没见过面的人家里登门拜

## 六个说谎的大学生

访，但我不想一直心神恍惚地把这事儿拖到第二天。

他留给我的东西究竟是什么呢？

位于朝霞台的大型公寓十四层，1401号房间的门上挂着写有"波多野"三个字的门牌。波多野芳惠给我开了门，一看到她的脸，记忆中的雾霭瞬时散尽，我想起了波多野祥吾的样子。芳惠虽是单眼皮却炯炯有神的圆眼，以及她略长的面部骨相唤醒了我的记忆。房子里没布置祭台，只摆了遗照和香炉。尽管照片中的波多野祥吾发型有别于从前，面容却几乎和我记忆里的一模一样。上完香，他的父母从起居室走出来，对我深深鞠躬，感谢我为了他们的儿子特意上门拜访。失去爱子的伤痛仍在，但他们对我的态度十分友好，看来应该对当年的事毫不知情。我之前已经预想了最坏的可能，此时不由得松了口气。

波多野芳惠带我去了波多野祥吾的房间。

她打开灯，说出了我一直想问的事。

"哥哥是病死的。"她说，"平时都不怎么生病的人，得了恶性淋巴瘤。这么说可能有点儿冷血，但我和他好多年没见面了，现在还没什么特别的感觉。"

"……他不在这儿住吗？"

"几年前就搬走了。你知道广岛的比治山吗？"

"不知道。"

"我也没去过，听说好像离广岛和平纪念馆挺近的……也算是在市里。总之，他调到那里工作以后一直都是一个人住。不过，我离家比他还早——我在江户川区当公务员——四年前就不在一起生活了。总之，这个房间好多年都没人住了，就像你看到的这样。"

房间里确实感受不到有人居住的迹象。床上没有床垫，而是放着落灰的空气净化器和动感单车。桌上摆着大量书籍和一个不再使用的垃圾桶。波多野芳惠在抽屉里东翻西找，边翻边对我说：

"我打扫了房间，想把留作纪念的东西和垃圾分开——还特意请了带薪假，然后就发现了这个——稍等一下，很快，我应该没放到什么奇怪的地方。先在那边的坐垫上坐一下吧。"

我不太会跪坐，本欲谢绝，却又不想再劳烦她，就顺着她的话跪坐下去。我缓缓沉下腰，感到自己的腿正在微微颤抖。发觉腿在颤抖的瞬间，这股颤动的感觉一直传到了心脏。我的心跳不断加速，究竟会是什么呢？随着想象的深入，我越来越强烈地确信，只有可能是"那个东西"。

为了掩饰紧张的呼吸，我一口气喝干了端给我的茶。就在这时——

"找到了，是这个。"

波多野芳惠坐到对面的坐垫上，递给我一个透明文件夹，里面夹着几份资料。我接过文件夹，里面透出来的内容让我呼吸一滞。

"哥哥什么也没和我说。"

波多野芳惠的表情明显变了，眼里开始泛起先前一直潜藏着的困惑和怀疑。同一时间，我产生了错觉，感到屋里的灯似乎变暗了。她之前的亲和态度，莫不是为了把我拖入深不见底的流沙里而故意为之的巧妙伪装？

## 六个说谎的大学生

波多野祥吾恐怕是为了做标注。透过文件夹，只见第一页上用黑色马克笔写着几个大字：

**致幕后黑手、嶌衣织**

面对目瞪口呆的我，波多野芳惠开口了。

"哥哥求职那年，有一天——"她直勾勾地盯着我，"我不知道他去参加了哪家公司的面试，总之他是穿着求职套装回的家，整个人慌乱无措到了难以置信的地步。他先大喊大叫了一阵，然后又立刻安静下来，把自己关进房间——就是这个房间，然后就不怎么出来了。我总是没完没了地听到他啜泣的声音。说真的，我甚至怀疑过他是不是杀了人。问他发生了什么，他却什么都不说。除了吃饭，其他时候我们根本看不到他的人。最后，还没拿到任何一家公司的录用通知，他就放弃了求职。我本来已经完全忘记这回事了，直到发现了这个文件夹。"

文件夹里夹着一张记了笔记的纸。纸上有浅浅的横线，尺寸比大学用的笔记本稍小一些，应该是从记事本上撕下来的吧。纸上有手写的"得票数"字样，并且列出了九贺苍太、袴田亮……六个我几乎已经忘记的名字。是那次小组讨论的票数记录。每个人的票数都工工整整地写在上面，只有我的名字用红笔圈了起来，似乎是为了着重标记。"12票、录用"的字眼有如死前遗留的讯息一般，透露出癫狂的气息。

文件夹里还夹着斯彼拉当时发放给大学生的校招指南。我曾经翻来覆去地看过好多遍，简直都快把纸张翻烂了，因此记得特别清楚。强烈的灵魂出窍感让我好似晕船一般头昏眼花,我用僵硬的手指翻着文件夹,没有别的文件了,不过下方有异样的凸起,是一个U盘和一把小小的钥匙。

"我不知道这是哪里的钥匙。"

波多野芳惠让我把U盘给她,然后拿起放在桌上的笔记本电脑,读取U盘里的内容。电脑读取速度很快,想来应该不是波多野祥吾留在房间里的遗物,而是她自己的私人物品吧。U盘里的文件很快显示出来,有一个文本文档和一个压缩文件。文档名称叫"无题",压缩文件的名称是刚刚见过的"致幕后黑手、茑衣织"。

"压缩文件加密了,必须输入密码才能打开。如果连错三次,就会破坏里面的数据。不过这个文档——"

她双击命名为"无题"的文档,打开了波多野祥吾写下的文章。

  这段往事或许早已无人在意。

  然而无论如何,我都要再次真诚地直面"那件事"。它发生在2011年的求职季,荒谬得近乎不真实,痛切得超出常理。这是我的调查结果。幕后黑手已经无所遁形。事到如今,我并不打算追究那人的过错。

  我纯粹只是想要查出那天的真相。

  不为别的,为了我自己。

波多野祥吾

我回过神来,发现自己正捂着嘴,死死盯着屏幕。我一行一

## 六个说谎的大学生

行,逐字逐句地细看这篇文章,却总是漏读。思绪混乱不堪。只有几行的文字,我愣是反复看了好几遍,才终于理解了它的含义。这时,波多野芳惠关掉电脑。

"哥哥卷入了不好的事情——文章读起来就是这个意思。"

波多野芳惠已经毫不掩饰对我的愤恨。

"我确信,策划那件事的幕后黑手就是你——嶌衣织。看到那份笔记上写了'录用',所以我猜测你现在就在斯彼拉工作。想到这里,我试着打了个电话,但没抱多大希望。我问他们嶌衣织小姐在不在,电话转了好几个部门,终于到了你那边。那个时候,我又迷茫了,不知道该和你说什么。是要反问你有没有想对哥哥说的,还是问你对哥哥做了什么,抑或是问你有没有必须要向哥哥道歉的事——"

"等等,你先停一下——"

"我不会停下——"

"请你先停下!我都不知道这究竟是怎么回事!"

纷繁的画面在我脑海里闪回。那场会议——最终考核的小组讨论开始后,信封不知从哪里冒了出来。有人打开信封,每个人都被曝光了另一面。大家讨论着幕后黑手究竟是谁,互相怀疑,最后波多野祥吾坦白,说自己就是幕后黑手,然后离开了会议室。我想起来了,就是这样绝对没错。票数第一的我正式拿到录用机会,但现在重点不是这个。

我吐露出心底的震惊。

"波多野他……不是幕后黑手?"

"什么?"

"幕后黑手是波多野。至少,我一直到今天都是这么认为的。"

关于斯彼拉链接最终考核时发生的"那件事",我把能回忆起来的全都原原本本地说了出来。越说越觉得怎么都不像是真实发生过,或者说怎么都不像是自己真正经历过的事。说起来,我持续到今天的职场生活还是拜它所赐,简直太奇幻了。说得越多,我越感觉虚无,好像是在讲昨天做的一场梦似的。那简直就像是小孩子的恶作剧,实际上也确实是身为孩子的大学生策划出来的卑鄙计划。我将波多野祥吾坦白自己就是幕后黑手,而后离开会议室的事全盘托出。波多野芳惠刚开始听的时候还不大相信,但在察觉到我的讲述并非捏造或欺瞒后,她的表情渐渐严肃起来。

"幕后黑手已经无所遁形。事到如今,我并不打算追究那人的过错。"

"致幕后黑手、鸟衣织"

波多野祥吾留下这样的话,让我有些难以置信。不过这么看来,他应该不是幕后黑手。可为什么会把我当成幕后黑手呢?我为什么要策划"那起事件"呢?

波多野祥吾,幕后黑手——原来不是你吗?

个中细节我已经想不起来了,但那一天,所有的证据、信息、情况应该都指向了他,幕后黑手无疑就是波多野祥吾。当然,这件事确实令人难以置信。小组讨论开始前,我一直觉得他是个值得信赖,特别和善的人。即便在得知他就是幕后黑手以

## 六个说谎的大学生

后,我心中还是无法彻底相信。没想到波多野……最终,比起他的为人,我还是选择了相信证据。

毕竟,一个人就算乍看起来品性纯良,你也不知道他心里藏着什么。多的是面上笑得慈眉善目,却在心里饲养恶魔的人。非但如此,几乎所有人都戴着面具过活——教我认清这一事实的,不是别的,正是那场小组讨论。

然而,真正的幕后黑手不是波多野祥吾。

那会是谁呢?

"……可以给我看看吗?"说完,我接过波多野芳惠的笔记本电脑,双击U盘上存储的压缩文件,如她所说,屏幕上跳出了输入密码的界面。

**密码是幕后黑手的所爱【输入次数有限:剩余次数2/3】**

"还剩两次机会。"

"对不起。"波多野芳惠微微低头,"我随便按了个enter键,用掉了一次机会。"

文件应该是用某种特殊软件加密的。软件虽然看着像是免费的,但由于其架构单纯,反倒不好使用一些技术手段来破解密码。思考弹窗里的提示前,我先把光标移进了输入框,边看着一闪一灭的光标细线,边一点点思索着密码是什么。幕后黑手的所爱,那也就是我——嶌衣织所爱的东西吧。

我爱什么呢?

这个压缩文件夹里到底有什么？该输入什么？我沉默地想了差不多十秒，这时波多野芳惠开口了。

"如果需要的话，请带回去吧。本来就是给你的东西。"

她关掉界面，拔出U盘，放回到文件夹里，然后把文件夹递给我。

"对不起，先前对你非常失礼。要是有任何关于哥哥的消息——总之，如果发现了什么你觉得有必要告诉我的事，请和我联络。"

毕业求职已经是非常久远的事了。我已经得到录用机会，顺利入职了。一切正如波多野祥吾留下的讯息所言，"这段往事或许早已无人在意"。我完全没必要再掺和进去。

可我还是从波多野芳惠手中接过了文件夹。我下定决心，势必要在八年后的现在揪出真正的幕后黑手。

原因只有一个。

那天过后，我曾经一度无法释怀。我故意不去思考，放任自己完全相信波多野祥吾的认罪自白。可现在，我知道了他的自白不是真的，就必须再次直面一个问题。

那就是，他带走的信封。

我不知道他是出于什么原因放言信封里空无一物，然后就那么离开了会议室。如果他是幕后黑手，自然就应该知道信封里装了什么。如果不是，他就不可能掌握信封里的信息。总而言之，那个信封不是空的。

波多野芳惠一开始打来电话时，我最先想到的是她可能找到了波多野祥吾留在自己手上的信封。或许是波多野祥吾手里那封

## 六个说谎的大学生

针对我的告发信，机缘巧合之下重见天日，于是他的遗属说什么都要联系到我——然而事实并非如此。

信封如今下落不明。

那里面的内容——

我把攥在手上的文件夹收到包里，思绪又一次回到那间会议室，和那场发生在 2011 年的，大家避而不谈的小组讨论。

直到坐上回家的电车，我心中依然残留着些许被森久保公彦视作幕后黑手的不满情绪。我根本没想到除了波多野祥吾以外，还有其他人认为我才是真正的幕后黑手。身体沉重，心也沉重。车上唯一空着的老幼病残孕专座牵动了我的心神，我本想干脆坐上去得了，最后还是决定继续抓着吊环。我闭上眼，一心等待着播报最近一站的到站通知。

波多野祥吾究竟查到了些什么呢？如果他确信我就是真正的幕后黑手，那不就意味着他没有查到其他证据吗？我百思不得其解，恐怕只有打开压缩文件，一切谜团才会迎刃而解。话说回来，在他人眼里我爱什么呢，这实在是个难解的问题。输入密码的剩余次数依然停留在 2/3 这个数字上。不是不想，而是我连能输入些什么都不知道。

我迈着比以往更为沉重的步伐走出检票口，赶在关门前溜进成城石井超市，买了沙拉当作晚餐。

回到家，我窝进沙发，堆积的疲劳有如河坝排水一般，猛然向我涌来。眼皮骤然变得沉重，放在面前茶几上的沙拉好像离我有几十公里远。我还没卸妆，不能就这么睡过去。心里这么想着，身体却不听我指挥。

八年前策划信封事件的幕后黑手当然不是我。现在看来也不是波多野祥吾。

那显然就是九贺苍太、袴田亮、矢代翼、森久保公彦四人当中的某一个了。从我的个人感觉出发，我并不觉得他们任何一个人有嫌疑。但他们四人当中，确实有个人撒了谎，对自己犯下的过错装疯卖傻。我竟根本没有察觉到任何异样，实在是太惊悚、太恐怖了。事情已经过去八年之久，又不是抢劫、杀人案件，如今哪怕坦白自己幕后黑手的身份，也不会被追究刑事责任，可那人愣是一丝马脚也不露。除森久保以外的所有人都完全相信并接受了波多野祥吾就是幕后黑手的事实。

鸿上先生说得没错，和人事部说了以后，我轻松借到了当年那场小组讨论的视频文件。我把视频拷贝到 U 盘上，已经仔细看了两遍。我还借到了当年我们六个人的应聘申请表（住址等个人信息涂黑了），人事部一再说是看我的面子才给的。凭着这些东西是否能直接锁定幕后黑手尚且存疑，但线索增加是再好不过的事。我一开始还想沉下心细看，但很快就看不下去，放回了文件夹里。

九贺苍太写的那些事还算能看；袴田亮就像他自己所说，大言不惭地宣称在酒馆当兼职生领队以及担任志愿者协会负责人的经历锻造了他的领导能力，并且把这当成亮点加以吹嘘；矢代翼的应聘表里写着，在家庭餐厅接待顾客的经历锻炼了她的反应能力，她对此很有自信；参与过诈骗活动的森久保公彦在介绍长处的一栏里，大力鼓吹自己是不会撒谎的诚信人士，还夸耀自己

## 六个说谎的大学生

为求职参加了十四家公司的实习。我实在愧对已离开人世的波多野祥吾，始终没敢看他的应聘申请表。至于我自己的就更不用说了，由于害怕陷入强烈的自我厌恶中，我打从一开始就置之不理。

虽然将访谈、会议视频、应聘申请表结合在了一起，但我还是没找到任何离揭开幕后黑手更近一步的新发现。硬要说发现了什么新线索的话，那也就只有这两件事了：幕后黑手在调查参加最终考核成员的过去时使用了mixi和脸书，以及他是通过投币式储物柜拿到的照片。不过，知道了幕后黑手获取信息的途径并不意味着可以追查出那人的身份。就算找到幕后黑手在八年前用过的投币式储物柜，也不可能提取到那个人的指纹。而且，事到如今再去社交网站上挖掘当年的私信往来也过于不现实了一些。

真正的幕后黑手策划这起事件的目的应该就是得到录用机会，除此以外想不出其他可能了。既然如此，只要将计划倒推一番，自然而然就能知道那人究竟是谁，可实际上却不太行得通。

九贺苍太和袴田亮遭到的告发过于沉重，无法巧妙化解为单纯的污蔑。矢代翼痛快承认了信封里的内容，无可避免地损害了自己的形象。森久保公彦就更不值一提，他冒险带来信封，还被摄像机给拍了下来。信封中针对他的告发内容也实在算不得小事，在某种层面上讲，他是最不像幕后黑手的人。

会议进入尾声时的争议焦点，即所有照片共有的同一个特征——噪点和黑点，我也在会议视频中得到了确认。三张照片确实都有同一个特点，可以推测为出自同一台相机。

那么，判断每个人是否是幕后黑手的关键，必然是4月20日的不在场证明了。我回溯起 2011 年 4 月 27 日那天的全部记忆。包括我在内，拥有不在场证明的共有五人，唯一一个整日都没有安排的人就是波多野祥吾。因此幕后黑手是波多野祥吾。

但波多野祥吾不是幕后黑手。那还有谁最可疑呢？面对这个问题，我也会得出和森久保公彦一样的结论。除去波多野祥吾，剩下的人中最可疑的就是信封没有被打开，还成功夺得了录用机会的我。

一阵短促的振动声唤醒了打盹的我。墙上的时钟指向十一点半。我抓起茶几上的手机，发来短信的是从大学玩到现在的朋友。

"下星期的聚餐你也来啊，有优质男给你挑，哈哈。"

我把手机径直丢到沙发上，准备吃过了点的晚餐。我用指尖轻轻揉了下眼角，起身去厨房拿茉莉花茶喝。

"衣织，你要是不认真找个好对象，每天就得一个人待在黑乎乎的房子里吃晚饭了，多惨啊。不要总想着男生自己主动找上门来，那就大错特错了。为了未来的幸福，现在就要好好努力。况且自从进了公司，你整个人就沉寂了很多。"

这是发来短信的朋友两个月前对我说过的话。我当时回她说，房间里黑不黑要看照明效果，我屋里还算亮堂。不过说完之后，我确实发现房间有些昏暗。想不到租住的房子宽敞一点反而有些麻烦，毕竟一个人住用不着把所有灯都打开。去了餐厅，起居室就暗下来了，去了起居室，餐厅就暗下来了。关在卧室里的时候——其他空间必然都是黑乎乎的。

一年三百六十五天，一天二十四小时里，我从未在哪一刻

## 六个说谎的大学生

产生过孤单的感觉——我不会大言不惭地说这种话。日子有晴有雨，说句没出息的，我偶尔也会渴望一棵可以依靠的大树。然而即便如此，我还是觉得，没必要为了挺过一年当中偶尔几天的脆弱，就去建立一段稳定的亲密关系。最重要的是，我认为那种值得信赖、足以托付一生的人——无论男女——就是找遍全世界也不会出现。

我并不是单身主义者。进入社会后，我曾经交过两个男朋友。不过那两段关系与其说是谈恋爱，倒不如说是人际来往。找我一起吃饭，我找不到拒绝的理由，心想去就去吧，便跟着一起去了。说不上很喜欢，但也不讨厌，那就好吧——但这种被推着发展起来的关系，都以相似到好笑的形式画上了句号。对方先是说我和他们想象的不一样，然后说我没那么喜欢他们，接着出轨被我发现，最后分手告终。

我不迷恋他们，但是遭遇了背叛，还是会像大多数人一样受伤。虽然怀疑这或许是自己没能全心付出得到的报应，却依然难免责怪对方——既然要背叛，一开始就不要来招惹我。我虽然得到了解脱，但内心的铠甲却不够坚固。就像免费受让的债权变为不良资产，被迫背上了债务，令我心生厌恶。而我选择的自卫之道，便是独自待在昏暗的房间里，一个人吃从成城石井超市买来的沙拉。

因为分手，我得到了平静，生活远比外人看到的要充实得多，这是实话，并不是我故意逞强。大概多亏了工作的缘故吧，忙碌证明了社会很需要我，现在我的存在为世界所认可。也许朋友说得没错，无望的未来在二十年后等待着我，但就现在来讲，我这样挺好的。

吃完沙拉，我用纸巾擦拭嘴角。就在这时，森久保公彦的话再次响起。

> 工作得开心吗？为了得到机会，不惜践踏喜欢自己的人，真的有价值吗？

被怀疑是幕后黑手这件事，我已经完全无所谓了。我更在意的是，波多野祥吾究竟有没有喜欢过我。

我觉得他起码不讨厌我，我也不讨厌他——至少在尚未举行小组讨论前是这样的。但要说那种感觉是不是等同于爱慕，我自己也不清楚。或许，之所以产生那种感觉，是因为和他相遇的时机正好在求职季吧。

> 幕后黑手已经无所遁形。

他留下这么一句，彻底认定我就是幕后黑手，随即合上了人生的大幕。如果他真的喜欢我，那在被喜欢的人背叛时，他该遭受了多大的打击呢！我试图想象他的感受，却根本想象不出来。

食欲得以满足，睡意又回来了。

"谢谢你的邀请。可是不好意思，我暂时还是准备独自待在昏暗的房间里吃沙拉。"

我回完短信，拉开起居室的窗帘。这里是公寓，不过我住在一楼，所以窗子外没有阳台，直接通向小小的庭院。我穿上拖

## 六个说谎的大学生

鞋，走进院子，满满吸入一口外面的空气，抬头仰望天空。我盯着细细弯弯的下弦月，突然冒出一个念头。

幕后黑手真的不是波多野祥吾吗？

这种感觉一天比一天强烈。

其实冷静想想，没有任何证据能够证实波多野祥吾的清白。他留下的U盘里只找到了幕后黑手另有其人的记述，却没有任何能够证明他清白的证据。换句话说，我参考的只是他的自我陈述而已。

所以，他真是清白的吗？一旦萌生了这个念头，追查信封事件的决心就开始日趋消退。波多野祥吾就是幕后黑手，他是因为计划败露心有不甘，才留下那些信息宣泄自己的不服。他在U盘里精心准备的那段话不是为了给别人看，仅仅是想说服自己而已。我觉得有这个可能。至少，比起真正的幕后黑手在其余四人当中一说，我的这种推测看起来甚至更合理。

最重要的是，断定事实就是如此，能让我获得内心的安定。如果波多野祥吾是幕后黑手，那么他手中的信封就是空的。这么一来，我就可以让自己相信，这个世界上并不存在针对我的告发信。

调查几乎陷入僵局。试图揭露多年前发生在一间小小会议室里的事件真相，原本就困难重重。

两次、三次……随着"指导"相乐春树的粉丝铃江真希的次数越来越多，找出信封事件真正的幕后黑手这个任务的优先级也在我心中渐渐下降。

我没有忘记这件事。但我恐怕打算就此将它遗忘，绝对是这样。我没来由地确信这件事与我无关。就像对待刚过了最佳风味期的调料一样，纵然心里明白最好来个了断，却既不使用也不丢弃，只是装作没有看见，一门心思地等着它在冰箱中缓缓迎来彻底的死亡。我期待这件事慢慢腐烂，直至我对任何人表达"此事已无转机"时，都能得到对方的认同。

可波多野芳惠的一通电话让我不得不放弃了置之不理的打算。

"我想拜托你一件事，可以吗？"

我已经和波多野芳惠简单地说过，自己开始重新调查信封事件了。她自然没有眼泪婆娑地说什么"请你一定要为哥哥和波多野家洗刷污名"，而是表现出了一副随便我怎么调查都行的反应。因此我完全没想到她会主动来联系我。傍晚的办公室里，我有些惊讶地提高了声音：

"拜托我？"

"你之前和我说过录了视频。"

"视频……你是说小组讨论吗？"

"对。"

"然后呢？"

"可以让我看看吗？"

我不明白她意下何为，沉默不语。

她稍作停顿，再次开口道：

"哥哥生前的视频比我想的要少……如果有他的影像，我真想看看。"

我不能借给她看。虽然只是校招现场的视频，总归还是要

## 六个说谎的大学生

对外保密。但毕竟死者为大,我也不好用例行公事的说法直接回绝。干脆借她看看吧,不,没有这个道理。可她又不会利用这个视频干坏事。话是这么说,但我有必要冒着违规的代价帮她吗?我抓着手机,不知如何回答才好,勉强用模棱两可的说辞拖延时间。

烦恼了半天,我终于想到了一个折中方案。如果做个剪辑版,只把无关紧要的场面单拎出来给她看应该没关系吧。比如波多野祥吾走进会议室的瞬间,简单寒暄的瞬间,笑着发言的瞬间,不到三分钟就能剪完。这些不触及会议核心的场景,给她看看也无妨。领导知道了可能多少会发点火,只要我乖乖受着,这事儿就不会闹大。

"如果你接受剪辑版的话,我可以帮你这个忙。"

面对我这个毫无吸引力的提议,波多野芳惠居然雀跃地说:"好!拜托你了。"

我勉强赶在晚上七点结束了当天的工作,然后匆忙回家剪辑视频。我本来乐观地认为可以剪出三十分钟左右的时长,可"无关紧要"的场景比我预想的少多了。哪怕尽量往多了截取,合在一起也才三分钟,真是伤脑筋。可我已经没时间再去思考替代方案了。与波多野芳惠约好的时间就快到了。我一边在脑海里思索着托词,一边夹起平板电脑,向离家几分钟步程的咖啡店进发。

我没有迟到,不过等我到的时候,波多野芳惠已经在店里落座。看到我来了,她站起身,向我微微点头。

"对不起,这么突兀地联系你。"

"没关系。我才要说对不起,没给你想要的答复。"

"没有没有。"波多野芳惠说完耸耸肩,"我自己也觉得很意外。"

"意外?"

"不知道为什么,突然想要看看哥哥的影像。"

随着她的一句"啊,请坐",我坐到了她对面。波多野芳惠好像自言自语一般,主动讲起当下的心境来。

"我很久没见过哥哥了。他不是一个让我感觉骄傲或者特别喜欢的哥哥……可怎么说呢,一想到再也见不到他了,我就莫名地想收集一些回忆的片段,想尽量了解不熟悉他的地方,然后在心中好好整理一下,差不多就这样吧。"说到这里,她好像察觉自己太唠叨了,不好意思地说,"瞧我,都对你说了些什么啊。"

她递来期望我付诸一笑的视线,可我觉得那样做并岔开话题并不合适。我沉默着等她继续往下说。

"确实也有很多惹我生气的事。以前住在一起的时候,我们还经常吵架,每次一吵架我就找朋友抱怨……可不知道为什么,一旦朋友附和我说'真过分,你哥哥太坏了',我反倒还不爱听了。反过来,如果朋友表达自己的想法,说什么'我之前见过你哥哥,人真的很好',我也不爱听。不过,每当产生这种连我自己都觉得矛盾的感情时,我都会想,哥哥确实是我的家人,他是特别的,和其他任何人都不一样。所以……就是这样。所以,当我在他的遗物里发现了那个文件夹和 U 盘的时候,我对你稍微产生了点复杂难明的感觉。我当时的心情真的就像找到了哥哥的宿敌一样。还没弄清事情的真相就对你那个态度……我想再次对你说句对不起。啊,今天还让你特意跑这一趟,真是太感谢你了。视频再短也没关系,只要能看看哥哥的脸——"

157

## 六个说谎的大学生

"要来我家吗?"

"……啊?"

"来我家,我可以给你看完整视频。"

我都没想到自己竟会提出这么大胆的想法。我不喜欢外人来我家,甚至可以说,这是我最讨厌的事情。可我还是邀请了她,因为我对她萌生了强烈的同情之心。她零零碎碎讲述出来的、不成体系的字句深深刺痛了我。我不是想交她这个朋友,也不是同情心泛滥。我只是想尽量坦诚地面对她。我也有哥哥,自然感同身受。

"等我十五分钟,我先打扫一下。"

我让波多野芳惠留在店里,自己先行离开了。回到家,我把几件衣服放进衣橱,简单收拾了一下房间。看着能让人进来了,我就给她打了个电话,说了我家的位置。

"这房子真不错,不愧是一流企业员工住的地方啊。"

"哪里哪里,没那么好。总是这儿亮那儿不亮的,屋里有点儿黑。"

"……啊?"

"不好意思,我就是随便那么一说。"

"我不喝酒,咱们来点葡萄汁吧,请你见谅。"我说完,拿出冰箱里的威尔士[①]倒在葡萄酒杯里,递给波多野芳惠。因为上学时在出售酒类饮品的咖啡店里打过工的关系,我莫名地喜欢上了

---

① 威尔士:饮料品牌。——译者注

各种玻璃杯。明明不喝酒，却置备了全套酒具。收集酒具是我小小的兴趣爱好，就像收集室内装饰品一样。

反正都决定给她看了，也不在乎有的没的了。我边想着，边把笔记本电脑连到了屏幕最大的电视上，开始投屏播放。家里没有常备下酒菜这种周到的待客食物，我只能拿出橱柜里的曲奇饼干装在纸盘子里，摆在茶几上。

波多野芳惠单纯期待着再看一眼哥哥生前的模样，以什么形式都行。此刻她终于如愿与故去亲人相见，我要是一屁股坐到她旁边，似乎不太知情识趣，于是就决定待在餐厅。为了不让波多野芳惠为我分心，我把平板放到餐桌上，摆出一副正在处理剩余工作的样子。

波多野芳惠开口的第一句话是："哇，真年轻。"

这反应让人不禁会心一笑。小组讨论开始了，当波多野祥吾井井有条地发表投票规则方面的建议时，波多野芳惠满心惊讶地看向我："他还能这样说话啊。"

"在我记忆里，波多野说起话来一直都是这个样子，他在家不这样吗？"

"当然不了。这么干脆利落……简直像换了个人。"

"毕业求职嘛，可能稍微鼓了把劲。"

"他在家真的只会说些无聊的废话。就知道懒洋洋地打游戏……我作为家人，竟然都没发现他还有这么不为人知的一面，可能也正因为是家里人才没发现吧。总觉得有点儿对不起他，应该好好——"

波多野芳惠说到这里停住了。她笑着朝我点头，想掩饰自

## 六个说谎的大学生

己的失态,最终还是忍不住呜咽出声。给她葡萄汁似乎也不大合适,我就往玻璃杯里倒了茉莉花茶放到茶几上。我把房间角落的纸巾盒递给她,她泪流满面地哭了好一阵。

说句无情的话,对我来说,早在求职结束的时刻起,波多野祥吾这个名字就进了我的死亡名簿。如今就算听到他离世的消息,内心也怎么都涌现不出真情实感。虽然有一种淡淡的怅然若失的感觉,然而说到底,那仅仅是一种没有直接触达心灵的寂寥,就和听到学生时代喜欢过一段时间的乐队解散的消息没什么两样。

可波多野芳惠不一样。她的亲哥哥在短短几个月前离开了人世。我用似有若无的力气轻柔地抚摸她颤抖的脊背,等她的呼吸稍微平复些许后,我开口问:

"波多野他以前在哪里工作?"

感觉太过伤感的话题只会让她流泪更甚,我便特意选择了一个平淡的问题,也有部分原因是我对这个很感兴趣。

"为了求职,他延期毕业了。"

听到这句话的瞬间,我的预期已经降到了最低,因此在波多野芳惠说出日本最大的 IT 企业名字时,我被深深震撼。波多野祥吾都已经不在人世了,我却还想幼稚地夸他一句"太厉害了"。

"我不太清楚他做的什么,不过他看起来很乐在其中,总是埋头工作,有时连亲戚们的婚丧嫁娶仪式也不参加,母亲常常朝电话另一头的他发火,说'工作工作,怎么可能那么多工作,你是不是在和哪个女人鬼混'。可母亲大概也明白那不可能,他应该真的是有工作在身。即便生病以后,他还是照常去公司上班,直到再也撑不下去了……真是的,怎么回事啊。都这个样子了还能工作……他是带着什么样的心情在工作呢?"

我继续播放先前暂停下来的视频。沉默地盯着屏幕看了二十五分钟后,我再次按下暂停键。

"到这儿就没了吗?"波多野芳惠稍有些意犹未尽地问道。

"当然还没完。不过接下来,那个——场面会稍微有点儿不一样。"信封很快就要出场了,该怎么向她解释呢?我边想边组织语言,"而且全部看完得花两个半小时,如果你不介意的话,我倒是也可以继续放——"

"我想看。就算看到哥哥惹人讨厌的样子也无所谓,今天难得有这个机会。在你这儿打扰这么久,可能有点儿麻烦你了,如果可以的话,拜托你让我继续看下去吧。"

我微微点头,点击了播放键。

视频里,我指出大门附近放了个大信封。看到这里,我再次走回餐桌边,面向平板电脑。我不太想继续看下去,不是因为无法接受曾经信赖的同伴们逐渐换了面孔,而是因为视频中的我和现在的我简直判若两人。

曾经,我真心相信他人,面对告发信揭示出的阴暗一面,我一次次震惊、叹息、沮丧,认定事实不可能如此,天真地想把所有告发内容置之脑后。这并不是伪装,我当时的一切反应都出自本心。那个二十出头的花季少女像被缓缓逼近悬崖边一样,咀嚼到了绝望的滋味。这个视频看着可不会让人感到愉快。

呱呱坠地的婴儿长到十岁,这中间的变化简直有如奇迹一般,十岁到二十岁的变化也能算得上革命性的巨变。我从前以为

## 六个说谎的大学生

从二十岁到三十岁，人的转变最多也就是微调，和系统更新差不多，然而实际上内在的改变却相当剧烈。

二十出头的焉衣织是在什么时候消失不见了呢？

从什么时候起，我变得这么不信任别人了呢？

从什么时候起，我发现人们都会熟练地使用好几种面具了呢？

视频最终伴随着波多野祥吾的败退落下帷幕。时间已经将近深夜十一点。

波多野芳惠继续盯着漆黑一片的屏幕看了好一阵。如果她相信波多野祥吾是清白的，那这长达两小时三十分钟的视频对她来说就是纯然的悲剧。自己的哥哥被包括我在内的其他五人视作幕后黑手，没做任何辩解就离开了会议室。她此刻就算义愤填膺也是正常的。

可波多野芳惠长叹一口气后，对我露出释然的表情。

"多谢。"她说。

我不知如何作答。

"我是公务员，所以没有正儿八经地参加过求职，毕业求职原来是这么一回事啊。"

"怎么会……"我本想告诉她不是那么回事，可话却堵在嘴里说不出口。我的脑海里瞬间闪过一个念头：或许求职根本就是这么一回事，只是没有以清晰易懂的形式表现出来而已。

"你最怀疑谁？"

大概是你哥哥吧——话当然不能这么说。"我一点头绪也没有。"说完，我赶忙用说得过去的理由找补，"你看了视频应该明白，二十号当天的不在场证明确实是关键所在。可除了这个，其他的事情我怎么也弄不明白。"

我说完，把笔记递给波多野芳惠，上面有一个表格，简单归纳了所有人当天的安排。

|   | 下午两点 | 下午四点 | 下午五点 |
|---|---|---|---|
| 波多野 | 空闲 | 空闲 | 空闲 |
| 九贺 | 上课 | 上课 | 还书 |
| 袴田 | 面试 | 空闲 | 兼职 |
| 矢代 | 面试 | 空闲 | 兼职 |
| 森久保 | 大学 | 面试 | 拿书 |
| 我 | 上课 | 空闲 | 兼职 |

方框标注出来的正是大家被拍下的场景。所有人的不在场证明都有可信度很高的证人作证，因此扫一眼表格就能知道幕后黑手是谁。一目了然，唯一有嫌疑的就是波多野祥吾。某种意义上，我觉得自己已经把残酷的事实推到了波多野芳惠面前。我隐隐期待着她能了悟到自己的哥哥确实就是幕后黑手，接受哥哥的阴暗面，然后静静地离开我家。

我甚至开始考虑起要说些什么来安慰情绪低落的她。这时，波多野芳惠缓缓地、轻轻地翻开我递过去的笔记。这页笔记被我用订书针订在了一沓纸上，自第二页往后就是我们六个人的应聘申请表，绝不能被外部人士看到，是我大意了。我差点就要大喊"不能看"，然而把笔记递给她明显是我自己的疏忽，没道理冲她吼。"对不起，就到那里吧。"我委婉地表达了希望她把笔记还给我的意图，同时朝她伸出右手，可她的目光已经飞快地捕捉到了

## 六个说谎的大学生

我们六个人的应聘申请表。

"那个……"

"对不起,不能给你看,可以还给我吗?"

"我不是说这个——"

波多野芳惠的视线再度落回记录着不在场证明的表格上。

"不可能做到的吧?"

"……不可能?"

"一天时间不够拍这三张照片啊。距离那么远,怎么可能跑得过来?"

我终于拿回了订有笔记和应聘申请表的一沓纸,又一次粗略地扫了一遍表格。

"有可能的吧。一桥在国立,庆应在三田,从那儿过去就是锦系町。连起来是个比较小的三角形。"

"叫九贺的那个人读的是综合政策系。"

"所以呢?"

"他们的校区在神奈川县。"

我还没完全反应过来,只能沉默以对。

"湘南藤泽校区。我高中时的朋友就在那儿上学,绝对没错。"

原本无解的谜题好像出现了第一条线索。

庆应大学的三田校区有我认识的人,但不是很熟,所以我从没进去参观过。以前好几次坐出租车从门口经过,每次都会自然而然地看见校园,于是就先入为主地以为庆应大学一直在这里。我拿起餐桌上的平板电脑,打开地图软件。搜索后发现,假如下午两点从一桥大学的国立校区出发前往庆应大学的神奈川校区,

## 在那之后

要坐电车转公交，路程将近两个小时。不过查到这里还看不出什么大问题。两点从国立大学出发，四点拍下九贺苍太的照片，时间虽然相当紧张，但总归能赶上。可要在一小时内再从神奈川县赶到锦系町，那是绝对不可能的。地图软件显示，公交转地铁需要一小时四十分钟。就算开车从高速路过去，也要一个半小时——时间根本来不及。

按他们三个说的时间，同一天内不可能拍得到三张照片。

有人撒了谎。

可这就出现了另一个难解的问题。我早就多次思索过照片的拍摄时间会不会有误，预设的前提会不会是错的。往这个方向思考没多久，我就轻而易举地打消了这个念头，因为我理解不了大家如此面不改色地讲出虚假的日程有什么意义，又有什么好处。透露虚假日程造福的是在那段时间有不在场证明的幕后黑手，而不是讲出日程的人。被拍下照片的当事人就不说了，人都被拍了，自然能够证明自己在那段时间确实有其他安排。

如果有人撒谎，那撒谎者的目的只有一个——包庇幕后黑手。

"……会不会是同谋？"

波多野芳惠的这句话令我泛起鸡皮疙瘩。

九贺苍太、矢代翼和森久保公彦三人背地里秘密结盟了吗？他们事先掌握了波多野祥吾二十号那天全天空闲的信息，于是串了口供，好把他推出来当幕后黑手。这个假设只是想想就让我恶心得想吐，我很难认同这个可能性。不是不愿接受，而是它在逻辑上不成立。

假设他们事先串通好了，按理说应该能更加灵巧地把控会议

## 六个说谎的大学生

的流程。如果他们瞄准的是录用机会——当然,我不知道他们会决定推举谁得到机会——那就应该采取更加直接的路线。只需要集体投票给定好的人选就行了,根本没必要弄得这么复杂。总共六人,他们占三个,实际上已经可以自由调配一半的票数。他们可以和平地、高效地推进会议,但当时的实际情况显然太过舍近求远,看来幕后黑手确实只有一人。

那他们三个为什么要在时间上造假呢?

矢代的话忽然浮现在我脑海。

"……是受到威胁了吗?"

"受到威胁?"

"被幕后黑手威胁。"

我拔掉连着电视的线,把笔记本电脑挪到近前,准备听音频文件。我找到命名为"矢代_20190524"的音频,双击点开。访谈他们五个的时候,我征得他们的同意,每次都用手机录了音。音频开始播放后,我一边回溯记忆,一边小心拖动进度条,寻找要听的那个部分。奋力寻找了三分钟,终于找到了地方。

在会上,我不是也被"幕后黑手"威胁,面不改色地撒了谎嘛。欸?啊,说来也是……大概是我的记忆出错了吧。我记得幕后黑手威胁我说,如果不希望他把照片发给其他公司,就得按照他说的做。可再仔细想想,根本就没有时机来威胁我。怎么回事呢?可能是产生奇怪的幻觉了吧。我的记忆模糊了很多。现在连大家的名字都记不住了,哈哈。

我们原本就没必要协助幕后黑手。大家齐心协力揪出幕后黑手才是既高效又最为正确的做法。可要是被那人掌握了弱点，就得另当别论了。遭受威胁的人将不得不听从幕后黑手的一些指示。弱点不是别的，正是信封里提到的内容。如果幕后黑手威胁说要把那些东西曝光给其他应聘的企业，他就相当于捏住了被威胁者的命门。

弄明白这一步，接下来又会出现一个新问题，那就是幕后黑手是通过何种方式施加的威胁。他当然不会直接与对方见面，做出指示。会议中途发短信也不切实际。在找人证实不在场证明前，谁都没碰过通信设备。有没有什么办法能在不暴露自己就是幕后黑手的情况下，只向自己选定的那个人施以威胁，要求对方说出虚假的时间呢？

就在我为了寻找答案再次播放起会议视频的瞬间。

"原来如此……"答案出来了。

一旦想到了，就会发现办法很简单。

我想确认九贺苍太打开第一个信封的场景，视频却没拍仔细。场面倒是有，但决定性的瞬间没拍下来。难道是我搞错了吗？我的不安在看到森久保公彦打开信封的瞬间烟消云散。

"看，是不是有点儿奇怪？"

"……确实。看——"波多野芳惠凑到屏幕前，肯定地点点头，"他从信封里拿出了两张纸。"

为了赢过九贺苍太，森久保公彦主动打开自己手上的信封，把里面的纸原封不动地摆到桌上。就在大家都被纸上的内容吸引住心神的时候——视频里的森久保快速瞥了眼手边的信封，似乎

## 六个说谎的大学生

是没想到里面还有东西没拿出来。他的动作很隐晦，不仔细观察就会看漏。有那么一瞬间，他的视线绝对落在了信封里，拿第二张纸的时候，好像是从什么东西里抽出来的。第二张纸尺寸很小，和信用卡差不多。

我用两倍速播放视频，发现森久保避开了其余五人的视线，时不时瞥一眼纸面。到矢代放话说幕后黑手只可能是一个人的时候，他大概看完了纸上的内容，慌慌张张地团紧那张纸。我无法通过视频看清纸上写了什么字，但上面的内容却不难想象。

"如果放出了你的照片，你就说照片上的一幕发生在四月二十号的下午两点左右。如果不照这个时间说，我就把你的照片寄给你应聘的其他公司。"

矢代翼手里的是波多野祥吾的告发信，因此到最后才开封。我在视频里看到，她也悄悄从信封里抽出了第二张纸。她好像很担心会议时间所剩无几，见缝插针地说明了自己的照片是在什么时间拍摄的，甚至没太顾得上会议在讨论什么。在那个时间点上，她根本没必要特意点出照片的拍摄日期，照片明明都曝光好一会儿了，她突如其来地回忆起细节，这样一番举动多少也有些怪异，个中谜团至此终于解开。

九贺苍太、森久保公彦、矢代翼三人受幕后黑手威胁，被迫捏造了虚假的日程。如此，所有疑问就能迎刃而解——这种幸福的错觉让我的心情舒畅了几秒，但我很快意识到事实并非如此。遗憾的是，我不知道下一步要做什么。我既无法断言谁是幕后黑手，也无法断言谁不是幕后黑手。判定是袴田亮策划了一切固然能够轻松解决所有疑问,但从逻辑出发,三人中有一人假扮成受害者,自导自演地在自己信封里偷偷藏进两张纸的可能性也是存在的。基于日程造假得出的事实只有一个。

波多野祥吾必定是无辜的,仅此一点。

我不能让波多野芳惠察觉到自己的动摇,然而仅此一个事实对我而言已具备了十足的冲击力。波多野祥吾留下的信息并非谎言。如果他不是幕后黑手,那"那个信封"里就真的装了针对我的告发信。

我落荒而逃一般转向厨房,为了压抑内心的震荡,大口灌进从冰箱里拿出来的茉莉花茶。

嘴唇离开玻璃杯边沿,我忽然抬头看了眼时钟,发现指针很快就要指向明天了。从头到尾看完整段视频当然是波多野芳惠的意思,然而在之后的推理环节,她只是留在这里陪着我思考问题而已。我问她赶不赶得上末班电车,她笑着说没事,但我确实没为她考虑周全。

我感到抱歉,这时波多野芳惠收拾起茶几上的纸盘子,边收拾边对我说:

"是挺晚了,我也该告辞了。你带我来你家,还让我待了这么久,真是打扰了。"

"哪里的话。盘子放那儿不用管,反正都要丢进垃圾桶的。"

"没事没事,我就简单收一下。"

收拾完盘子,她在玄关前再次向我致谢。

"我想了很多,不过现在真心觉得能看到那个视频实在是太好了。"

## 六个说谎的大学生

"那就好。"

"你这么照顾我……我真不知道如何感谢才好。嵩,你人这么好,哥哥怎么会误以为你就是幕后黑手呢。"

我无言以对。

"能问个有点冒昧的问题吗?我就是好奇。"

"什么问题?"

"哥哥带回家的信封——你觉得里面的告发信会是什么内容呢?"

我一时语塞,客气的笑意都挤不出来,身体僵直了一阵。

波多野芳惠意识到不该问我这个问题,很快说了句"对不起,你就当没听到吧",然后离开了我家。我听着门外的声音,知道她走远了,便仔细锁上房门,想把她的问题抛之脑后。

我钻进被窝,心里却明白一时半会儿根本睡不着。大脑异常清醒。

我拿了瓶茉莉花茶,带着笔记本电脑走去院子。我用手简单擦了擦挂在桌子和椅子上的露水,静静地坐了下来。刚搬来的时候,我还满心欢喜地想着每天都要来院子里坐上一坐,真正住下来以后,才发现这里完全是一片多余的空间。一起风就扬沙,篱笆挡不住行人的喧闹声,住得舒适的季节比想象的短很多。尽管如此,我有时还是会走到院子里来,这样至少算是向当时在家具店花两个小时选购桌椅的自己赎罪。偶尔会有舒缓心情的晚风,影响我的赎罪之举。

我把U盘插进笔记本电脑,双击压缩文件包。夜间亮得刺眼的屏幕上弹出密码输入栏。

## 密码是幕后黑手的所爱【输入次数有限：剩余次数 2/3】

我盯着屏幕，喝着手上的茉莉花茶。输入密码的机会只剩两次。由于害怕试错浪费机会，我一次都没输过密码。我姑且记下了自己能想到的所有单词当作候补选项，现在还没找到比较确信的答案。

我在看不到出口的迷宫里徘徊，先前波多野芳惠的话又一次浮上心头。

"哥哥怎么会误以为你就是幕后黑手呢。"

是啊。森久保公彦也把我当成了幕后黑手。他觉得我大概是利用了波多野祥吾的感情，仅凭这一点便判定我有嫌疑。那波多野祥吾是怎么想的呢？他是真的喜欢我，以为我很清楚他的感情，直觉被我利用了吗？还是在某个瞬间断定我是个恐怖而狡猾的恶魔呢？

一股无处安放的感情涌上心头。我觉得特别遗憾。我也不知道自己为什么遗憾，总之就是遗憾。为了挥散焦躁，我漫无目的地在谷歌上搜索起了"波多野祥吾"。我没期待搜出什么，只是为了排遣情绪随便输入他的名字而已。我稀里糊涂地想着，这个名字不至于一输入就蹦出来一两千个同名同姓的人，很可能会找到和他本人有关的一些信息。按下回车键后，同我预想的一般，屏幕上出现的正是关于他的搜索结果。

### 散步社团"铁路人"旧成员介绍

## 六个说谎的大学生

网站充斥着旧式风格,虽然我是第一次访问,却也不由自主地涌起了怀念之情。这是个个人网站,用的是早在十年前就已几近消亡的 HTML 技术,创建者应该也只学了个基础,到处都透露着外行的迹象,实在惹人怜爱,看来老化这回事不只是冲印出来的照片才有。网站上滚动的信息也被变迁的时代所遗弃,散发出陈腐的气息。

旧成员编号 065·波多野祥吾——毕业于 2012 年。
外表好好青年,其实是腹黑大魔王。

大概是社团成员贴上去的吧。我看着与我认知不符的评语,叹了口气。网页上放了几张恶搞波多野祥吾的照片,自我介绍一栏里写的内容让外人看了无从置评——什么"太感动了,谢谢你们""铁路人,一直走下去吧"之类的。这些留言估计是他大四时写的,与我认识他的时期很近,照片里的他脸上的表情比我认识的那个波多野祥吾要松弛许多。果然,这位老兄看着就是会懒洋洋地待在家里打游戏的样子。

网页顶端有个命名为"回忆"的链接,我点进去一看,有 2006 年到 2015 年可供选择。我随便点选到 2011 年,屏幕上排开一大溜照片。照片按活动做了分类,分别是"新生联谊会""五月驹込—巢鸭""七月日暮里—千驮木"和"夏季集训巡回参拜"。从照片来看,他们会定期徒步一段路程,可见散步社团还是个相对比较活跃的社团。波多野祥吾的身影也在其中。"回忆"看够了,差不多可以关掉浏览器了。正想到这里,我忽然回想起针对波多野祥吾的告发内容。告发信里说他还未成年时喝了酒,这个网站会不会就是幕后黑手的信息来源呢。

波多野祥吾应该是在 2008 年入的学。我点开 2008 年,果然在"新生联谊会"分类里看到了他喝酒的照片。大一的波多野祥吾坐在蓝色的防水垫上,兴致高昂地喝着酒,毫不设防的模样看得我不由目瞪口呆。很少会有人闲到专门在这种不起眼的个人网站上来回翻看,寻找未成年人饮酒的证据,可就算这样,他也实在是太不警惕了。真是天真的大学生会做的事啊,我露出苦笑,这回真准备关掉浏览器了。可就在这时,我察觉到了一点不对劲。

我凑近屏幕,再次凝视起波多野祥吾喝酒的照片。

照片是真的吗?

我莫名地感觉不对劲,好像看的是一张伪造的照片。波多野祥吾坐在蓝色防水垫上喝酒的场景是没错,可我总感觉照片看上去不该这么清晰,应该稍微有些失焦才对。并且这张照片上,波多野祥吾手里拿的是斯米诺伏特加,而会议室里曝光那张照片上,他拿的酒好像不是这个。

我想弄清自己的疑问,于是又点开视频查看。记忆果然没错,两张照片确实不一样。波多野祥吾穿着同样的衣服,可见照片应该拍摄于同一天,但构图稍有不同。波多野祥吾手里拿的是麒麟拉格啤酒,而不是斯米诺伏特加。我再次回到散步社团的页面,查找有麒麟拉格啤酒出镜的照片,却不知为何,并没发现这样的照片。这究竟是怎么回事呢,我边想边继续下拉滚动条,结果在页面最下方看到了"废片"专区,点进去一看,里面胡乱塞

## 六个说谎的大学生

了很多照片，数量比先前看的所有页面都多得多。我对照片没什么专业见解，不过确实如标题"废片"所说，质量显然不如之前看到的那些。除了手抖、失焦等瑕疵明显的照片以外，还随处夹杂了一些看不出拍摄意图的东西。

波多野祥吾拿着麒麟拉格啤酒的照片就藏在这一大堆瑕疵照片里。

幕后黑手果然是从这个网站上获得的照片。

一股小小的成就感油然而生，与此同时，我还想知道不对劲的感觉背后的答案。

幕后黑手为什么不用波多野祥吾手拿斯米诺伏特加的照片，而要特意选用废片专区里那张拿麒麟拉格啤酒的照片呢。这张照片丢在废片专区，绝不算好用。照片里的人能认出来是波多野祥吾，可人像轮廓显然是模糊的，焦点对在了他倚靠的大树上。基于当年的时代背景，照片应该是用数码相机拍摄的，拍的时候相机恐怕也没拿正。啤酒瓶上的图案由于特色鲜明，勉强能看出来是麒麟拉格啤酒，其他就看不出什么了。

而波多野祥吾手拿斯米诺伏特加的那张照片放在正式的"回忆"一栏里，与麒麟拉格啤酒的照片相比，这张照片的质量确实更好。人像对焦清晰，斯米诺伏特加的酒瓶，包括商标在内都拍得清清楚楚，相机也摆正了视角。

我要是幕后黑手，还真找不到弃用这张照片的理由。要说是碰巧没看到这张照片，那实在是怎么都说不过去。链接是按"回忆""2008年""废片"的顺序排列的，在找到有麒麟拉格啤酒的照片之前，肯定会先看到斯米诺伏特加的照片。也就是说，幕后黑手并非没看到有斯米诺伏特加的照片,而是特意主动选用了麒麟拉格啤酒那张照片。

就算是心血来潮,也太过奇异了。抛开质量不谈,两张照片的差异就只有波多野祥吾手上拿的酒不同而已。

所以……

换言之……

我的脑海里瞬间迸出三簇小小的火花。

为让急速寻求答案的大脑镇定下来,我又喝了口茉莉花茶。一次次想拧上瓶盖,还是没忍住一次次喝了起来,我自己都觉得不好意思。这次,我确信自己的推测没错。虽说发现的事实太过微不足道,不过至此,我的两个疑问一下都烟消云散。

一是波多野祥吾为何会将我误认为幕后黑手。

二是真正的幕后黑手究竟是谁。

## 2

我必须审慎思考应该如何与幕后黑手对峙。

我确实坚信自己的推测是对的,可那说到底也只是推测。要是直接问对方是不是幕后黑手,而对方强硬否认,说自己什么都不知道,那我显然处于不利位置。我手里掌握的并非监控录像和GPS定位信息等决定性证据,指向幕后黑手的那条细线还很脆弱,随意拉扯就会断掉。

所以,说句没出息的,归根结底,我只能寄希望于幕后黑手

## 六个说谎的大学生

自首。我得巧妙地引导对方，套出足以让他无路可退的信息，然后逼他现形。但凡留下一点否认的余地，我就永远不可能诱导幕后黑手自首。信封事件的真相必然也会隐没在黑暗之中。

思来想去，我最终选择了一条路，那就是除幕后黑手以外，再次向所有参加过最终考核的成员寻求证言。为了切断幕后黑手的一切退路，我必须先扫清外围障碍。

我先给就引入 SpiraPay 业务一事商谈过多次的医院打了几个电话，然后打给了九贺。九贺给过我名片，我知道他专用于公事的手机号码。

"那起信封事件的幕后黑手好像不是波多野。"

听到我的话，九贺应该是惊讶了一会儿。沉默一阵后才开口说：

"……真的吗？那是谁？"

"大概……"

我犹豫了一瞬，不知该不该说出那个人的名字，最后还是决定如实相告。

"幕后黑手——是袴田。"

九贺思索了几秒："那个……打棒球的吗？"

"……对。我有点事想找你确认，你有时间吗？一小时就够了。"

"最近工作有点忙，这样吧……估计对你来说太勉强了，如果今天下午一点来我公司的话，我或许可以想办法挤出一小时，我今天刚巧在总公司。"

我盯着电脑上的日程表，如果压缩下工作，勉强能空出一小时来。这样多多少少得加点班了，但问题不大。

时间快到了，我搭了辆出租车，朝六本木的商务区开去。快开到的时候，九贺苍太打来电话，说了个咖啡店的名字。

"在我们公司隔壁一楼，你在那里等我吧。"

我来到他说的咖啡店，点了杯混合咖啡。店里有露台座位，我在那儿找个位子坐了下来。比起等在店里，坐在露台应该更容易被他看见。九贺苍太果然很快就看到了我。

"突然换了地方，真不好意思。我们办公室在二十八楼，不太好劳烦你专程上来一趟。我去买杯喝的。"

他的身影消失在店里之后，大楼某个角落里接连涌出一群黑衣人，朝着我这边走了过来。他们从头到脚一身黑色装束，看着不大真实。这些人自然不是在搞什么化装游行。他们是应届求职生。从脸上稍稍放松的表情来看，他们应该已经结束了面试。男男女女共六人并排走着，彼此间保持着微妙的距离，没多久就在离我稍远些的露台位子上落了座。

"又是一年求职季啊。"九贺苍太单手端着冰咖啡走了回来，"我们那会儿好像早就定好了，那时和现在比起来，也不知道哪个更好。"

随便回一句就能应付过去的事情，我却没有那个闲情逸致配合他闲聊。大概是察觉到了我的紧张，九贺苍太坐到椅子上，收拾好表情，直接切入正题。

"你是来说幕后黑手并非波多野这件事的吧。"

我点点头，简单说明了之前的经过。波多野祥吾死了，从他遗物里发现了控诉我——茑衣织——就是幕后黑手的文字记述，

## 六个说谎的大学生

可我并不是幕后黑手。时隔八年，为了找出真正的幕后黑手，我面谈了包括鸿上先生在内的五个人，前些天终于锁定了真正的幕后黑手。不过，为了诱导对方自首，我需要获得除对方以外，剩下三个最终考核参与者的证言。

"所以你需要我的证言是吧。"

"可以请你看看这份文件吗？"

我从包里拿出文件夹放到九贺面前。见他已迅速地一一浏览起来，我便再次把手伸进包里。我抓着笔记本，盯着手包底部，过了一会儿又将笔记本放回原处。接着抓住饮料瓶，看着手包底部，过了一会儿又把饮料瓶放回原处。说不定行不通呢，可能没那么顺利。为了挥散不安，我竭力装出平静的模样，一边祈祷着，一边再次抓住笔记本——

"这个不对吧？"

听到九贺苍太的声音，我从包上抬起头。

"哪个？"

"这个。"

九贺苍太指向波多野祥吾在新生联谊会上赏花时拍摄的照片。

"看着很像，可与那天从信封里拿出来的照片应该不是同一张吧？"

他一脸天真无邪的神色。

"他手里拿的不是酒。"

我握紧咖啡杯。我想把嘴凑到杯沿，手上却没有力气。杯子倾斜的角度不够，我最后一点都没喝进去，就又把杯子放回了原处。

我需要点时间思索如何回话。

我思考了几十秒，确信万无一失。

没事的，他会坦白。

九贺苍太应该会如实道出自己的罪过。

"九贺，你说过自己对酒不感兴趣吧，就这样还能看出来波多野手里拿的不是酒啊。"

"什么意思？"

"这个就是酒啊，斯米诺伏特加。"

九贺苍太似乎还没完全弄清楚状况，恐怕他还以为自己只是被人嘲笑无知而已，就像之前没弄懂起泡酒和啤酒的区别一样。他不好意思地露出苦笑：

"咦，这个很有名吗？"

"当然了。至少袴田、矢代和森久保都知道。"

听到三人的名字，九贺苍太稍稍拉下脸来。他看起来渐渐起了警觉，但还是没完全理解我来这里的目的。

"你和他们三个已经又见过一次了？"

"对。"我点点头，"最后见的人是你。"

"也就是说……你什么意思？"

"我说怀疑袴田是骗你的，其实我觉得你才是幕后黑手。"

"原来如此，你骗了我。"

"是的。和你那天所做的一样。"

我有种仿佛要给雕刻作品落下第一刀的紧张感。第一刀一旦下去，就容不得二次更改，也无法恢复材料的原貌。原本的氛

# 六个说谎的大学生

围、状态、谈话来往绝对再也不复从前。既然现在已经踏出了第一步,就只能勇敢无畏地继续往前走。为了不在心理上落于下风,我凝聚起严肃的视线。

"你要想知道我怀疑你的依据,我可以和盘托出。如果可以的话,希望你不要再对八年前的那件事装作无辜。我想听你坦诚地说出一切。"

九贺苍太一副拿我没办法的样子,脸上露出自嘲的笑,而后抱起胳膊,似乎在思考着什么。

他这个架势,看起来既像已经认输,即将顺从坦白的前兆,又像是准备说自己很苦恼,请我不要给他安上莫须有的罪名。我已经点起火,完成了引爆。接下来就只等着看失去平衡的建筑究竟要往左还是往右倒了。我祈祷着,等待着九贺开口。

我的推理非常简单。

幕后黑手特意从"废片"里选出一张模糊的照片,究其原因唯有一个可能。那人之所以选择了带麒麟拉格啤酒,而非斯米诺伏特加的照片,是因为他不知道斯米诺伏特加是酒。

举行小组讨论那天,波多野祥吾看到照片的瞬间,肯定马上就知道照片应该是从他们社团的主页上拷贝下来的,但他肯定同时也心存疑问,不知道对方为什么会特意在废片专区里选择照片。波多野祥吾瞬间就组建出了与我相同的推理逻辑,可他单单在结论上出了错。

求职过程中,六个人里公开宣称不喝酒的只有我。幕后黑手不懂酒,所以只可能是袴衣织,他应该是这样得出结论的吧。

在那之后

　　幕后黑手已经无所遁形。事到如今，我并不打算追究那人的过错。

　　一个谜团已经解开。这个错误判断难免惹人不快，但我知道他这么推理没错。如果可以的话，我真想为自己辩白几句，只可惜如今阴阳相隔，无从联系。

　　不喝酒的只有鸢衣织一人。当时连我自己都这么以为。然而事实并非如此，还有一个人也和我一样滴酒不沾。不过，单凭不会喝酒判定幕后黑手的身份，多少有些过于草率了。

　　哪怕平日滴酒不沾的人，看到斯米诺伏特加的酒瓶，说不准也能看出那是酒。即使并非爱好者，活在这世上，至少还是区分得开普通汽车和轻型汽车，总能理解贝斯和吉他的差别。尽管内心依然存疑，可我认为连起泡酒和啤酒都分不清的人，是有可能闹出这种乌龙的。我的预感方才已得到验证。这是我在尽力诱使他放松警惕后设下的小小陷阱。他无心说出的一句话，坐实了我的所有假设。

　　——他手里拿的不是酒。

　　然而，我能用的牌也就仅此一张而已。

　　知晓了幕后黑手是谁后再去查看会议视频，就能看出不少端倪。

　　会议室里乍一下出现不明信封。向来深思熟虑的九贺苍太明明可以给人事打内线电话，请他们拿走信封，却第一个带头开了封。

　　因为信封有正确的开封顺序。

## 六个说谎的大学生

"另,九贺苍太的照片放在森久保公彦的信封里"。看到这条信息,森久保公彦就会在侥幸心理的驱使下,想也不想地打开自己手上的信封。遭受告发的袴田亮也会破罐子破摔,打开自己的信封。遭到告发的矢代翼也会想着报复回去。三四张告发照片曝光于人前,受害者占据多数以后,是否应该打开所有信封的讨论就会变得活跃起来,渐渐地,会议室里大家讨论的核心就只剩下信封这一件事。

可要是不按这个顺序开封,事情就不会朝原定的方向发展。如果最先曝光的是波多野祥吾还未成年时喝酒的照片,事态又会如何呢。大家想必失笑一阵,这事就过去了。波多野祥吾不会受到多大的冲击,其他人也会对这一点也不劲爆的消息一笑而过,不再去关注那些意味不明的信封。九贺苍太事先做好了精细的谋算,而后照着计划分配、利用了信封。

还有,虽然森久保公彦和矢代翼手上的信封里多装了一张纸,要求他们在日程上造假,但九贺苍太自己并没有做出要从信封里拿出第二张纸的动作。只有他在没有接收到指令的情况下讲述了自己关于照片拍摄日期的推测。再来,最先指出照片右上角有噪点,左下角有黑点的也是他。引导大家讨论照片拍摄时间的人原本也是他。

尽管他始终牵引着讨论的方向,不断引导讨论朝有利于他的方向发展,可大家怎么也不会想到幕后黑手就是他。其中的原因很清晰。一是早在那场会议之前,他就一直表现出了对于我们而言不可撼动的领导者风范。二是告发照片导致的形象崩塌效果过于显著,以致于所有人都确定他不可能拿到录用机会。

九贺苍太做这些事根本得不到任何好处。

总之，以事后验证的心态做了种种调查后，无论怎么想，幕后黑手都只可能是九贺苍太。不过，如前所述，我的一系列调查都停留在"想"的层面。我能摆出来的依据，说到底就只有他先前一不留神失口说出的那句话而已。我说之前已经给袴田亮、矢代翼、森久保公彦三人设了同样的陷阱并不是撒谎。他们都了解斯米诺伏特加，当然也都知道斯米诺伏特加是一种酒。眼下得出的事实难以撼动，同时却也依然脆弱。

我的依据只有一个。

长久的沉默后，九贺苍太终于放下胳膊。他动作轻快地用吸管喝了口冰咖啡，堪堪润了个口，而后笑着摊开双手，顶着明朗的神色说出了第一句话。

"怎么办呢？"

我耐心等待着他接下来要说的话。

"该说什么才好呢，真是太难了。"

他又喝了口冰咖啡，盯着远处看了一阵。我本以为他只是想放松下眼睛，循着视线看过去，发现他是在看那些求职的学生。应该都是一帮大四的学生。几个男男女女待在咖啡店里，既没大声喧哗，也没高谈阔论。他们一个劲儿用听不习惯的敬语彼此交谈，好像在玩角色扮演游戏一样。

"我想，我应该知道你的目的是什么。"

我原本一直等着他回答"是"或"不是"，他没按常理出牌，反倒让我感觉喉咙像被捅了一下似的心神动荡。为了掩饰自己的失态，我动作仔细地拢了拢被高楼特有的对流风吹乱的刘海。这

# 六个说谎的大学生

时，九贺又开口了：

"事已至此，你这么做应该不是为了让我给天国的波多野祥吾道歉吧？"

稳住，别急。

我对自己说道。我谨慎地回味着九贺的话，毋庸置疑，他已经坦白了自己的所作所为。第一道障碍已经跨越过去了，我几乎就要安心地叹出一口气，可我真正的疑问，真正的目的尚未解决。我小小地干咳一声，双手包住咖啡杯。

"你为什么要这么做？这么做你根本得不到录用机会。"

"所以我才不知道该怎么说啊。"

"……你想说什么？"

"能不能录用对我来说已经无所谓了。我没把那个东西放在眼里。"

"……那，你的目的就只是抹黑波多野祥吾吗？"

"别别，可别这么说。怎么说呢，他那时太年轻了，我也是。所以真的很难说清楚……非说不可的话，就算是吧。我那个时候非常气愤。"

九贺仿佛摆脱了附体的恶魔一般，露出爽朗又不好意思的样子。

"我之前不也说过嘛，求职季是我混乱无序的一段时期。换成现在的我，就算心里有那个想法，大概也不会付诸行动。可当时的我不一样。一有那个想法，身体就当先采取了行动。如今看来，当时那股冒失劲确实不值得表扬。要是能穿越时空回到过去，我或许就会劝当时的自己不要做那种事。可这当然是不可能的。我当时的愤怒，我不打算批判那时的'愤怒'。求职是多少年前的事来着……有八九年了吧。直到现在，我依然坚信那时萌生的'愤怒'是正当的情绪，非但如此，我愤怒的火焰甚至还有可能烧得越来越旺了。"

"……你在愤怒什么？"

"一切，一切都使我感到愤怒。我之前也说过，最开始我是和关系很好的一个朋友一起进的面试，可惜那个家伙才到二轮面试就被淘汰了。"

九贺苍太说着，突然竖起右手食指。我以为这是他抑扬顿挫地讲话时的习惯动作，可事实看起来似乎并非如此。他的右手小幅度地上下摆动，指引着我的视线。他要我看的是耸立在他身后的那栋巨型高楼。

"我现在的公司办公室就在那里的二十八楼。今年是公司成立第四年。在那里上班的员工数量超过两百三十人，公司虽然没在东京证券交易所挂牌，姑且也实现了上市。去年的营业额突破了三百五十亿日元，成绩喜人——创始人是川岛和哉。哎，这名字你用不着记，总之是个很厉害的人就对了。他从上大学起能力就比别人高出一筹。我和他都在同一个研讨小组，无论是讲述自己成果的方式，还是推导出恰当结论的逻辑，他在任何方面都超出我一大截，简直就像个怪物。明明是个文科生，从设计应用到简单的编程，什么事都难不住他，简直是个全才。我完全不能和他相提并论。越比只会越显出我的可怜。那家伙找我一起创业的时候，我可高兴了。男人就是种愚蠢的生物，无论走到哪里都要和别人比较，非要分出个胜负不可。同级生正是彼此的竞争对

## 六个说谎的大学生

手。我不知从何燃起的斗志,心想千万不能输给同级的同学。可唯有他是真正的特例。他虽然和我同级,却是我永远憧憬的对象,是我最尊敬的人。"

我面露困惑之色,不明白九贺说这番话意义何在。

"你还没明白吗?"

九贺苍太开心地笑起来,再次点点头,喝口咖啡,把胳膊撑在桌上。

"斯彼拉链接的考核,我那个二轮面试时落选的朋友就是他。"

我的目光下意识地从他身上移开,不知道该看哪里,便左边看看,右边看看,又莫名地摸了摸自己的鼻子。

"我实在难以置信。"九贺苍太长叹口气,"某种意义上说,那就是一切的开端。"

大大的一声"啊"传了过来,仿佛带着赞叹的意味。当然,并不是有人在附和九贺苍太。这个声音是先前那帮求职学生突然大声发出来的。他们谈话的内容没有传到这边来,但可以看出,有个男学生正在滔滔不绝地讲述着什么。听他讲述的女学生带着刻意的笑,夸张地点头应和。

我逃避般喝了口咖啡。

"更让我难以置信的是,川岛落选了,我却一路晋级。原来我比川岛还优秀啊——我还不至于这么得意忘形,主要是川岛真的很优秀。我一说起这个,任何听到的人必定都会把川岛联想成乔布斯那种人物,觉得优秀是优秀,可为人嘛——总有些瑕疵。但我可以断言,不存在这回事。川岛为人处事也实在很有魅力。

川岛的事就说到这里吧。总之，我萌生出一个特别大的疑问，那就是'企业真的能选拔出优秀的学生吗？'这个疑问可以放到更加本质的层面详细解读。换言之就是，'求职真的有用吗？'"

九贺苍太一口气喝完剩下的咖啡。

"回过神来才发现，斯彼拉淘汰了川岛，我却进入了斯彼拉的最终轮考核。在我看来，仅此一点就充分证明了'求职'的缺陷。不过还有个更为冷静的自我在想，仅以一个事例说明一切会不会有失偏颇。我想，我是个陷在混乱状态里的求职学生，不妨在下判断时更加慎重一些。

"那天，参加最终轮考核的成员在涩谷的斯彼拉总公司集合，一眼看上去，确实都是优秀的人才。试着交谈了几句，似乎也都不差。但就我个人的感觉来说，谁都比不上川岛。有一次，我碰巧和高中时代的朋友一起聚餐。那个时候，同年级的学生聚到一起自然就要聊到求职话题，我也说了参加斯彼拉最终轮考核的事。我说，我现在在和谁谁谁一起准备小组讨论。然后就有一个人突然变了脸色，说里面有个家伙是诈骗团伙的人。

"我吓了一跳，然而惊讶的同时，又油然涌起一种'看吧，就知道会这样'的心理。果然有人渣混在其中。然后我立马醒悟过来，人渣不只有那个诈骗同谋，我自己不也是吗。那个棒球部的大高个——是叫袴田吧——他说得有道理。我就是个上床不带套的混蛋，确凿无疑的'杀人凶手'。惊愕着惊愕着，我渐渐抑制不住内心的焦躁。人事眼睁睁淘汰掉优秀的人才，却让两个人渣进了最终轮考核。在那天的酒局上，'醒酒瓶事件'愈发坚定了我的想法。"

# 六个说谎的大学生

"……醒酒瓶事件？"

"你应该还记得吧。参加最终轮考核的成员集合过好几次，一起准备小组讨论。有一天，大家说要搞个酒局。具体细节我忘了，不过我记得当时因为有点事去迟了点，还记得那家店是带点情调的西班牙式酒吧，不是那种学生喜欢的廉价酒馆。那时我们互相都熟悉了很多，我预感到多少会有些闹腾，等我到那一看，没想到会有那么闹腾，闹得我想吐。退一万步讲，要是只有爱喝酒的在那喝酒起哄，随他去也没什么。可你都说了喝不了酒，他们还要在你面前放个大酒瓶，放话说要你把那一瓶酒喝完。我那时藏着没说，其实我也不会喝酒，真是无语。他们的幼稚、没品、所有的低劣品行都让我目瞪口呆。穿着西服，装出一副未来的优秀职场人的模样，其实却是金玉其外败絮其中。不过是一帮愚蠢的大学生而已。"

"……有这回事吗？"

"那么荒唐的情景，你没道理忘了啊。要说没记住，估计就是被灌了太多酒，记忆模糊了。那就是场没品的酒局。算了，不说了。考核方式发生变更的通知就是在酒局刚结束没多久发过来的。我一个人反复看了好几遍短信，最后决定要给那帮幼稚的家伙一点厉害瞧瞧，教他们长点记性。我要让人知道，这六个人全都是不足取的人渣，所有人都不该进入最终轮考核……你问让谁知道？当然是无能的'人事'，甚至是这个'社会'了。

"我那时的想法？不夸张地说，我那时不带半点怀疑，深信人事在公司里就是精英中的精英，只有通过选拔的一小撮职员才能进入人事部。现在想起来真是好笑，你不觉得吗？他们在求职的学生面前摆出那么副高不可攀的姿态,是不这么装模作样就说不了话吗?进公司上班以后,我真的大吃一惊,没想到人事部在公司里的地位竟然是那样的。没有一个人觉得人事部好,非但如此——平时提都不提这个部门。然而一想到生杀予夺大权掌握在这么一群无能之辈的手中,我就会涌起一股欲杀之而后快的情绪。明明没有看人的能力,还要装出傲慢的态度,好像能把人看穿似的。我曾经竭力思考过他们当时看到了什么。如我先前所说,我以前坚信人事肯定有那种像漫画里说的一样,划时代的、不可撼动的绝对指标。他们永远不会犯错,掌握着一些不为人所知的窍门。

"可实际上呢,根本就不存在这种玩意儿,不可能存在。"

"真是了不得的循环。学生为了进不错的公司,一个谎接一个谎地撒,人事隐藏公司的负面消息,用一个又一个谎言吸引学生前来。面试是面试了,可人事判断不出学生的资质,于是怪模怪样的学生按部就班地获得了录用机会。成功进入公司的学生上班以后发现公司撒了谎,大感惊愕;人事也惊愕,发现招进来的学生不符合预期。永远都在重复这样的循环。撒谎,被骗,不断诞生强烈的意外挫败。我就是要向这个社会体系,向一切宣告自己的想法。我实在是非常愤怒,所以才策划了'那件事'。

"当然了,那件事并没有给社会带来任何变革,最终也只是让斯彼拉的人事和参加最终轮考核的成员感到震惊而已。可我还是不得不这么做。我年轻气盛,心态混乱,对淘汰了川岛的斯彼拉了无兴趣,那时也已经拿到了四家公司的录用机会。我上网一查,就找到了大家过去的种种污点。我利用社交网络收集信息,

## 六个说谎的大学生

怂恿诈骗受害者去大学讨说法，给照片加上噪点和黑点，制造假象，让其他人作证说照片是在波多野全天空闲的那天拍摄的，做了种种准备。会议举行当天，我还特意不去煽动气氛，故意声称应该废弃信封。感觉这么一来，大家反而愈显丑陋，执意要拿信封说事……应该说，是除了你和波多野以外，其他人都失去了控制，丑态毕现。总之，实在是荒谬。我都做了些什么啊，如今的我倒是会这么想。但当时的我可不会。我那会儿想着，就让我来揭露一切吧，这个愚蠢的社会，我必须给它漏洞百出的体系扣上屎盆子。作为陷入混乱的求职学生，对我来说，这就是'公平'……嵩，现在由你反过来教教我吧，如何？"

我明明一句话也没说，却不知为何感觉喘不上气。我用手帕静静擦去脖子上渗出的汗滴。我想正常回应九贺，却发现自己的喉咙在微微颤抖。我想喝口咖啡，掩盖自己的失态，又想起咖啡早被我喝完了。真没出息，我都快被九贺说服了。

"……你要我说什么？"

"时隔多年，你又见过他们一次吧，参加了最终轮考核的那些人。"

"……然后呢？"

"对他们的印象有发生转变吗？"九贺苍太露出演员常见的那种魅力微笑，开口问道。"时隔八年，他们有没有让你改变想法，觉得'啊，他们原来都是非常好的人啊'？按我自己的预想，应该没有吧？包括我在内的六个人，全都是不像话的人渣。我是为了给波多野安上幕后黑手的名头，才只放了他赏花的照片，其实他也在背地里干过惨无人道的事。你放心吧，我们六个，一个不剩，全都不是什么好东西。当然了——"

九贺说到这里暂停片刻，露出不合时宜的爽朗笑容。

"也包括你在内。"

我必须说点什么。

可喉咙却与心里的使命感相悖，像塞了个橡胶球似的，发不出丁点声音。我明明应该有想说的和该说的，却什么都说不出来。我好几次咽下唾沫张开口，却没说话，只吸进口气，而后再度闭口，如此反反复复。不能这样下去，我下定决心，深深回看九贺，似乎要把他的瞳孔吸进去一样。

"我的——"我小心翼翼地开口，留意着不让声音缩回去，"我的信封——"

"我可是大吃一惊。"九贺苍太打断我的话，把装着冰咖啡的杯子拿在手里细细观察起来，像在检查有没有质量缺陷一样。"我是真没想到你会做出那种事来。信封里说了什么，你心里肯定有数吧？"

"……说了什么。"

"信封当然不可能是空的了。波多野为什么要说里面是空的，说完就走了呢？我打包票，我在里面放了告发信。我现在还记得信里的内容，家里也留了照片电子档。那东西要是曝光了会怎么样呢……你的录用机会大概就没了吧。要是发生了那种事会怎么样呢，谁会拿到录用机会呢。"

"……还给我。"

九贺苍太把咖啡杯放回到桌子上，仿佛听到的是从没听过的语言一样，脸上露出不可思议的表情，眼睛死死盯着我。

## 六个说谎的大学生

"电子档……要是还在的话，希望你可以还给我。如果不行的话，至少请你告诉我波多野带回去的信封里装的是什么。"

九贺听完微微一笑。

"你的目的果然是这个。"

我殷切地凝视着他。

可他却有如突然丧失记忆，忘了我是谁一般，持续做了一连串意味不明的动作。先是擦掉咖啡杯周边的水滴，接着双手抚平吸管袋上的褶皱，而后像是眼睛感到疲劳了，闭上眼，手指抵到眉间，又掸掉手指上沾染的灰尘，叹出一口气，看向手表。

就在焦躁的我准备再度开口的那一刻。

"不可能的。"

我的心情跌到谷底，连带着视野都扭曲起来。意识缓缓飘远，我努力给自己的身体注入微弱的力量，总算没从椅子上跌下去。

九贺苍太抓着咖啡杯站起身。

"嶌，你能获得录用机会，说起来还是因为我的缘故。所有人都暴露了自己的污点，唯独你在那场小组讨论中全身而退。拜信封事件所赐，你拿到了录用机会。所以，我的这点儿刁难你就别放在心上了。只有让你承受一些心理负担，才能达成真正的'公平'。对吧？"

九贺很快朝着垃圾桶的方向走了过去。他的脚步十分轻快，我本以为他丢掉杯子后很快就会回到座位上来，没承想他直接就朝着办公室走过去了。怎么说也该道个别才是。九贺走到十米开外的时候，我还乐观地期待着什么，可他最终连头都没回。

我感觉一切真的要到此为止了。

我必须追上他，叫住他。心里这么想着，却没有那个体力和心气，也没有找他要回告发内容的办法。不甘与痛苦热烈灼烧着心口，我完全动弹不了分毫。

"我对自己的洞察力很有自信，也擅长做自我分析。"

一个通透的女声清晰地传到耳边，简直像通过麦克风发出来的一样。声音的主人自不必说，正是先前就看到的求职学生——一个身穿求职套装的女学生。她眼角有颗黑痣，独具特色，远远都能瞧见。女生挺直脊背，毫不掩饰漫溢而出的自信，滔滔不绝地讲述道。

"自己的事情也好，公司的事情也好，只要我用心感受，就能精准地理解。人事应该不会故意给我们使绊子，毕业求职大概没那么恐怖，也没那么困难。"

我沉默地盯着她的眼睛和那颗黑痣看了许久。

回公司后发生的事情我几乎都记不大清了。没人关心我，也没人斥责我，估计工作进行得还是挺顺利的，总之我什么都不记得了。混沌的意识直到晚上十一点左右才逐渐恢复清醒，我当时正坐在出租车里。离末班电车还有段时间，但我觉得自己大概没那个力气走到车站去。大脑仿佛事不关己一般想着这些事情。

突然间，一股必须与波多野芳惠取得联系的使命感驱使着我掏出手机。直到她接起电话，我才想到这个时间打电话挺不合适的。我赶忙加了一句，说这么晚打来电话，实在不好意思，波多野芳惠似乎完全没觉得受到了打扰。

## 六个说谎的大学生

"我习惯熬夜，没关系的。"回完这句，她接着问我说："是不是打开了那个带密码的文件夹？"

"啊……不是这件事。"

我告诉她，真正的幕后黑手是九贺苍太。仔细想想，对波多野芳惠来说，幕后黑手只要不是波多野祥吾或我，是其他任何人应该都没什么关系，我没必要特意联系她说这件事。果不其然，她的反应很平淡，只说了些"原来如此""是这样啊""是那个看着挺帅的人啊"之类的话。我突然感到抱歉，为什么要打这个电话呢？大概是察觉到交谈进行不下去了，波多野芳惠又主动说：

"太好了，找出了那个人。"

"……是啊，谢谢。我想着先和你说一声，这么晚打扰你，真不好意思。"

"他没把信封里的东西还给你吗？"

"……啊？"

"感觉你的声音听起来很沮丧。"

心思被人看透，异样的紧张感油然而生。我无话可说，波多野芳惠用安慰的语气继续说：

"嶌，你很担心这个吧。你大概也知道信封里装的是什么，所以无论如何都想让对方返还给你。否则你不会这么努力地追查过了好多年的事情。信封里装的是什么？那个东西对你就如此不利，以至于不管过了多少年，你都必须把它要回来吗？过去的那个污点，对现在的你还是那么——"

"我不知道。"

不知是没听懂我的意思，还是没听清我说了什么，波多野芳惠只问了句"嗯？"，就再也没说什么，沉默了下去。

"要知道是什么我就不怕了。就因为一点头绪也没有，我才怕得没办法。"

我自认自己一直活得很认真。

自小起，我受到表扬的次数就大大超过被批评的次数。一路考进好高中，进入好大学，又进了好公司。尽管入职考核时卷入了意想不到的骚动事件中，可最后还是如愿进了非常好的公司。接着是努力成长为优秀的员工。我一直认为自己应该做个好人，不断祈祷着做个好人。我始终相信自己肯定是个好人。

可有人不这么认为。

如果波多野祥吾带走的信封不是空的——我不止一两次想到这个可能性。如果信封里装了什么告发我的内容，那会是什么呢？我反反复复地想着这个问题，有时甚至想得睡不着觉。我做过什么呢。每当此时，我总是强撑着安慰自己，没关系，没关系。身为幕后黑手的波多野祥吾都说了信封是空的，那个信封里面什么都没有。嶌衣织没做过任何坏事。可事到如今，现实甚至不允许我还抱有这样的幻想。

求职时期的我，当时是真心信赖、尊敬着参加最终轮考核的所有成员。进入名企最终轮考核的人果然都非同凡响。大家都很优秀，却又不仅仅是优秀。所有人都善良而亲切，懂得替他人着想。而我也有幸加入了这个阵营。说句孩子气的话，我真的坚信这是一帮最无敌的同伴，没有丝毫怀疑。正因为如此，当我通过信封看到他们真实面貌的时候，简直受到了翻天覆地的冲击。

小组讨论过程中，我曾流泪恳请大家不要打开信封。我不

## 六个说谎的大学生

想再受到任何人的背叛了。随着信封一个个开启,我的皮肤仿佛被小刀深深割伤一般,浑身痛苦不堪。波多野祥吾坦白自己就是幕后黑手的那一刻,我终于彻底心死,对人的信赖完全被烈焰烧毁。

那场时长两小时三十分钟的小组讨论结束的瞬间,我的人生发生了翻天覆地的转变。转变并不仅仅在于我得到了斯彼拉的录用机会。走出会议室的我失去了相信他人的能力,连自己都不再相信了。

所有人的心里都藏着一个"信封"。为了不被他人察觉,所有人都在装模作样。

我自己也不例外。

"嶌?"

我想起来还在和波多野芳惠打电话,连忙打破沉默,说了句对不起,然后挂断电话。出租车跑起来了,我一闭上眼就会不受控地想些有的没的,干脆就茫然盯着一闪而过的街景。

"嶌,可以和你聊聊吗?"

我有种不好的预感,却又不能装作没听见。第二天,刚到办公室没多久,经理就带着铃江真希从我身后走了过来。

"还是之前和你说过的担任面试官那件事。"

"之前",说得轻巧,都过去好几个星期了。这事怎么到现在还没个结果。我稍有些焦躁,继续拒绝也像单纯无理取闹一样,不具任何说服力。我正准备再次详细解释下自己正在全心投入医院相关业务,不料经理却说:

"对对,正要说这个。"

"……什么？"

"我想了个前所未有的主意。"

经理像介绍引以为傲的新产品一样，把铃江真希推到我面前。

"我准备从你负责的三家里抽出两家，大胆交给下一代的新希望，铃江。"

我惊呆了，什么话都说不出来。他莫不是在开玩笑吧。我不敢断言只有我才有能力同医院交涉，可从零开始，一手搭建起人际关系网的就是我，不是其他任何人。临到头来换人对接，肯定会给对方留下不好的印象。如果是经理接手，我们还能保住体面，说是工作移交给了更高的层级，可要是交给一个刚进公司一年，还在培训期的新人，客户肯定会心存疑虑。医院的业务执行彻头彻尾的垂直管理体系，垂直程度是我们根本想象不到的，每块细微的工作都分配了不少负责人，数量多到出乎意料。一件事要取得同意，需要协商的人员之多说是"异乎寻常"也不为过。光是看着收到的堆积成山的名片，我时常就会觉得一个头两个大。经理真的打算让这个姑娘接手吗？"报价需求已确认，后续将向您发送报价单，请您稍等"，发封这样的邮件都要花一个半小时，经理真觉得可以把这么细致的工作交给她吗？

"铃江这几周进步明显，我也会在背后指导她的。这是个锻炼的好机会。"

这种空洞的表扬我不知见识过多少次了，可铃江真希却当了真，笑着点点头。我无力挣扎，露出不大情愿的表情，想要保住手头的工作，经理却不顾我的反对，坚持说他已经决定好了，拜

## 六个说谎的大学生

托我给他个面子,我只能看着两人就此离去。

失败的前景显而易见。我第一次和医院接触是几年前的事了呢。一旦开启思绪,心口几乎就要被空虚感击碎。我并不是遗憾被人横插一脚抢了功劳。要是真有那个本事也就罢了。反过来说,就算医院那边一切进展顺利,我也不会因此得到多丰厚的奖励。只是如果照经理的安排,最后所有人必定都会追悔莫及。我是这样,经理是这样,接受任务的铃江真希也是这样。

我差点回忆起前些天拜访鸿上先生时听到的一句话,于是连忙封存起记忆。那是我绝不愿再次想起的一句话。

经理很快给我转发来一封邮件,是我担任面试官的日程和人事部主办的培训通知。我瞬间想象到了自己面试别人的样子。坐在面试官的座位上,在学生面前摆出裁判姿态的模样。

明明没有看人的能力,还要装出傲慢的态度,好像能把人看穿似的。

手突然间颤抖起来,我赶忙躲进卫生间,连声说没关系没关系,鼓励镜子里那个可怜的女人。你一直都做得很好,一定没问题的,像平常一样保持冷静、沉着,这次肯定也能顺利完成任务。可镜中的女人却对我恶语相向。她说,你连自己的事情都弄不清楚,还来鼓励我,真是一点说服力都没有——说完,镜中的女人痛苦地眯起眼睛。

公司偏偏还安排了情绪低落时压根不想参加的活动,这天是铃江真希的入职欢迎会,办得稍晚了些。通知说晚上七点开始，不过我因为忙于工作，到达居酒屋时已经将近九点。明明没谁一直期待着我出现，一群醉鬼还要嚷嚷着"就等你了"，铃江真希也大力鼓掌。我不想坏了气氛，尽量面色温和地道了歉，说了句不好意思，我迟到了，然后坐到最边上的座位上，只点了杯茶水。

中途加入聚会很难跟上大家的交谈。我准备随便应酬应酬，喝茶等待聚会结束。这时经理问起最近的年轻人都喜欢听什么音乐，谈话渐渐转了风向。聚会的主角铃江真希想也不想地大声说，自己肯定首推相乐春树，接着就滔滔不绝地宣扬起相乐春树的音乐和为人有多么出类拔萃。

"他以前确实吸过毒，可我最近才明白，他吸毒的原因十分值得同情。他第一次被迫吸毒，发生在为了学习音乐去纽约留学的时候。一群搞音乐的朋友教唆他抽大麻，说他们'没办法和烟叶子都吸不了的人做朋友'，可相乐春树还是坚定地拒绝了。一个当地的音乐人看不惯他正儿八经的样子，就在某天现场表演结束后，偷偷给喝到烂醉、躺在沙发上睡过去的相乐春树注射了可卡因。

"自此，相乐春树开始与自己的毒瘾作斗争。可卡因这个东西但凡用过一次就很难戒掉。那帮搞音乐的朋友想让他染上毒瘾，就笑嘻嘻地怂恿他再用第二次、第三次。为了摆脱痛苦，他只能一次又一次吸毒。再怎么高尚的人都戒不掉毒品的诱惑。回日本后，他还是继续偷偷使用毒品，事情曝光后，他被不了解个中缘由的大众猛烈抨击，这都是差不多十年前的事了。现在，相乐春树已经戒了毒，还在参与远离违禁毒品的宣传活动。"

## 六个说谎的大学生

　　铃江真希一边说着，一边时不时瞄我几眼，动作很是明显。她这话看起来好像是对着所有人说的，实际上都是说给我这个对相乐春树的人格发表过怀疑言论的人听的。要是放在平时，我还能装个样子糊弄过去，说些类似于"哦，原来是这样啊，我不知道呢，当时那么说他，对不起啊"之类的话。同样的事情我已经做过不下几十次了。

　　可唯独今天，我怎么都演不出来。

　　铃江真希接着说，相乐春树其实很关心家人，为人善良。他陪着身患残疾的妹妹去东京上大学时，就和妹妹住在一起，照顾妹妹。

　　"——你是从哪里知道的这件事？"

　　啊，我一不留神说出了口。后悔是后悔，但我早已忍耐到了极点。正如折断的荧光棒不能恢复原先的模样，一旦开了口，话就一句接一句地从我嘴里往外蹦。

　　"你既没见过他本人，听他亲口这么说过，也没目睹过他在纽约和朋友待在一起时是什么样子的吧？"

　　酒局的气氛还没被破坏到无可挽回的地步。此时还能开个玩笑，以前辈在入职一年的可爱新人讲话时稍稍插了个嘴的由头，把场面糊弄过去。可铃江真希大概是因为没能说服我而产生了点小情绪，不服气地说：

　　"可那就是事实。不管怎么看，相乐春树肯定就是个很好的人。我说了，他是个好人。请你不要凭着自己的想法那么说他。"

　　"什么叫好人？"

　　本来到此为止就好——我冷静地分析着自己。我分裂出了好几个自我，一个自我对铃江真希回以不怀好意的神情，一个自我因自己欺凌弱者泫然欲泣。还有个自我依然忍耐不了铃江真希自以为是的说辞，没能止住从喉咙深处奔涌而出的话语。

"再怎么努力搜罗信息，得到的也只是一小部分表象而已。"

收集几条方便拿来解释的信息，把它们拼接到一起，就自以为了解了那个人的全部，这是不是太过草率了点？这和十年前只听到"吸毒"一词，就全体大肆抨击相乐春树的举动难道不是如出一辙？相乐春树背地里做了些什么，根本不会有人知道。他说不定有过婚外恋，说不定让对方打过胎。你遇见一个人，和他亲密交谈，一起过上好多天，即便这样都还完全看不清那个人——世上多的是这种事。你了解他有多深？你能完全看透一个人吗？我可是连自己都看不透呢。

这些话——我大概都没说出口。要是都说出来了，铃江真希绝对不可能笑着与我道别，感谢我今天到场。我扯着僵硬的笑目送她离去，随后心情郁闷地坐上出租车。


"四年前，斯彼拉开始在群面中采取以五个方面的综合得分计分的方式——这个我在培训会上也和各位说过了。"

现人事部部长是个三十五岁左右的女性。因为公司人少，我对她还有点印象，不过之前没有正儿八经地接触过。她给坐在长桌边的我们三个发了张写有"Check Sheet"字样的纸，麻利地解说起来。

"面试下午一点开始，学生们会四人一组进入这个房间。每组的面试时间是三十分钟。听完四名学生的自我介绍以后，平石

## 六个说谎的大学生

先生、岩田先生、嵩小姐,请你们三个按顺序依次向学生们提问。问题内容基本没有限制,只要不违反公序良俗即可,如果不知道问什么,可以从参考列表里选择自己想问的问题。面试考察学生五个方面,一是 attitude(态度),二是 intelligence(智力),三是 honesty(诚信),四是 air(印象),五是 flexibility(可塑性)。每一项的满分是五分,请各位在考察表里填入分数。除了打分之外,如果特别想让哪个学生进入第二轮考核,可以在表格上打两个○。得到推荐的学生基本就能无条件进入二轮面试。不过,每个人只有三次打○的机会。另外,如果觉得不管谁说什么,都不希望哪个学生进入二轮面试,就可以在表格上画个 ×。与画了○的相反,打 × 的学生将无条件落选。虽然应该不可能出现这种情况,但我还是向各位说明一下,万一同一个人既得到了○也被画了 ×,我们将以 × 为准——各位还有什么问题吗?"

我的问题只有一个,"怎样才能看透对方的本质呢?"——仅此而已。我们公司喜欢用英语,表上的项目一打眼看过去似乎有点难懂,翻译过来其实根本就没什么。态度、智力、诚信、印象、可塑性,每一项满分五分制,打个分就行了。实在是简单明了,简单得让人惊讶。

话说回来,这个世界上还存在其他如此简单又如此复杂的事吗?

我的心脏剧烈跳动着,连带着肩膀都微微晃动起来。放在桌上的五百毫升装茉莉花茶已经空空如也。我想喝点什么,还想再去趟卫生间。

"……好困啊。"

"是啊。"

"对了,那个游戏,昨天是不是发生故障了?"

"是啊。除我以外,全体销售都忙着处理这起意外呢。说实在的,这会儿根本就不是来当什么面试官的时候。"

"……好累。"

"是挺累的。"

除了我以外,剩下两个面试官分别是社交软件"LINKS"和游戏应用部门的销售。他们两个应该互相认识,不过我和他们谁都不熟。刚开始,他们还关照着我这边,主动给我抛话题,不过见我兴趣缺缺,便也渐渐没找我搭话了。

学生时代的我也一次次坐上过对面的位置。那时的我深信自己的举手投足都处在动作捕捉器的监控下,稍有不慎就会被扣分。我绷紧神经,一秒都不敢放松。可实际上呢,第一次坐上面试官的位置,给我们准备的装备、物品、武器,就只是一张记录了五个评价标准的打分表而已。说到底,判断标准只是我自己的个人感觉罢了。再直截了当点说,就是"莫名的感觉"——不比这个多,也不比这个少。而被赋予了如此重担的人,脱口而出的话是"困""累"。

人事准备的圆珠笔刚一握上就沾了汗,滑溜溜的捏不住。还是得去一趟卫生间,然而大门另一边已经传来军队行军一般的脚步声。等回过神来,安排在第一组的四个学生已经在人事的带领下走进面试间。四个男生并排站立,统一的短发、白皮肤、纤瘦身材、黑色套装,像玩"大家来找茬"似的。他们的表情是如出一辙的紧张,似乎面对的是盖世太保,我们也被他们的紧张感染了。

## 六个说谎的大学生

先说结论,接下来的两个小时,我充分体会到了地狱的滋味。

"我大学的专业是社会心理学,一直学到现在。我在大学培养了捕捉人心动向的能力,相信这个能力一定能在贵公司找到用武之地。"

这是在参加朗诵比赛吗?男生似乎只是在用生硬的语调朗读自己背下来的内容。对不住了,给你打个低分应该也没问题。可塑性打个"1"就行了。智力也给"1"吧,其他方面的能力也不怎么强的样子。

"在校期间,我投入最大精力的是社团活动。我在主办校花大赛等活动的社团担任负责人,策划运营,以及活动结束之后复盘不足,执行PDCA循环管理法——这些是我从学生时代起就开始接触的工作,我觉得自己肯定能在短时间内胜任交给我的任务。我在校期间运营的活动超过五十场。"

话说得真是流利。这个男生的身形和外表都不错,也因此总觉得不大真实。他真的有可能策划运营过五十多场活动吗?PDCA这样的术语,他是用得越多自己就越得意吧。我能真心相信一个一直在运营校花大赛这种活动的男生吗?回过神来,我才发现自己在诚实一栏打了个"1"。我莫名觉得他很傲慢,盲目认定该给他扣分,就在态度一栏里也打了个"1"。

"我在酒馆里当兼职生领班,在志愿者协会担任负责人。因此领导能力比任何人都——"

这是第几个社团负责人了?怎么想都不可能所有人都在社团担任负责人。按说我早就已经听够了各种虚假的经历,见怪不怪了,可听到酒馆兼职生领班和志愿者协会负责人这种话时,还是没有任何来由地产生了排斥感。我在考察表上连着打了四个"1"。

到了休息时间，人事来收表。

"嶌，你能把分打高点吗？"

"……打高点？"

"嗯，你和其他面试官打的分数差别有点大。"

人事给我看另外两个面试官的打分表，上面排开了一长串"5""4"，让我难以置信。还有人的表上画了两个圈。我哑然失语。

他们两个是看到了那群学生的什么资质，觉得他们哪里好呢？我没觉得任何一个学生有资格直接进入二轮面试。难道我虽然和他们处在同一空间，面试的却不是同一批学生吗？

"哎呀，前面那些已经没办法了，给后面的学生打分时，还请你整体上稍微往高了打。你打着打着应该就会习惯了。"

本是出于安慰说出的话反倒越加深刻地刺痛了我的心。前面那些已经没办法了，打着打着应该就会习惯了。实在感激不尽。原来如此，我还可以这么做。可对那些学生而言，这意味着什么呢？接下来面试的学生一下子要平白虚增好几分。那之前的学生呢。本来就不应该改变标准，更别说面试官适应了标准之后打分逐渐稳定下来这样的事情，本就不应该存在。

我掌握着别人的人生。在我拿着圆珠笔写下分数的瞬间，他们、她们未来几十年的人生将会因此改变。

"刚刚那个学习院大学的女生，看着挺不错啊。"

"哎呀，你就是喜欢丰满的类型。"

"你说什么呢，真是难听。不过应该也有一部分原因是这个吧。"

这两人就这么没心没肺吗？我们掌握着学生们的命运，同时

## 六个说谎的大学生

却也面临极其残酷的事实。他们没觉得任重道远吗，不感到骄傲吗？斯彼拉向来被称作最难进的 IT 公司，他们作为成功通过入职考核的精英，不觉得自豪吗？

我曾经有过自豪。如今，曾经的自豪就像徒手胡掰的椰子壳一样，被人缓缓地，暴力地剥离下来。我曾经过五关斩六将经历的考核，原来就是这样的。

线索堆叠而起，九贺苍太的话得到了印证。

——明明没有看人的能力，还要装出傲慢的态度，好像能把人看穿似的——

与鸿上先生面谈后，我刻意不去回想的后半部分内容从记忆中复苏。

"其实，公司最近想安排我做校招面试官，我拒绝了，估计这事就算过了，不过我想问您，当面试官有没有什么窍门？有没有什么能在瞬间看透对方本质的技巧呢？"

对我的问题，鸿上先生笑着给出了解答。

### ■ 第一位受访者②：斯彼拉链接（股份有限公司）原人事部部长——鸿上达章（56 岁）

**2019 年 5 月 12 日（周日）14：06**
**中野站附近的咖啡店**

……嗯？又是个有意思的问题。其实很简单啊，简单到好笑。在此之前，我能再来个甜点吗？我对鲜奶油真是毫无抵抗力……很意外吗？人本来就是出乎意料的生物。

## 在那之后

"幕后黑手"的真面目,真是让人意外啊。

啊,不好意思,就这个松饼,对,请给我来一份。现在就上吧。

唔,说到哪儿了……当面试官的窍门和瞬间看透对方本质的技巧对吧。其实简简单单一句话就能概括。

根本不存在。就这一句话。

看透对方的本质什么的,我向你担保,百分百不可能。这种想法本身就是一种傲慢。我在斯彼拉的时候,有多少人应聘来着……或许不到一万,不过第一年就有个五六千人,多得出奇。当时我的工作就是从这五六千人中选出一个人。五千分之一,要从里面真正选出最优秀的一个,你觉得可能吗?但凡冷静想想就知道,就是神仙也办不到。

面试时间再长也不过一小时,那么短的时间,你能看懂对方的什么呢?哪怕面试多来个三四轮,你和对方面对面相处的时间也才三四个小时,所以什么都看不出来。

我刚大学毕业时进的是一家纺织公司,入职第三年调到了人事岗。当时的我摩拳擦掌,立下雄心壮志,要为公司搭建一个前所未有的招聘体系。可我很快就发现,世界上根本不存在这样的体系。有的公司录用能把烤鱼吃得干干净净的人,有的公司录用见到谁都好好打声招呼的人,有的公司录用擅长费米推论法的人——种种类型不一而足,不过大体来讲,所有奇特的招聘体系都会在数年内废止。因为它们不起作用,很可悲吧。

落选的学生中是不是有人比入选者更加优秀?——我向你打包票,这种可能性的概率是百分之一万,绝对有。面试不是学业

# 六个说谎的大学生

水平测试,怎么都会有错漏。我也就在这里和你说说,我是边看应聘申请表边犯困,怎么都看不进去,凑够了进入二轮面试的学生人数以后,剩下的就不看了——我当然干过这样的事。被放弃的人中有没有特别厉害的——想都不用想,绝对是有。你问怎么办?不怎么办。

有学生反过来寻求我的建议,请我告诉他们面试必胜的方法时,我往往也会这么说。我会尽力给出建议,告诉他们做到最好就可以了,可最后起决定性作用的其实是"运气"。学生不是完美的,同样人事也不是完美的,这个世界没有绝对。和面向求职学生的指导书一样,书店里面向人事的招聘指南书也一样堆积成山。吸引优秀人才的招聘法则、面试一百问、招聘禁忌 Q&A——你看到书架就一目了然了,就连人事自己都不懂招聘。采用什么样的考核方式才能选出优秀的学生,看清对方的本质,人事其实一窍不通。有学生要是听到这些话肯定会大受打击,可这就是事实。

不过,在从事咨询顾问的工作之前,这种话我就是把嘴撕烂都说不出口。我做招聘联系人的时候,想到对学生来说,自己就是企业的形象代言人,于是怎么都要尽力给对方留下良好印象,为此常常撒谎。尽管人事不该撒谎,以免学生入职后产生落差的论调不断涌现,我们仍然要撒些大大小小的谎……想想我那时当人事部部长的派头,哈哈……现在想起来还是觉得好笑。当时的我通过社招进了斯彼拉,才刚待了两年左右。公司想启动校招,需要在这方面有经验的人——我就被挖了过去,着急忙慌地四下奔波,为校招做准备。在宣讲会上,我把自己当成 IT 企业的广告塔,一个劲儿对你们激情澎湃地宣传公司。我们的理念吧啦吧啦,我们的前景吧啦吧啦,我们的未来吧啦吧啦——其实那个时候……我连社交网站"斯彼拉"都没用过呢。我一直拼命掩饰这个事实:这就是所谓的人事。

很可笑吧?我真的觉得很可笑。

社会每天都在发生显著的变化。社交网站 SPIRA 声势浩大的时代已成为遥远的过去。AI、云端、非现金支付、O2O、IoT、奇点——种种新词诞生,恐怕接着又会逐渐蒙上灰尘,消失在人们的记忆里。可就在这些新兴事物中,唯有"求职活动"从几十年前开始就一直以同样的形态流传下来。来来去去就是面试、性格测试、笔试,再就是小组讨论——为什么呢,因为只有这些手段啊。

经常有人不负责任地声称我们应该引进欧美的招聘方式,那才是地狱呢。上下左右都没有突破口,金钱决定一切。所以啊,我们只能这样,每年例行举办一场好笑又愚蠢的招聘活动。

"虽然将来让人做什么都还没决定,但总之就是要选出能在未来几十年积极工作、看起来还不错的人。"

这是全体日本国民创造出来的愚蠢仪式,所有人既是被害者,也是加害者。我们没办法追求完美。你也应该有所察觉吧?无能的前辈、没用的后辈,为什么公司里会有这样的人呢?总有那么一两个这样的人让你发出这样的感慨吧。他们当年也是成功通过入职考核进入公司的。其中的原因简单得可悲。

因为我们完全不能保证选中真正优秀的人。

唉……话都说到这个份儿上了,我就都和你说了吧。仅靠短时间的面试根本看不出对面的学生是个什么样的人——有段时

## 六个说谎的大学生

间,我也在思考新的招聘方式,想一举解决这个问题。碰巧又听到某个人事部朋友的一番话。他说:"每年必定都会碰上那么几个人,面试的时候觉得好像很优秀,一到新员工培训就发现完全不是那么回事。很多时候,往往还没等我们发现他们没用,同期入职的新员工之间就已经传开了。这大概就跟学生比老师更懂彼此的性格是一个道理吧。"

我心想,原来如此,问题就出在这里啊。于是我有了一个主意。不如我们先锁定固定的人数,接下来就让学生们互选好了。可要是完全放任不管,你们彼此之间也不会敞开心扉。我得给你们一个共同的目标,那就是"如果小组讨论的成果足够出色,所有人都会得到录用"。等你们互相熟悉了以后,我再通知你们考核方式有变。

所以啊,"受东日本大地震影响,录用人数减少"的说辞都是假的。我只是需要一个听起来合理的借口,就利用了恰好发生的地震来说事。我本以为自己肯定能目睹一场精彩的小组讨论,结果你也知道,最后的局面实在是出人意料——啊,对不起。我真心觉得最后选中的人是你,实在是太好了。我没说客套话,真是这么觉得的。

瞧我,多说了些有的没的。哎呀,终于来了。松饼放这里……谢谢。嗯,鲜奶油放了不少啊。看着真好吃。

坦白说,我有个习惯动作,你看——这个动作我今天应该也做了好几次。每回遇到什么事,我都喜欢像这样,用右手摸左手的无名指。最开始是因为戴了婚戒。我本来没有戴戒指的习惯,勉强戴上以后,总是无法忽视手上的异物感……老想着真碍事、真碍事,并像这样摩挲手指——现在已经没必要戴戒指了……哈哈哈。手指上都没东西了,摩挲的习惯却保留了下来……是挺好笑的,想笑就笑吧。

接下来是什么?瞬间看透对方本质的技巧——你觉得世上有这个东西吗?你觉得人事能在那么短的时间内选中最合适的学生吗?要是真有这个可能,至少我无名指上现在应该还戴着那枚戒指——这就是我的想法。

## 3

"第二轮面试定在下星期一,到时候再请大家多多指教。"

我感觉自己的魂都丢了一半。

我不打算马上回到自己的工位,晕乎乎地走到茶水区坐下,一口口啜饮着咖啡,等待意识回笼。可这么做就和想用短暂的午睡治愈破裂流血的严重伤口一样徒劳无益。这不是喝一两杯咖啡就能勉强解决的问题。

我放弃挣扎,回到自己的工位——紧接着心脏险些停止跳动。剧烈的冲击游走全身,感觉所有荧光灯都变成了蓝色。

我的桌上放了一个信封。

键盘上最显眼的位置放着一个白色的三号[①]信封,简直就像

---

[①] 三号:此处指日本的长三号规格信封,尺寸为120mm×235mm。——译者注

## 六个说谎的大学生

专门要引起我注意似的。它明晃晃地，似乎象征着什么一般，以绝不容忽视的姿态摆在那里。

我屏住呼吸，故作冷静，告诉自己不可能是我想的那样，然而心中早已确信。

我越看越觉得它和那天波多野祥吾带走的信封一模一样。我一直渴望看见，却又想拼命遗忘的那个信封。它为什么会突然出现在这里？我僵硬的大脑拼命思考起其中的缘由。是波多野芳惠在老家找到了信封，把它寄过来的吗？还是九贺苍太拿来的呢？我开始全身发麻，好像冷不丁中了毒一样。

我终于得救了。不对，我终于要被杀死了。

我用冰冷的右手轻轻捏住信封，失去知觉的指尖轻轻抽出里面的纸张。

"品川水族馆乐园 双人招待券"

应该是生意伙伴送的礼物。看你人不在就放你桌上了。铃江

我想为自己丰富的想象力付以自嘲一笑，却已没有力气做出任何表情，哪怕只是一瞬间。

我跌坐在椅子上，抱住脑袋。我把信封撕了一次、两次、三次，明知没必要再撕，还是粗暴地又撕了一次，然后丢进碎纸篓。

至少也让我知道那个信封里装的是什么啊。

事到如今，我知道自己没办法让九贺坦白。探查信封内容的

办法只有一个——破解波多野祥吾留下的压缩文件夹密码,除此之外别无他法。我不知道压缩文件夹里有什么,可能是一大串对我的谩骂,也可能是和信封内容毫无关联的线索。即便如此,我也只能对它寄予希望了。

**密码是幕后黑手的所爱【输入次数有限:剩余次数 2/3】**

我爱的是什么呢?之前已经花了几十个小时思考这个难解的谜题,这下又要与它打照面。是"uso(谎言)",还是"giman(欺瞒)"?[①] 写在笔记本上的单词都快有一百个了,面临仅剩两次的输入机会,每个单词似乎都不那么确定。干脆就从清单里选两个最有可能的,输进去看看吧。可万一弄错了,我就永远看不到文件夹里的东西了。无论如何我都要解开密码,看到文件夹里的内容。这样一来,我应该多少能够获得一些救赎。

手指刚放到键盘上,马上又缩了回来,我来来回回重复着这个动作,好不容易战战兢兢地输入几个字,又立刻删除了。明明是和自己有关的事情,我却犹疑不定。我对进退维谷的自己感到愤怒,感到情绪已经到达了临界点。我放任焦躁的思绪横行,把喝完的茉莉花茶饮料瓶砸向墙壁,饮料瓶落在木地板上疯

---

[①] uso是日语里"谎言"一词的发音。giman是日语里"欺瞒"一词的发音。——译者注

# 六个说谎的大学生

狂滚动，发出比想象中更大的噪音。我在做什么蠢事。又不是小孩子了，怎么还要拿东西撒气？自我嫌恶的感觉碾压着我，真想死啊。

　　我站起身，准备捡起滚落在地上的空饮料瓶。就在这一瞬间——

　　一种清晰又确定的感觉出现了，就像做数学测验题时计算出了整数答案一样。我怎么那么笨啊！怎么想都只有这一个可能。就是因为近在眼前，我反而从没把它列入过候选答案。绝对不会错。我从过去一直喜欢到现在，身边人也都知道的嗜好——绝对只有这一个。我慎之又慎地打出那几个字，生怕自己拼错。

　　"jasmine tea（茉莉花茶）"。

　　手指在颤抖。

　　文件夹就要打开了。里面会是什么呢？打开之后会发生什么变化吗，还是一切照旧呢？坚信密码绝对没错的我一时间无法理解跳转出来的页面。

**　　密码是幕后黑手的所爱【输入次数有限：剩余次数 1/3】**

　　是已经完成破解，解压到电脑桌面了吗？还是因为系统默认的缘故，解压到其他的文件夹里了呢？呆滞了一阵后，我终于理解了眼下发生的事情。

　　剩余的输入次数减少了。

　　密码错误。

## 在那之后

相当自信的我无法坦然接受这种结果。与此同时，一股莫名的焦躁油然而生。原来如此，是不是只输入"jasmine"就行了，又或者"tea"才是正确答案呢？想到这里，我当即准备再输一次。然而忽然冷静下来的我，意识到输入次数只剩一次了。jasmi——打到这里，我紧紧捂住嘴巴，慌忙地狂按删除键。已经没有试错的机会了。

贸然输入密码的事让我懊悔不已。只剩最后一次。再来一次，最后的希望就会灰飞烟灭。我从笔记本电脑边走开，以防自己一时冲动输入奇怪的字母组合。我站起身，在屋里慢慢行走，调整紊乱的呼吸。

转完一圈，我再次回到笔记本电脑前。放在茶几上的文件夹映入眼帘，里面夹着校招指南。从波多野芳惠那里拿到这个文件夹后，我连了很多次 U 盘，也再三确认过一起放在文件夹里的那把小钥匙的用途，唯独这本指南一次也没打开过，毕竟求职那会儿就已经看腻了。

为了平复心绪，我下意识地伸手拿起指南，随手翻了几页，正想放回原处时，冷不防心头一惊，盯着手册呆滞了片刻，甚至产生了战栗发抖的感觉。入职后总是被接连涌来的庞大工作量压得喘不过气，根本没空回味指南的内容，实话实说，这本指南原来充斥着虚伪的修饰，假到令人难以置信。每一页都像洒了七彩的沙子一样熠熠生辉。什么绝佳的工作生活平衡法，工作日傍晚是属于个人发展兴趣爱好的时间，公司员工比起同事更像是亲密的家人，公司配备了可以边玩飞镖、桌游边开会的会议室。总之，等待着我们的是最棒的职场生活。

## 六个说谎的大学生

可以玩飞镖的会议室的确是有。公司现在搬到了新宿，尽管空间有所缩减，楼层角落里依然象征性地配备了这样的会议室。但我从没见过有谁边玩飞镖边潇洒地开会。我甚至连飞镖这东西碰都没碰过。其实冷静下来就能想明白，大家根本做不到在玩飞镖、桌游的同时还能进行有意义的对话。

这玩意儿不过是一种广告。

根本不存在这样的公司。

"在斯彼拉提供的广阔天地间，你将**成长**（Grow up）、**超越**（Transcend），蜕变成为全新自我。"

我懒得再把手册仔细放回文件夹，随手便扔向茶几。看着宣传手册优雅着陆，我倒头瘫在沙发上。本想就这么闭上眼睡觉，无奈空转的脑子不允许我这么做。越是想些无关紧要的事情，大脑就越清醒，占据心神的尽是些不想考虑的事。我已经到达极限了。要是像音乐悄悄淡出那样，自己也能从这个世界离场的话，说不定会比较轻松吧。当我意识到自己的心理已经完全崩溃时，手机突然振动起来，铃江真希给我发来了邮件。

【致经理、嶌前辈】

我对她难得回家后还在继续加班一事感到欣慰，一边又觉得这封邮件的主题起得很不合适，开始在心里对她进行隔空说教。邮件主题是对正文的归纳概括。这么写只看得出是要发给经理和我，还得打开邮件才知道里面是什么内容。为什么人事部不在入职培训时好好教教这一点呢——想到这里，我的心里突然涌起不对劲的感觉。

我从沙发上坐直身体，紧盯着她那平淡无奇的邮件主题。

【致经理、茑前辈】

不消说，看到这主题，应该没人会误以为茑衣织就是经理吧。如果中间没加顿号，也就是说，如果写的是"致经理茑前辈"，那确实容易引起误会，但两个单词间加上顿号，看到的人自然就明白经理和茑衣织指代的是不同的人。

那么……

我再次拿起波多野祥吾留下的文件夹细看。上面用黑色马克笔写着：

致幕后黑手、茑衣织

这是否也是同样的道理呢？我一直先入为主地以为这句话说的是"致身为幕后黑手的茑衣织"，但其实它也可以解读为"致幕后黑手和茑衣织"。这个可能性真的存在吗？波多野祥吾识破了真正的幕后黑手，他看出了一切，知道幕后黑手不是茑衣织，而是九贺苍太。验证、推论假说需要一定时间，但我决定省略琐碎细节，干脆假定波多野祥吾说的就是这个意思。

那接下来该怎么做呢？我再次拉近笔记本电脑，紧盯着输入栏。

是九贺苍太喜欢的东西，不是我。如果是这样的话，那就再

## 六个说谎的大学生

简单不过了。

手指下意识有了动作，根本用不着思考。我输完四个英文字母，手指搁在回车键上。

这样真的没问题吗？按下回车键前，我如此自问道。说不定"jasmine"或"tea"更有可能是正确答案。最后一次机会了，真的要用在这个不确定的可能性上吗？密码虽然限制输入次数，但幸好不限制时间，我是不是应该再花点时间考虑呢？

我用"NO"挡回了所有疑虑，最后支撑着我的，也许是心里的那点祈愿。如果密码真是这个，我会很高兴的。若是如此，我想我会得到救赎。希望是对的，拜托了。我把最后一次机会寄托在这个单词上——

"fair（公平）"

按下回车键的瞬间，界面变了。打开的压缩文件夹里存放着一个文档和三个音频文件。我已经忘了自己还沉浸在惊讶的情绪中，迫不及待地双击点开文档。

看完文档后，我进入了另一个全然不同的世界。现在几点什么的，实在是无关紧要的细枝末节。我握紧放在文件夹里的小钥匙，冲出家门。

【致幕后黑手、篱衣织（暂定版）.txt】
日期：2011 年 11 月 15 日 19：06

一回神，才发觉那起事件已经过去半年多了。

仔细想想，这半年过得连我自己都觉得相当窝囊。爸妈每天唠叨抱怨：工作找得怎么样了，不找了吗，开什么玩笑，现在不认真找以后肯定会后悔的。即使这样我也始终提不起精神，或许这么说有点儿可笑，但我当时真的非常沮丧。

小组讨论那天，从信封里拿出来的是我打从心底喜欢的一群人不为人知的过往。随着会议的进行，大家在小组讨论开始前建立起的关系仿佛成了泡影，我们之间出现了一道悲哀的鸿沟。我本以为不会再有比这更残酷的事了，但当我最终得知所有信息的出现都是为了给我冠以幕后黑手的名头时，我被彻底击垮了。

在针对我的告发照片曝光的那一刻，我立刻就知道了谁是幕后黑手。那人是九贺。照片怎么看都是从"徒步者"网站上拷贝下来的，不知道为什么，选的是废片专区里的照片。我写这个不是为了披露推理过程，因此细节部分就略过不谈了。总之，我很清楚那肯定是不太懂酒的人干的。那时我们当中有两个人不喝酒。一个是嶌，但她在卖酒的咖啡店打过工，不可能认不出很有名的伏特加酒瓶。因此幕后黑手只可能是另一个不会喝酒的人——九贺。

其实一切早有预兆。就在参加最终考核的全体成员聚餐喝酒那天，九贺突然拉着我去洗手间，责问我为什么要逼不会喝酒的嶌喝那么多红酒。这也难怪，毕竟他中途才来，搞不清楚是怎么回事。我想着得好好解释清楚，就简单地讲了其中的缘由，没想到九贺却说："我不喝酒，也不懂酒，所以也不知道威尔士是种什么酒。可就算酒的度数再怎么低，不能喝酒的人就是不能喝啊！"他刚说完，我笑点低的毛病就犯了，笑到没法再向他多做解释。

# 六个说谎的大学生

确实是我失态了。不过之后九贺撂下一句:"不觉得你们都太差劲了吗!"听着让人不怎么舒服。"不是的,你听我解释。"我赶紧辩解。但他不理会我的辩解,自顾自地说:"我就知道是这样,真是从心底里对你们感到失望。"我们就这样起了点小小的口角。

"用不着说得那么过分吧?大家都很和善,真的都是很好的人啊。这点你应该也很清楚,不是吗?"

"你就是因为什么都不知道才这么说。"

"说我什么都不知道,那你说说你又知道些什么?"

"我还没搞清楚,但至少我知道自己是个人渣。"

"又来了。你明明是我们这群人里最优秀的那个——"

"我是个搞大了女朋友肚子,又连人带孩子一并抛弃了的人渣。"

我觉得对他来说,这场争论某种意义上就是宣战。说不定也是他把我包装成幕后黑手的导火索。这肯定就是他的清算方式。

小组讨论进行到最后,识破真相的我当时或许应该曝光九贺才是真正的幕后黑手。从某种意义上说,把是否能挽回局面、是否能拿到录用机会的问题放到一边,优先选择公布事实真相的态度或许才是诚实的做法。然而当时的我没能那么做。那时我被残酷的意外击垮,除了惊愕,再也做不出任何反应,这固然是部分原因,但更重要的是,我的内心某处还是想要相信九贺。

我打从心底喜欢他,喜欢参加最终考核的所有人。

在"徒步者"成员和打工前辈的帮助下,我总算重新振作了起来,但那已经是九月底前后的事了。说是振作,其实只是成功地遗忘了小组讨论那天发生的事,并不是克服了心理创伤。我只是变得擅长逃避了而已。

这个时候,我实际上已经彻底放弃了求职,自然没能拿到任何录用机会。如果足够努力,年内找到工作也不是毫无可能,可我的内心还没强大到能够立马再次穿上求职套装,反正都这样了,延期到2013年毕业对我更有好处。我于是决定一边继续完成大学学业,一边请研究小组的指导老师行个方便,让我"留个级"。

从今年开始,招聘信息网站推迟到十二月开放,准备时间相对充裕。那要不要做些什么呢?想到这里,我再度回忆起那场尘封在记忆里的小组讨论,我想,我该直面那段回忆了。横竖是要面对的,我想好好做个了断,然后再开启新的求职活动。

引发这一切的契机是我不经意间想起的,那天的光景。

我突然间回忆起来,最终考核的全体成员聚餐结束后,回家的路上,矢代光明正大地坐到爱心专座上,还把包放在旁边的位子上占座。虽然我那时没有严加制止,但她的所作所为确实不值得表扬。倏忽之间,我的脑子里闪过一个念头:或许事实并非如此。那个行为会不会并不是她傲慢的象征,反倒体现了她的温柔体贴呢?

自此,我决定试着相信自己的判断,相信那五个人都是好人。事实可不就是如此吗?也许九贺想借由照片证明什么,但说到底那也仅仅是几张照片而已。小组讨论时长不过两个半小时,但在那之前,我们已在上野那间租赁会议室里共度过好多小时、好多天、好多星期,俨然成了工作伙伴(仔细想想,我在当天的会议

## 六个说谎的大学生

上好像也说过同样的话)。我就是知道,大家人都不坏。我也深刻地明白,他们都很出色,是值得喜爱的同伴。

尽管时间已过去许久,我还是决定正面迎击九贺那天的宣战。他自认为曝光了所有人的丑恶过往,既然如此,那我就去更加深入地调查这些丑恶背后的内情。如果最后调查结果证明这些人全是无可救药的坏蛋,那时我会爽快地向九贺举起白旗,连连感叹自己识人不清也就是了。

从结果来说,这场对决似乎是我"赢了"。对于九贺准备的信封,我总觉得在这儿长篇累牍地给予反驳好像也不大应该,索性就把三个音频文件一起放进了压缩文件夹里。音频是一些重要"证人"谈及袴田、矢代、森久保三人的珍贵录音。恐怕都是九贺不知道的事实,希望有天能放给你听。

最近,我时不时会想起嶌和我聊过的关于月亮背面的事。她说,月亮常常只对地球显露它的表面,在地球上看不到月亮的背面。月亮背面到底是什么样子的呢?

实际调查结果显示,同表面相比,月亮背面的地形起伏更大,陨石坑多得扎眼。说白了就是比较丑。我觉得,某种意义上,这和信封事件异曲同工。

信封里装的无疑就是我们的一部分,是平常不显露,别人也无法看见的"背面"。里面没有写任何一句夸大的煽动性话语,非常符合九贺重视公平公正的行事作风,可无论对谁来说,那想必都是不愿被他人知晓的一面。我们看到藏在信封里的那部分内容,自顾自地心生失望,竟然就此扭转对于当事者的整体印象。这就像在得知月亮背面有大型陨石坑后,立马连带着对本应与背面毫无关联的月亮表面改观。

当然,他们可能都不是毫无瑕疵的好人,却也绝非十恶不赦的坏人。

或许这世上并没有绝对的好人,也没有绝对的坏人。

因为收养了流浪狗,所以是好人。

因为闯了红灯,所以是坏人。

因为捐了善款,所以是好人。

因为乱丢垃圾,所以是坏人。

因为参加了灾后重建的志愿者活动,所以肯定是圣人。

因为明明四肢健全,却一点也不客气地坐了爱心专座,所以是大恶人。

绝对没有比单凭一面评判他人更愚蠢的事情了。不是求职活动让大家原形毕露,暴露出真实的自我,而是在求职过程中心绪混乱,做出了莫名其妙的举动。在小组讨论上,大家或许确实互相见识了彼此丑恶的一面,但说到底,它就只是月亮背面很小的一部分而已。

对于九贺,我是有憎恨的。可即便如此,我也不希望给不清楚来龙去脉的人印上九贺是坏人的认知,所以除了这个文档以外,我不会再在任何地方明示幕后黑手的名字。毕竟,九贺就是幕后黑手这一事实也只是月亮背面的一小部分而已。

现在,我暂且给这份文档设置了密码,这样一来就只有知道幕后黑手是谁的人才能看到这些内容。也是为了有一天,这个文档能被除我以外真正应该看到的人看到。

我不知道这一天会是何时。但我想,当我真正成长起来,愿

# 六个说谎的大学生

意把这篇文章给九贺或嵨看的时候,当小组讨论已成遥远往事的时候,我一定会把这份文档发给他们两个人。在此之前,我会先以"暂定版"的形式保存在U盘里。

致九贺:

我真心认为你准备信封的行为非常卑劣,不可原谅。但对于你为证明自己是个人渣而自述的"搞大女友肚子又让人堕胎"一事,我有几句话想说。

不是你的错。

我见过她了。那个不得不放弃了你们孩子的人,原田美羽。她流着泪为你辩护了好几个小时,不停地告诉我,不是他的错、不是他的错。这是你们两人之间的私事,我不想在这里写一些似是而非的东西,也特意没有留存与她面谈的录音文件。你该试着多原谅自己一些。你太严苛了,对别人、对社会,尤其是对你自己。一切都是你们自己的选择,外人无从干涉。我只是觉得你可以活得再轻松一些。

最后,致嵨衣织:

其实信封不是我准备的(既然你已经破解了密码,想来应该早已知道了实情)。如果你是因为这个文档才知道真正的幕后黑手是谁,并为此心神大乱的话,我诚心向你道歉。

被你误认为是幕后黑手,让我非常痛苦。我没有揭露幕后黑手的真实身份,直接离开了会议室,原因只有一个。为了让你不受影响,顺利成为斯彼拉链接的一员,这样处理应该是最好的

在那之后

选择了吧。只要我坚称信封是空的，你至少就不用为此多费心思了。或许是我多管闲事，可对笨拙的我来说，这就是我能想到的最妥善的处理方式。

我不知道你在经历完那场小组讨论，拿到录用机会后有何感受。但我确信，就算抛开未遭曝光一事不谈，你仍然是最合适的人选。小组讨论过程中，你一直在谴责告发信的恶劣性质，当所有人都被信封引发的骚乱裹挟其中时，只有你始终含泪坚持正确的道路。

我只担心你一点，就怕你因为过于认真，一旦产生烦恼就会钻牛角尖。不过我肯定是在杞人忧天吧，你给我的感觉总是很乐观。你毕竟是我们六个人推举出来的最终人选，一定能在斯彼拉链接这块土地上大有作为。尽情展现你作为袴田杯最优秀成员奖获奖者的实力吧。或许我说什么都不太能激励到你，但还是请你加油。我会一直支持你的。

顺带一提，我是真的很烦恼，不知该如何处置带回来的信封。本想干脆扔掉算了，却又觉得擅自这么处置似乎不太好，就还是决定先收起来。你还记得我为了求职租了个仓库存放资料吗？求职结束后，我打算继续把它当储藏间使用，现在还没退。仓库的备用钥匙我放在文件夹里了，要看也好，扔掉也罢，随你处置。上网搜索"幸运储存朝霞"就能找到地址。仓库编号钥匙上有，照那个找就行。我把信封尽量放在一眼就能看得到的位置。我发誓，我从没打开看过，但我相信，无论里面记录了你的什么秘密，肯定都不会贬损你的人格。

因为，对于优秀又耀眼的你来说，那不过是十分微不足道的

## 六个说谎的大学生

一面罢了（有点儿矫情了）。

　　一年已过，接下来我就要开启自己的求职旅程了。我会拼尽全力，进入一家不输斯彼拉链接的优秀公司。这些日子里，我深刻地感受到与你们四个相比，我的责任心还不够强。同时也为自己感到难为情，因为那么点小小的打击就消沉了半年之久。

　　我的心里涌动着这样一个妄念，要是有一天，我能成长为优秀的职场人士，和你一起——在斯彼拉链接共事，想必会很快乐吧。

　　以后有机会再拿着酒瓶干杯吧。

　　我非常、非常，喜欢你。

波多野祥吾

4

　　不知为何，我一门心思地认为自己现在可以跑起来了。

　　这么多年，我从来都没有尝试过跑动。现如今却好像在做梦一样，觉得自己的两条腿能轻快地摆动起来。怎么可能呢？

　　我走出公寓大门，右脚狠狠踏上地面，使力弹起，下一秒摔倒在了人行道上。万幸我的骨盆并没有传来疼痛，只是膝盖擦伤了一大片。我顶着路人讶异的目光，站起身朝车站的方向走去，准备叫一辆出租车。走出去没几步，人们就看出来了：啊，这人原来腿脚不大方便。

　　大二那年，我坐在哥哥的副驾上发生了意外。为了避开一辆闯红灯的车，哥哥踩了急刹车，可两辆车还是无可避免地撞在了一起。对方司机和哥哥都没受伤。我当时系着安全带，身体没被甩出去，可猛一下向前的惯性让我的膝盖撞到了仪表盘，骨盆受到重创。

听人说骨盆骨折是非常典型的仪表盘撞击损伤，我觉得这种案例应该很常见。康复治疗肯定要做，不过因为骨折的程度比较轻，我觉得怎么也能恢复行走能力。只是跑步——我很绝望，但因为哥哥远比我更绝望，反倒让我冷静了下来。我对哥哥说，车祸不怪他，可他还是一副无法释怀的样子，我便只能尽全力克服后遗症。正如医生所说，我的行走能力恢复了，也渐渐有了正常走路的样子。但不得不说，我走起路来还是和正常人有着明显的不同。每次买的新鞋都是右脚底磨损得更严重。

我走到大路上，这回还挺走运，刚巧有辆侧滑门出租车从面前开过。上车时没弯腰，减少了下半身受力。我和司机说了幸运存储朝霞的地址，而后拿手帕擦拭膝盖上渗出的血。

波多野祥吾在文档里提到的，矢代翼坐爱心专座的事我已经忘了。经他一提，我才有些模糊的印象。至于爱心专座，我一向秉持有的坐就坐的想法。不过经常有人仅仅因为看我一个年轻女孩坐了爱心专座就给我摆脸色。有一次，有个人怒气冲冲地大声呵斥了我，从那以后，我就不再坐爱心专座了。

既然波多野祥吾说有这回事，那就肯定是有的吧。矢代翼抢先坐到爱心专座上，是为了让我也可以毫无负担地坐下来。我为多年前无视了她的善意而懊悔。

看到波多野祥吾的笔记，我终于回想起了九贺苍太所说的

# 六个说谎的大学生

"醒酒瓶事件"。

　　那天，参加最终考核的成员提出一起聚餐，矢代翼说有家时尚餐厅她很喜欢，就推荐给了我们。森久保公彦负责预订。那家餐厅价格不菲，我们本来只准备点一些小菜、喝一两杯酒而已，结果由于信息传达不到位，森久保公彦没看价格，直接就预约了无限畅饮套餐。套餐限时两小时，每人6800日元。等到森久保公彦和袴田亮两人到达餐厅后，我们才知道价格原来这么贵，不是学生能够轻松承担得起的。我们想取消预约，店家却坚称不能在预约日期当天取消。森久保公彦陷入绝望，知道自己闯了大祸，无计可施。看他那灰心丧气的样子，好像下一步就要自杀谢罪一样。袴田亮就让我、波多野祥吾和矢代翼先在餐厅门口等着。

　　"不好意思，你们三个人进来的时候，能不能装作今天特别想喝酒的样子？"

　　"啊？"

　　"唉，是这样的，森久保现在情绪特别低落，觉得是自己害大家花出去这么多钱。我就想着大家一起装得开心点。"

　　"我倒没问题，不过嶌，我记得你不喝酒的吧？"

　　这时，我注意到餐厅门前张贴的无限畅饮菜单上写有威尔士的字样。不愧是价格昂贵的套餐，里面包含了一些很少见的饮料。我举起大拇指说，虽然我不能喝酒，可要是把我最爱喝的威尔士倒进醒酒瓶里，我就能喝个不停。威尔士看起来很像红酒。

　　"那就这么办吧。真的拜托你们了。森久保的情绪真的特别低落，我们这帮能喝酒的就使劲灌吧。行吗？"

谁都没有不情不愿。为了给他一个人打气，我们所有人都豁出去了。

九贺苍太问我，八年后再见到参加最终考核的这些成员，对他们是否有所改观。他一口咬定他们没有任何改变，仍然是一帮无可救药的垃圾。我本应出口反驳，最后却什么也没说。

在厚木的一个小公园里，我见到了许久未见的袴田亮。那是星期六的下午，多的是男女老少，他们全都在长椅和草地上享受各自的时光。一帮孩子不顾周围人多，横冲直撞地在公园里打着棒球。公园里很多大人，包括我在内，都装作没看到似的。然而当球从一个坐在隔壁长椅上的老太太身边擦过去的时候，袴田亮毅然站起来，把孩子们训斥了一顿。他的语气可能确实很严厉，孩子们指不定都被吓坏了。尽管如此，他还是把孩子们全都召集到一起，包括那些跑掉的，煞费苦心地向他们解释运动不遵守规则是多么危险。明明一分钱的好处都没有，他却抽出自己的休息时间，以令人难以置信的耐心殷切叮嘱那些孩子。最后，他又在附近的便利店给孩子们一人买了个冰激凌，对他们说："你们得保证以后再也不在危险的地方打棒球。如果想找人教你们棒球，就来找叔叔。"说完才终于放走了孩子们。

矢代翼的爱马仕包看起来与她在大学时代背的简直没有差别，保养得相当好。包上有几处修理的痕迹。虽然她说这个包太破了，想尽快换个新的，但要不是倾注了感情，要不是爱惜东西，这个包绝不可能还有这样的品相。

她成立了一家慈善公司，主要为东南亚和非洲的发展中国家提供防洪方面的援助。她说公司资金周转困难，手头没有钱，

## 六个说谎的大学生

但她给我看了他们的小册子,册子里很多人脸上都带着灿烂的笑容。

森久保公彦向我解释了什么叫直销诈骗。他以近乎自虐的恶意口吻讲述自己做了多么丧尽天良的事,犯下了多么惨无人道的罪过。知道实情的我发自真心地劝慰他说:"你只是被诈骗团伙骗了,不全是你的错,你也是受害者。"

但他却回答道,被骗的人才有错,利欲熏心,被花言巧语欺骗的人才有错,这一切都是他们自作自受。

直到现在他还被这股罪恶感折磨着。

九贺苍太也是一样。他到现在都记得我腿脚不便,特意把车停在残障人士专用车位。前些日子,他说让我上二十八楼不太好,就把见面地点改到了一楼的咖啡店。他曾经的所作所为确实不值得称赞。但要以此断定他的本性已经烂透了,那就太片面了。

还有波多野祥吾——不,波多野。你在笔记里说自己是一个没用的、毫无责任感的人,怎么会呢?我因为无法彻底信赖应该信赖的人而绝望了八年之久,可你仅仅用了半年就成功站了起来。和一味消沉的我截然相反,你正是通过彻底相信每一个人,从而走出了困境。我本该向你学习,我想成为像你一样的人。还说什么没有责任感,可别逗我笑了。后来,你进了日本最大的IT公司,在被恶性淋巴瘤蚕食身体的时候,依然拼命工作到生命的最后一刻。没有谁会像你一样拥有这么强烈的责任感。

小组讨论那天,为了不让我被信封搅乱心神,你声称信封里什么都没有,甚至宁愿自己背负罪名,说完就离开了会议室。现如今，又是你的笔记拯救了我的心。我对你感激不尽。能被你夸赞为优秀的人，我怎么可能不高兴！

下了出租车，堆积如山的储藏柜出现在我眼前。我一边感叹着这里规模真大，一边迈步走了进去。接着发现再往里还有一片空间，并排安置着几个小型仓库。仓库里有着成排的柜子，大小刚好和更衣室里的储物柜差不多。确认好钥匙上写的编号，找到了对应的柜子。我用颤抖的手指旋转钥匙，柜门锁上传来令人舒心的开锁声。

储物柜里塞的东西比我想的要多。正想着应该和波多野芳惠说一声时，我立马就注意到柜门内侧的架子上夹着一个信封。

**波多野祥吾专用**

抓住信封的瞬间，我以为它要如幻影一般碎掉。纸面虽然已经稍微泛黄，但毫无疑问，就是我在小组讨论那天看到的信封。我试着从缝隙中探入手指打开信封，但封口粘得很紧。波多野祥吾没有撒谎，这信从未开封过。

我紧握着信封闭上眼睛，苦思冥想该如何处置。里面装的不过就是月亮背面的一小部分而已。正如波多野所说，无论里面装的是什么，说到底也只是我这个人身上微小的一面而已。既然如此，我也没有必要特地去打开里面的东西。对我来说，不打开看，直接撕了扔掉反倒才能克服我的魔障，一定没错。

现在，把它撕掉，做个了断吧。

就在我准备把信封从中间一撕两半时，我才意识到自己并没

## 六个说谎的大学生

有那么强大。八年前粘的胶，指尖稍微用点力就撕开了，比想象中轻易得多。会出来什么东西呢？里面装的到底是什么呢？八年来，我无数次思考过这些问题，现在问题的答案就在眼前。我，我到底是什么样的人？我究竟做过什么？我是个什么样的坏人？

看到纸面的瞬间，我不禁发出了一声长叹。

纸上只印了一张照片，拍下了我正要进家门时，手扶在玄关上的一幕。当然不是我现在住的房子。我上学时和哥哥住在一起，所以照片里还出现了招呼我进屋的哥哥。

> 蔦衣织的哥哥是个瘾君子。蔦衣织的哥哥是歌手"相乐春树"。两人现在住在一起。
>
> （※另，波多野祥吾的照片放在矢代翼的信封里）

就是这样的东西。

就是这样的东西，折磨了我这么多年。

如今几乎没人再讲我哥哥的坏话。但九贺苍太把这张照片放入信封的那个年代，情况却大不相同。大家要是知道我是相乐春树的妹妹，恐怕都会质疑起我的人品。加上一句"两人现在住在一起"，可能是为了给大家营造一个印象——莫非我也在吸毒？

所有的记忆兜兜转转，再次向我袭来。那些通过新闻报道得知哥哥犯了错，猛烈抨击他的人；那些了解了来龙去脉，发现哥哥也有值得同情的地方，骤然转变态度的人。我也一样。我也做着和他们一样的事，一路走到了今天。

忍了近十年的眼泪夺眶而出。感觉就像是晚风吹来时，有人

在那之后

从身后为我轻轻盖上了毯子。这幸福的幻想令我不由自主地会心一笑,而后抬头看向天空。

月亮美得难以置信。

**【袴田亮高中时代的学弟"荒木祐平".mp3】**

嗯,要是这么说的话,确实如此。

袴田学长当队长的时候,我们棒球部有人自杀了,自杀原因是校园霸凌。在这件事上,无论怎么解释说明,结果都是一样。但怎么说呢,我们对解开这个误解束手无策,实在是很不甘心啊。

自杀的人并不是校园霸凌的受害者,而是加害者。

是不是挺难理解的,我从头讲给你听吧。

死的那个人叫佐藤勇也,比我高一年级——好比袴田学长是高三,佐藤学长是高二,我是高一这样。佐藤学长这个人,怎么说呢,至少在我们看来——我说的是我们的想法啊,他是我这辈子见过的最大的人渣。说实话,我甚至都不愿回想他那张脸。

他看着人模人样的。娃娃脸,又总是满脸堆笑。我觉得球队顾问应该并不讨厌他。总之,他很会讨上面人的喜欢。

只不过,他一方面对上面的人极尽谄媚,一方面又对下面的人苛刻得难以置信。如果只是平常盛气凌人也就算了,但他还自己编了一套训练计划,强加给一年级的学生,笑嘻嘻地说是给后辈的"洗礼"。日常训练结束后,等高三的都走了,他就把我们单独留下来,没完没了地逼我们做些无意义的训练,像不停跑操场,胡乱上重量的卧推,还有做到倒地不起才能结束的深蹲训

## 六个说谎的大学生

练。不过最过分的还是那个,我们叫它"猛速飞球"。大概就五米远的距离,五米,你知道吗,近在眼前。佐藤学长就站在五米开外,使劲把球朝我们这边打。我们是硬式棒球社团,用的球自然特别实在。低年级的学生必须接球,直到佐藤学长玩腻了才罢休。还有成员因为被球正面击中导致眼窝骨折了呢。当然,因为受了佐藤学长的威胁,他随便找了个受伤的理由糊弄过去了。

佐藤学长长得瘦瘦弱弱,看起来任谁都能轻松把他放倒。大家都很讨厌他。我想过,如果所有人一起上的话,怎么都能摆平他。但是,你也懂的,在运动社团这种事不可能发生,因为高年级的学长就是神一样的存在。

但即便是神,我们也不得不站起来反抗了。因为再这么继续下去,可能要不了多久就会有人被他折磨死。大家当时都抱着必死的决心。几个高一学生合作录下了他玩"猛速飞球"的视频,然后交给了袴田学长。

袴田学长已经不单单是震惊了,简直脸都青了。他放话说要把这件事上报给学校,但我们拦着他说没关系。一旦这件事曝光,想都不用想,球队肯定会面临停赛。做错事的人只有佐藤学长,而袴田学长他们一直非常刻苦地训练,我们真的很尊敬这些学长,所以还是希望他们可以正常参加比赛。

"但是,最起码也得警告他一下。"

说了这个话之后,袴田学长就吩咐佐藤学长说,他让高一的学生做什么训练,他自己也得全部来上一遍。日常训练结束后,佐藤学长也做了严苛的跑步、卧推、深蹲训练。不过,他的训练和之前逼我们做的完全不是一个等级,都在正常可接受范围内。

## 在那之后

"猛速飞球"的发球人换成了袴田学长,这回也和我们之前那种很容易受伤的训练截然不同。球只是从本垒打向三垒,其实就是普通的发球。袴田学长也说了和佐藤学长差不多的话,说要让佐藤学长接到吐血,可实际上真的就只是非常正常的击球练习,只是练的次数比较多而已。袴田学长说,从今往后每天都要进行这样的训练,一天都不能停。说出这个话的瞬间,哇,真的是大快人心,太解气了。当时佐藤学长脸上出现了我们从未见过的惊恐表情,连嘴唇都一片惨白,不停地喊着"放过我吧、放过我吧"。

第二天,佐藤学长就上吊自杀了。真让人不敢相信。他的心情我多少能理解,肯定是知道在棒球部待不下去了。但也不至于这样吧,我完全没想到他会为了这个自杀。他还留了一封遗书,里面竟然写着自己在棒球部遭受了霸凌。那之后没多久,棒球部被勒令无限期终止活动,自然也没能参加全国选拔赛。被认定为主谋的袴田学长也受了处分,被开除出棒球部。这些惩罚未免也太严重了吧。所以啊,在自杀事件发生几周后,我们看佐藤学长的父母稍微冷静了一些,就一起联名上报学校,说这件事不是袴田学长的错,他非但没错,还救了我们……先前拍的佐藤学长玩"猛速飞球"的视频起了大作用啊,学校很快相信了我们,本来还在讨论当中的退学处分也不提了,从棒球部除名的决定也撤回了。

所以,该怎么说呢?这事闹出了人命,绝对称不上圆满的结局。但是,话说回来,我很感激袴田学长,也坚信他没有做错任何事。

袴田学长有时也挺严格的,但总的来说真的是个很好的人。

# 六个说谎的大学生

前些日子，我去祭拜他父母，他那会儿肯定特别难受，却还是露出灿烂的笑脸欢迎我……咦？您不知道吗？前段时间，他的父母在地震中——唉，是的。他真的很了不起，真的。

他那个人总把"大家怎么看""大家想怎么办"这种话挂在嘴边。虽然常常会显得咄咄逼人，但真的是天生的队长。只不过，有时他觉得只要请人吃个零食或者冰激凌就能逗人开心，这点我不太认同。他这个人说话也不大好听。

但总的来说，我还是很喜欢袴田学长这个人的。

**【矢代的初高中同学"里中多江".mp3】**

怎么说呢，矢代的求知欲确实挺旺盛的，但我觉得背后更深的原因，其实是她骨子里不愿意服输。唔，她是个奇怪的女生，反正我是这么觉得的。

总之，她似乎很不甘心世界上有她不知道的事儿，有她没去过的地方，还有她闻所未闻的文化和习惯。我搞不明白她怎么想的，感觉她就好像是把"社会"归为了自己不服输的对象。所以，与其说她单纯渴求知识，不如说她是不想在知识比拼上输给地球。我这个分析大概还挺准确的。

不过，要说她的性格为什么会变成这样，我觉得至少和上学时受到了相当严重的刁难这件事脱不了干系。什么样的刁难就不一一细说了，总之我觉得，就是因为对学校这个世界的"狭小""逼仄"感到愤怒，她的视线才不断过多地朝着外界拓展。她的兴趣不在于和其他人搞好人际关系，而是多学学、多看看、多出去开拓视野。哎呀，说到底都是我个人的推测而已。

被人刁难的最大原因，毫无疑问出在她那张脸上。只是正常地吃个饭，上个课，上个学放个学，她就自动成了大受追捧的人气王，肯定会有人觉得不爽。谁都喜欢的学长、同学，全都不由自主地被她吸引。要是她再稍微机灵点，也许早就避开了来自四面八方的中伤。哎呀，可矢代偏偏是那种不服输的人，总要说一两句话呛回去。从这个意义上讲，我觉得她不算是个特别讨人喜欢的女孩。不过在我这里没关系，我很喜欢她，包括她不服输的心气。总之，她是个可怜的女孩，当初选择去女子大学大概也是为了尽量远离这样的麻烦。

上了大学以后，她的日子简直如鱼得水。每天都生机勃勃的，脸上带笑。她可以学想学的东西，可以只为想做的事情花费时间。约她出来玩，她总是一口一个没空……不过看她那么有精神，我也就没什么好不满的了。最厉害的是什么呢，她报了一个英语口语培训班，一个中文培训班，一个什么商业培训班，还有个什么来着记不清了——总之同时在学四门课。这么一来，不用想也知道，钱比时间更紧缺。

她来找我商量该怎么办，我和她说只能放弃其中一两门课，结果她说不行。那就只能找个工资高的地方打工赚钱——于是第二天，她来了句"我决定去陪酒"。笑死人了。我当时就想她绝对做不了陪酒的活。果然，她在会所里边不太受欢迎，据说直接在客人面前聊起了自己男朋友的事。

哦，对了。她一直都有个男朋友。俩人是同年级的高中同学，那人我也见过。她男朋友怎么说呢，是个死要面子的人。明明穷得要死，却在生日还是纪念日的时候，靠分期付款买了个爱

# 六个说谎的大学生

马仕的包送给矢代,把她气得够呛。矢代数落男朋友说:"给我把钱用在正道上,有这钱还不如拿来让我出国旅游。送我这么贵重的礼物,我丢都丢不了。"唔,不管怎么说,还是对幸福的小情侣。他俩现在还在一起,不过明年会怎么样就不知道了,哈哈哈。

总之,在那之后,矢代每周只去会所上两天班,就赚个底薪。那个,我有次打听她在店里的排名,她那时说的好像是第13名。我当时还笑她来着,说你人气怎么这么不行啊。顶着那么好看的脸却招揽不来客人,估计是摆臭脸了。听她说,这份工作赚得相对比较多,偶尔也能听些趣事,还是挺不错的。

她只要攒下一点钱,马上就会去国外旅游。当然了,她也在意自己的外表,会在穿衣打扮上花些钱,不过大头肯定是用在出国旅游上了。但她其实也没怎么游玩,去了当地就会做一些志愿活动或者灰头土脸的工作。我说的就是字面上的灰头土脸。听说她还去帮人家挖过井。所以我是绝对不会和她一起去旅游的,她那根本不叫旅游。

总而言之,矢代这个女孩就是那种无论怎样都不会奉承讨好别人的人。有时,这个性格会让人觉得她很任性,或是有点儿极端,又或是对什么都满不在乎。她的缺点要说多也确实是挺多的。

但我喜欢她,连带着那些缺点也都挺喜欢的,她真的是个很不错的人。

## 【森久保的大学同学"清水孝明".mp3】

他常说自己没钱。

当然了，钱这种事太过敏感，他没具体说过自己到底有多穷，不过倒是提过家里就他们母子俩。父亲在他很小的时候就去世了，还是和他母亲离婚了——这个我就不清楚了，总之，家里就一个单亲妈妈，几乎没什么收入。所以森久保怎么着都必须上个国立大学，他复读过一年，但是没报复读班，自学一年后又考的大学。结果考上了一桥，真是了不起啊。我就做不到。听他说参考书都是二手书店买的，每天就在自己家里学习备考。

森久保说，他上高中时享受了免除学费的特殊待遇。想想也说得通，毕竟他可是靠自学考上大学的人。这人天生脑子就好使。我觉得他还挺酷的。森久保如果能入职斯彼拉，他就能轻松地摆脱穷困，变身有钱人。这可真是个了不起的成功故事啊。然而事情好像没有想象的那么容易。可不管怎样，森久保确实是个特别努力的人。他打好几份工，就这样也没糊弄学业，真的很厉害。

这就是他的基本情况了。广告是我看到的，就那个招聘讲解员的直销诈骗广告。

我说这话不是为自己开脱，那个招聘广告确实做得非常巧妙，看不出有什么可疑的地方。单色印刷的海报，特别普通正常，就贴在社区活动中心里，谁看了会起疑呢？我虽然没森久保那么穷，可手头也不大宽裕。我马上联系了森久保，问他要不要一起去看看。一天能赚三万日元呢。我就顾着傻乐，以为碰上了好事。

第一天收工后，森久保马上就说这件事不对劲，好像是觉得盈利模式有问题。说实在的，我什么都没看出来，不过看森久保

## 六个说谎的大学生

意见很大,我们就去找了运营的人,问他这个究竟是做什么的。结果那个人的反应有点儿不正常,他朝我们发火,说小孩子搞不懂这些,要我们闭嘴。这么一来,我终于也察觉到这件事有点儿可疑。第二天也排了我们的班,我们姑且还是去了,不过当天就提了辞职,从那里逃了出来。

所以,我们当诈骗团伙同谋的时间其实就只有那两天。最后工钱也没拿到。怎么说呢,做了坏事是板上钉钉的,可我们不也是受害者吗?我也是,森久保也是,可能听起来有点儿像为自己开脱吧。这事本来可以不说的,可良心上过意不去。想想别人的家庭,我们确实在骗取他人钱财这件事上背上了相当沉重的负罪感。我们可是和学校坦白了,说自己参与了诈骗行为。学校自然维护我们,断定错不在我们。可这件事不知怎么走漏了风声,到处被人添油加醋,最后只传开我们诈骗了别人这一个版本。那段时间,我们在学校里过得很不顺心。

可就算这样,我还是真心实意地感谢森久保。如果森久保没发现不对劲,我可能现在还在参与诈骗别人的勾当。仅仅是大学有段时间过得很不顺心——我的受害程度到此止步,真的是太好了。要不是有森久保,我早就成了名副其实的诈骗犯。

森久保这个人啊,很讨厌撒谎。讨厌得都有点儿神经质了。所以我觉得毕业求职那会儿,他大概也没撒谎,是真的去十几家公司实习过,也是真的看完了和面试公司相关的各种书籍。

哎呀,看我都说了些什么啊。他绝对不是个活泼开朗的人,倒是有点儿爱没事找事,人也不大方。

可我就是喜欢他。有这么个朋友,我真的很自豪。

## 5

"嵨，你觉得我哥哥怎么样？"

我随口岔开了话题，波多野芳惠正准备从租来的迷你汽车上下车。她好像追着我一样离开驾驶座，脸上的表情不像调笑，似乎是真心想要知道我的想法。我张开嘴，本想诚实作答，却连自己都看不穿自己的心声，最终又缓缓闭上嘴巴。

"事到如今，说什么都没用了吧。"

我如蒙大赦，轻轻颔首。

"不过自从看了那个视频以后，我不知怎么的，就是觉得哥哥应该很喜欢你。"

"……真的吗？"

"感觉只有在看向你的时候，他的视线才会稍微有神采一点。"

"是吗？"

"绝对没错。还有，他一直都把票投给你。"

"这也算吗？"

"根本就是在投给喜欢的人呀！他喜欢你，所以就投给你。'我觉得你很优秀'和'我喜欢你'之间的界限可是很模糊的呢。"

哎呀，她可真是太敏锐了。我一边暗自感叹着波多野芳惠敏锐的观察力，一边带她走到那个储物柜前，把放在包里的钥匙递给她。波多野芳惠道声谢，拿过钥匙，打开了波多野祥吾租赁许久的储物柜。

"哇……塞了这么多东西。"

## 六个说谎的大学生

　　拿回信封的第二天,我给波多野芳惠打了个电话,告诉她放在文件夹里的那个钥匙是她哥哥租赁的仓库钥匙,里面除了信封以外,还有很多其他的东西,最好还是整理一下她哥哥的遗物,把里面收拾干净。本来,交完钥匙,我该尽的责任也就到此为止了,不过难得人都来了,我还是决定和波多野芳惠一起收拾整理。这天是星期天,刚过正午。我想略尽吊唁之意,哪怕只能做些微不足道的小事。

　　波多野芳惠戴上粗线手套,仔细地查看柜子内部。

　　"要是找到了色情DVD可怎么办啊?"

　　"说什么呢?"

　　"不想看到那个吧。"波多野芳惠微微一笑,"我先把东西全部拿出来。不好麻烦你干力气活,这样吧,要是拿出来的东西里面有什么明显不要的,你就挑出来放到这个袋子里,只做这个就行了。挑完了我就直接丢掉。不知道要不要丢的,你尽管问我。我估计基本上都是不要的。"

　　"好。"

　　杂七杂八的物品从柜子里拿了出来。漆皮包、波士顿包,还有折得整整齐齐、看样子一次都没用过的托特包。刚想着怎么这么多种包,接着又是很多书。精装本的商务书、漫画书,还有泛黄的没看过的新书。我不是波多野祥吾的亲人,不好意思细看他的私人物品,只想尽量大概扫一眼,把不要的东西利索挑出来。没想到柜子里会有那么多免费塑料袋和干了的马克笔,放废品的袋子装了满满一大袋。

　　"啊,原来在这里,真令人怀念啊。"

最后的最后，柜子最下面出现了一个很大的塑料盒。波多野芳惠两手并用把它拉出来，看到装在里面的大量游戏卡，不禁发出一句感叹。全都是古早的游戏卡带，一眼就能看出来不是新品。过去这么久了，没人会想玩这个，可就这么丢掉又于心不忍，卖掉吧又感觉有点儿冷血，波多野芳惠一边这么自言自语着，一边挪到离我稍远些的位置，方便掸灰。没多久，她掸完灰尘，再次打开盒盖。

"嗯？这是什么？"她维持着先前背对我的姿势，从盒子里拿出一张游戏卡，"洋一是谁？"

"洋一？"

"游戏卡上写着这个名字。"波多野芳惠转过身，给我看那张游戏卡。卡带背面确实用孩子的稚气笔迹写了"洋一"两个字。

"应该是忘记还给别人了吧……真是的，他从小就有这个毛病。"

"哈哈。"

我面上在笑，心里却不知为何隐隐感到不安。一阵稍有些强劲的风吹过，手头无所事事的我偏头躲开，视线撞进了储物柜里。里面所有的东西都已经清空了。不要的也都挑出来了。现在没什么能做的了，这么想着的时候，我忽然觉得柜子底部看起来不大对劲。

柜子底部盖了层木板。我之前本来以为是金属做的柜体，为何底部是木板？我扶着腰缓缓弯身，漫不经心地摸了摸，是块活动木板。我没使多大力气，轻轻松松就拿开了木板，积在下面的灰尘轻轻飞扬而上。

# 六个说谎的大学生

　　藏在下面的，是一个白色的——A4 大小的信封。

　　回头看去，波多野芳惠正在和卡带上的脏污搏斗。她依旧背对向我，拿着抹布用力擦拭游戏卡。我拿出信封的时候没有让她察觉，因为信封上写的收件人名字强烈地诱惑了我。

　　　　斯彼拉链接股份有限公司人事部 鸿上达章先生收

　　信封上贴了邮票，但没盖邮戳，封口也没粘上。我再次确认了波多野芳惠没留意到这边的动静后，缓缓抽出里面的信。

　　　　敬启
　　　　恭祝贵公司发展蒸蒸日上。
　　这次写信给您，是想恳请您重新举行一次之前校招面试过程中的最终考核（小组讨论）。
　　在小组讨论中，我背上了莫须有的嫌疑，大家认定我给其他候选者使了绊子，可这根本就是栽赃陷害。我有证据证明，真正的幕后黑手不是我，而是九贺苍太。那时没能当场辩驳，揭示真相，我现在为此深深反省及后悔。
　　对于最终获得录用机会的𬟽衣织，不知贵司是否有意得知她的告发内容呢？在此一并奉上我带走的那个信封，如得贵司阅览，我将不胜荣幸（小组讨论过程中，为了成功带回这个信封，隐瞒信封内容，我担下罪名，承认自己就是幕后黑手）。看完告发信后，如贵司认为

## 在那之后

**鸢衣织不该得到录用，恳请贵司重新举行一次考核——**

看到这里，我从纸上移开视线，把信封翻了个面。到处都没找到落款日期。

波多野祥吾究竟是什么时候写下的这封信呢？又是什么时候放弃了寄信呢？他给我留下 U 盘是在这之前还是之后？找最终考核参与者的朋友们面谈是在这之前还是之后？我想解开这个不可为人知的宇宙秘密。一种触碰到禁忌的不祥预感袭来，思绪到这里暂时中断了。

看完信的那一瞬间，我的心就像被踩碎的玻璃艺术品一样碎裂成粉，四处散落——然而这种感觉很快就清晰地消失而去了。我冷静了下来，连自己都忍不住佩服自己。我没有流泪，反而轻柔地提起嘴角，好像已经太久没能露出这么自然的笑了。

我把信放回信封，悄悄丢进了垃圾袋。

"你刚刚的那个问题。"

"嗯？"

波多野芳惠停下手上的动作，转身看向我。

我笑着说："你刚刚问我觉得你哥哥怎么样。"

"啊，对。"

"我喜欢他。"

波多野芳惠惊讶地瞪大眼睛，不过只保持了一瞬，很快便微笑起来。我要再次谢谢天国的他。谢谢你，波多野。这不是嫌恶，不是讥讽，也不是客套。真的要谢谢你，波多野祥吾。你是陪我一起奋战到最终考核的战友，是给哭泣的我盖上毯子的

# 六个说谎的大学生

人——外表好好青年，其实是腹黑大魔王的人。

　　在公司食堂吃完午饭，刚回到自己的工位，跑外勤回来的经理和铃江真希就走到我身边。看到莫名自得的经理和怎么都掩不住难为情的笑意的铃江真希，我大概已能想见他们找我是为的什么，不过还是决定好好听他们自己说完。
　　"在我们幸运星铃江的积极活动下，两家医院基本都顺利与我们达成了合作意向。"
　　我坦然地称赞铃江的壮举，也为一直以来多少对她有些尖刻而道歉。然而铃江本人似乎还是懵懵懂懂的。
　　"嶌前辈交接给我的资料真的特别详细，我这才能按部就班地做好对接工作。经理也特别耐心地教导我，基本上都是托了二位的福，谢谢你们。"
　　"下次一起吃饭吧。"
　　"啊，可以吗？好啊。我真的老早以前就想着，要是能和嶌前辈再多点交流就好了。"
　　"谢谢。可以叫上我哥哥一起吗？"
　　"……啊？嶌前辈的哥哥？"
　　"见一见嘛。他人挺好的。"
　　铃江真希困惑不解，对我这个莫名其妙的提议露出极大难色。面对为难的她，我扮演了一个看不懂眼色的前辈，连连说着没事没事，强行和她约了时间。要是这点福利都不能替她谋到，我大概要遭报应吧。哥哥对我一向心怀愧疚，再怎么忙，一个小时应该还是能抽出来的。

下午三点，我再次迎来具有挑战性的面试官角色。面前出现了一个眼熟的学生。

我没有熟识的女大学生。我告诉自己，觉得眼熟大概只是因为她长得像某个艺人或者有名的运动员吧。可似曾相识的感觉过于强烈，我不由得想要一探究竟。是常去的哪家店的店员吗，还是哪个远亲家的孩子吗？我在记忆中搜寻一阵，当她以沉稳的语气讲述自己的长处时，我一下子豁然开朗。

"我对自己的洞察力很有自信。"

她的左眼下有颗显眼的黑痣。

是我和九贺苍太在咖啡店的露台座位上聊天时见过的求职学生。

并不是一场多么奇迹般的邂逅，不过这小小的巧合还是令我心念一动。这次见她才发现，她是个特别漂亮的女孩子。大眼睛，皮肤光滑，手指细长又白皙，惹人艳羡。她用播音员一般的清晰口齿流利地介绍自己，没有任何卡顿。她没有半点紧张的样子，非但如此，甚至还毫不畏惧地直视我们的眼睛，好像是想在面试官的脑海里刻下自己的印记。

"比如在和人见面的时候，又或是碰到困难，甚至是直面自身问题的时候——无论身处何种境地，我都自信可以做出准确的判断。我认为，如果能成为贵司一员，这些敏锐的洞察力一定也能发挥很大的作用。"

做完了自我介绍，在面对接下来的几个问题时，她依然对答如流，回答得滴水不漏，把人听得一愣一愣的。坐在我旁边的面试官赞赏地点点头，更旁边的面试官也细细咀嚼着她的回

# 六个说谎的大学生

答,态度明显不同于先前。我的打分表上也不知不觉排列开一串"4""5"。

我已经给所有项目打完了分,然而提问时间还没结束。提问顺序又转了回来,我没像之前一样从参考列表里选择问题,头一回有了自主提问的想法。

"敏锐的洞察力是职场人士——或者说是人类最强的武器。无论在我们公司,还是在其他公司,你的洞察力一定会为你提供很大的助力。"

"谢谢。"

"不过——"我谨慎地暂停片刻,而后再次开口,"可悲的是,这个世界上有人很擅长撒谎。觉得自己不会被骗,能够看穿一切人和事,即便有这个自信——不,应该说正因为太过自信——才会被很多事蒙蔽双眼。有时你需要使用卑劣的手段戳破谎言。原本以为最值得信赖的人、集体会轻而易举地对你撒谎,这样的情况你会遭遇很多次。面对这大大小小、各种各样的谎言,你能靠自己引以为豪的洞察力成功分辨出来吗?"

"我能。"她立马答道,简直有如下意识的反应一般,而后愈发绷紧本就挺直的脊背,"我相信,如果真正用心看透对方说的话,就不会受到不确定的信息的迷惑。"

我露出微笑:"谢谢你的回答。"

我在内心最深处细细品味、把玩、体会她的话,然后在她名字前打了个×。今后大概再也不会遇见了吧?就在离开面试间的前一秒,她主动举起手说:

"可以让我提个问题吗?"

得到人事的应允后,她先鞠了一躬,然后睁着纯洁的少女眼眸发问道:

"自从看了贵公司的宣传册以后,我就对可以边玩飞镖、桌游边开会的会议室很感兴趣。各位会在什么情况下,以怎样的频率使用那间会议室呢?那间会议室里有实际诞生过什么划时代的创意吗?如果有的话,可以告诉我吗?"

包括我在内,三个面试官全都沉默不语,以此互相推让。如果可以的话,谁都不想教导一个天真的少女看到现实。是应该面不改色地对她撒谎呢,还是应该指出宣传册里说的不是真的呢?沉默传达出遮掩事实的意味,此时人事女职员开口了。

"使用频率随部门而定。这间会议室体现了我司信奉自由想象来自自由讨论的理念,很受员工欢迎,有时还会碰到预约冲突的情况。至于会议室里具体诞生过什么创意,因为涉及公司规章要求,所以不方便回答,但可以告诉你的是,如果没有那间会议室,无数想法就不会诞生。"

拥有敏锐洞察力的女生成功看透了人事的谎言,令人赞叹不已——这种事并没发生。就连旁观者都能看出来,她的心情明显十分轻快。女生甜甜地笑了起来。

"谢谢您宝贵的回答。"

我瞬间改变了主意。

在人事即将收回打分表前,我用圆珠笔粗暴地涂掉×,改画上了意义完全相反的两个○。评价的转变太过极端,就连人事都对我投来疑虑的视线。人事有疑虑很正常。她要是以为我打分很儿戏,我也没办法。

## 六个说谎的大学生

"我好了。"

在人事出口询问前,我抢先回答了她的疑问。

"我了解她那样的孩子。"

"了解?"

"嗯,她可以的。她是那种即便可能会面临各种困难,但也必定能够克服困难的人。她能够成长——不,不对。"

我自己不由扑哧笑出了声,依旧怀着异常认真的心态说:

"她是能够实现超越(Transcend)的人。"

**SPIRALINKS**
# 斯彼拉链接 应聘申请表

| 姓名 | 森久保 公彦 | 出生年月日 (阳历) 1988 年 5 月 9 日 (整 22 岁) | |
|---|---|---|---|
| 住址 | 东京都小金井市 前原町5丁目 | 性别 (男)・女 | |
| 电话 | 0421316,XX57 | 邮箱 | morikubo_k@yahoo.co.jp |
| 手机 | 080,788,XX16 | LINKS账号 | Morihiko@morihiko0509 |

| 年 | 月 | 学历・工作经历 |
|---|---|---|
| 2007年 | 3月 | 国分寺综合高级中学 毕业 |
| 2008年 | 4月 | 入读一桥大学社会学院社会学系 在校生 |

◆ 特长・兴趣爱好（请填写所有空格）

| 阅读：商业、IT杂志 | 组装电脑 | 搜集信息 | 账号运营 |
|---|---|---|---|
| 背诵 | 心算 | 游戏 | 探寻便宜午餐 |

◆ 你的长处是什么

对诚实、责任心拥有绝对的自信。天生热爱真实与数据，憎恨谎言，直至今天依然如此。

◆ 学生时代做的最努力的一件事是什么

坚持吸收新知。上学期间有一定可自由支配的系活时间，我一直利用这些时间努力吸收一切知识。除了上课，我还孜孜不倦地探索其他领域，积累知识。单纯的阅读量并不值得夸耀，不过到目前为止，我已经读了一千多本书，以商业书籍为主。求职季开始后，我想好好利用这个时机，一口气参加了14家公司的实习活动。

◆ 你人生中遭遇的最大挫折是什么

高考落榜。复读一年后，我最终考上了第一志愿。应届高考时，我的时间安排、学习方法不够高效，白白走了很多弯路，最终导致落榜，这是不可辩驳的事实。如今回想起来依然后悔不已，怪自己当时没有高效紧凑地学习备考。

◆ 如果初始薪资是50万日元，你会如何分配使用

首先，我会集齐所有最新的IT设备、服务。这不是为了满足所谓的物欲。我认为，作为日本最顶级IT企业的一份子，接触世界潮流近乎于是一种义务。我会积极探索学生时代买不起的终端设备、各种收费服务，保持自己对世界趋势的敏感。

◆ 你认为最好的领导应该具备哪些特质

热爱"逻辑"。认死理常常被社会视作一个人的缺陷，但我们绝不应该基于个人观感做判断，比如觉得对方人不错，又或是毫无来由地认为不可行。对于自己的行为、判断，应该思考的是它们是否合乎逻辑，这是优秀的领导必须具备的素质。

◆ 你希望在我司达成什么目标

我希望推动斯彼拉链接成为日本首屈一指的IT企业。恕我直言，贵司的服务确实非常出色，但其中也存在不少问题，尤其是首页的页面设计太过抽象。贵司在二十到三十岁群体当中的知名度很高，达到了76.5%，然而不可忽视的是，在四十岁以上的群体中，这一数值低至16.5%。我希望让斯彼拉链接成为日本无人不知的第一大IT企业，即便在世界范围内也位于前列。

# SPIRALINKS 斯彼拉链接 应聘申请表

| 姓名 | 九贺苍太 | 出生年月日 (阳历) 1989 年 9 月 26 日 (整 21 岁) |
|---|---|---|
| 住址 | 神奈川县横滨市户塚区户塚町 | 性别 ⓜ男 · 女 |
| 电话 |  | 邮箱 K_souta08@keio.jp |
| 手机 | 090（8988）XXX4 | LINKS账号 九贺苍太@SOUTA_KUGA |

| 年 | 月 | 学历·工作经历 |
|---|---|---|
| 2008年 | 3月 | 李军馆高级中学毕业 |
| 2008年 | 4月 | 入读庆应大学综合政策学院综合政策系 在校生 |

◆ 特长·兴趣爱好（请填写所有空格）

| 活动运营 | 主持 | 篮球 | 演讲 |
|---|---|---|---|
| 迭叠杯 | 看国旗说国名 | 刷个人主页 | 做调味煮蛋 |

◆ 你的长处是什么

具备领导力。带领团队向前的能力不输任何人。

◆ 学生时代做的最努力的一件事是什么

一直致力于活动社团的事务。活动社团是我联合三个朋友共同设立的小社团，自2008年12月的筹备讨论会议起，我们成功运营了多个活动项目。我们还有效利用斯彼拉的社交功能，最终成功举办了一场参与者总数达120人的大型活动。

◆ 你人生中遭遇的最大挫折是什么

高中时因为俱乐部活动受过重伤。我当时隶属篮球部，高二才被选为正式队员。出于兴奋和责任感，我给自己加了很多额外的超负荷练习，最后严重损伤了脚关节韧带，从此再也打不了球了。那时的挫败深深刻印在我心里，如今依然会激励着我。

◆ 如果初始薪资是50万日元，你会如何分配使用

除了必要的生活费，我会把剩下的所有钱拿来投资股票。这么做不是为了赚取资产，而是为了通过挑战股票投资，成长为能以更为审慎的眼光看待社会的人。股价是外界对于该公司的评价，同时也是社会浪潮的体现。之前因为手头钱不多，我一直犹豫着不敢投资股票。如果有机会，我会携带50万日元本金投身社会浪潮。

◆ 你认为最好的领导应该具备哪些特质

灵活且固执。这是两个截然相反的概念，但我认为，在应该固执的时候坚持己见，在没有确定依据的时候随机应变，是对上位者来说最为重要的特质。可靠同时又乐于接受任何人的建议，这是我理想中的团队领导画像。

◆ 你希望在我司达成什么目标

我希望创造出可以亲身触达斯彼拉链接的方式。线上服务与实体概念相去甚远，正因此，我认为能够亲身触达斯彼拉"实体"的设备、空间是很有必要的。它们虽然肉眼不可见，却能实实在在地触碰感知。我热切盼望着以真正意义上的O2O服务为目标，创造一个可触达可感知的斯彼拉。

SPIRALINKS

# 斯彼拉链接 应聘申请表

| 姓 名 | 波多野祥吾 | 出生年月日 (阳历) 1989 年 7 月 7 日 (整 21 岁) | |
|---|---|---|---|
| 住 址 | 埼玉县朝霞市冈3丁目 | 性 别 | （男）・女 |
| 电 话 | 048（452）XXX2 | 邮 箱 | syo-go-poppo8@yahoo.co.jp |
| 手 机 | 080(229)XX99 | LINKS账号 | しょうご@syo-go8 |

| 年 | 月 | 学历・工作经历 |
|---|---|---|
| 2008年 | 3月 | 县立川口文理高级中学毕业 |
| 2008年 | 4月 | 入读立教大学经济学院经济政策系，在校生 |
|  |  |  |

◆ 特长・兴趣爱好（请填写所有空格）

| 挑战自我 | 音乐鉴赏 | 散步 | 写旅游攻略 |
|---|---|---|---|
| 阅读（漫画） | 摄影 | 交朋友 | 收银 |

◆ 你的长处是什么

积极挑战一切的热情超过所有人。

◆ 学生时代做的最努力的一件事是什么

努力消除短板，积极挑战一切。大学期间对待学习是这样，对待兼职、社团活动、兴趣爱好也是这样。总之，我始终把积极挑战一切当作自己的奋斗目标。我不怕困难，不会因为不擅长而打退堂鼓，乐于迎接一切挑战的心态绝不逊于任何人。

◆ 你人生中遭遇的最大挫折是什么

这个回答看起来可能有点假。我觉得自己目前的挫折就在于没有经历过重大打击。正如前面所说，我始终在挑战一切。而值得庆幸的是，在很多领域，我一路顺畅地走到现在，并没有遭遇过致命的打击。面对任何领域，我都会一丝不苟地做好充分准备，尽管这种慎重的性格使我远离了挫折，可我认为，直面重大挫折的经历也是人生当中的宝贵财富。

◆ 如果初始薪资是50万日元，你会如何分配使用

首先，我想尽全力报答在我身边支持着我的那些人。除了家人，还有兼职地方的前辈、社团伙伴，我会用不同的形式向他们所有人传递自己的谢意。如果可能的话，比起直接送礼，我更乐意和他们共度一段有助于促进自我成长的经历。

◆ 你认为最好的领导应该具备哪些特质

应该是永远不会停下脚步的人。遇到问题的时候不能停歇，即便在形势一片大好时，依然要寻找其中的原因，思考下一步计划，在我看来，这样的领导才是最出色的领导。如果有一天我成为领导，我也会不断努力，让自己成为这样的人。

◆ 你希望在我司达成什么目标

我希望让所有国民都成为斯彼拉用户。贵司主营的斯彼拉是非常出色的SNS网站，这一点，无需多言。不过从实力来看，斯彼拉离推广普及还有一段距离。我希望发挥自己天生乐于挑战的心态与懂得普罗大众在想什么的感受能力，让斯彼拉成为男女老少都爱用的SNS服务，为贵司的发展作出重要贡献。

# SPIRALINKS
# 斯彼拉链接 应聘申请表

| 姓 名 | 筱衣织 | 出生年月日 (阳历) 1989 年 10 月 6 日 (整 21 岁) | |
|---|---|---|---|
| 住 址 | 东京都新宿区上落合3丁目 | 性别 | 男 · (女) |
| 电 话 | | 邮 箱 | s_iori@syukatsu.com |
| 手 机 | 090（265）0XX6 | LINKS账号 | IORI SHIMA@iori_shima1006 |

| 年 | 月 | 学历·工作经历 |
|---|---|---|
| 2008年 | 3月 | 县立金泽清水高级中学 毕业 |
| 2008年 | 4月 | 入读早稻田大学文学院社会学系 在校生 |
| | | |

◆ 特长·兴趣爱好（请填写所有空格）

| 阅读（小说） | 电影鉴赏 | 咖啡相关的知识 | 拿铁拉花 |
|---|---|---|---|
| 发掘好吃的沙拉酱料 | 乐器（木制管乐器） | 洞察力、判断力 | 手腕灵活 |

◆ 你的长处是什么

具备不输任何人的敏锐洞察力。如成为贵司员工，相信本人瞬间捕捉事物本质的能力一定会有助于工作开展。

◆ 学生时代做的最努力的一件事是什么

尽管资质普通，我依然在学业上倾注了最多心血。大二时，我把绩点刷到3.51，获得了补偿型奖学金，学校返还给我大约一半学费。我的专业是社会学，但所有的课程我都积极参与，日复一日地努力拓宽自己的见识。

◆ 你人生中遭遇的最大挫折是什么

初中时在吹奏乐部经历的挫折给我留下了最大的遗憾。当时我被任命为吹奏乐部的副部长，却没能引导满怀热情的部员与缺乏热情的部员统一想法，一时间引发了内部不和。最后，我给大家订立了共同目标，带领吹奏乐部在比赛中成功斩获金奖。如今回想起来，我依然会反思自己，后悔当时没有早点抽出时间与部员们一对一谈话。

◆ 如果初始薪资是50万日元，你会如何分配使用

我会用来投资自己。入职后肯定需要掌握各种必要的技能，除了语言能力以外，我还希望好好利用各种技能，帮助自己钻研IT相关的资质、知识，促进自我成长。

◆ 你认为最好的领导应该具备哪些特质

领导应该成为与我们并肩作战的战友。比起自上而下的团队思考模式，IT企业尤其需要更多自下而上的思考。领导不单单是行使权力的管理者，也应该认识到下属同时也是自己的伙伴。平等对待下属的领导很有魅力。在贵公司的招聘会上，我也切实感受到贵司的很多员工都具备这样的特质。

◆ 你希望在我司达成什么目标

我希望助力创造"圆圆的地球"。贵公司的名称里就带有"链接"一词——我相信，如果持续构筑人与人之间的联系，世界作为一个圆，一个圆，一定会比现在更紧密、更美好。当然，地球本来就是圆的，而我相信，如果能作为贵司的一员，努力发光发热，我可以让地球上的一切链接变得更加畅通无阻。

# SPIRALINKS 斯彼拉链接 应聘申请表

| 姓名 | 袴田亮 | 出生年月日 (阳历) 1989年 5月 20日 (整 21 岁) |
|---|---|---|
| 住址 | 千叶县市川市市川南2丁目 | 性别 (男)·女 |
| 电话 | | 邮箱 green_wave123@infoseek.jp |
| 手机 | 090（5468）XX24 | LINKS账号 はかまだ@haka_ryo |

| 年 | 月 | 学历·工作经历 |
|---|---|---|
| 2008年 | 3月 | 县立绿町高级中学 毕业 |
| 2008年 | 4月 | 入读明治大学国际日本学院 国际日本系 在校生 |
|  |  |  |

◆ 特长·兴趣爱好（请填写所有空格）

| 拉家常 | 一切运动项目 尤其是特技球 | 体力活 | 接待客人 |
|---|---|---|---|
| 做饭 | 打卡拉面店 | 唱歌 | 书法 |

◆ 你的长处是什么

志愿者协会活动和酒馆兼职生领队的经历培养了我突出的领导能力，这就是我的优势所在。

◆ 学生时代做的最努力的一件事是什么

志愿者协会活动。有时是打扫，有时是赛事服务，还有其他各种杂活。我一直在努力探索自己的价值，为之全力以赴。我热切期盼着给人们带去喜悦，不断为社会做出更多贡献。

◆ 你人生中遭遇的最大挫折是什么

大概是遗憾志愿者协会成立太晚了吧。我是在大二下半学期成立的志愿者协会，在那之后和朋友们一起参与了各种活动，仔细回想起来，我会非常后悔没有更早开展实际行动。这段经历让我懂得了时间有限，以及自己的积极行为确实能够让他人感受到幸福。

◆ 如果初始薪资为50万日元，你会如何分配使用

我的答案大概没什么亮点。说实话，我没准备把这笔钱用到什么特殊的地方。要作为贵司一员积极发挥自身价值，当中必然会产生种种花费。考虑到衣食住行、保持健康积极状态等方面，这笔钱并不适合浪费在其他活动或拿来随意挥霍。

◆ 你认为最好的领导应该具备哪些特质

背影蕴含力量的人。口头布置任务，着手推进工作都很重要，然而一个人具备何等魅力，才是这个人身上最不容忽视的地方。有一种人，无论处境多难，你都想支持他，想一直跟随他，于公于私都对他满怀敬意。这种人连背影都散发出人性的光辉，这样的光辉可以让大家团结在一起。

◆ 你希望在我司达成什么目标

我想给所有人带来快乐。我认为，无论公司内外，为所有人发光发热，给所有人带来快乐，是作为企业，同时也是作为一个人的使命。以前带领大家做事的时候，我时常扪心自问，某个想法是不是能让别人感受到幸福。为奉献快乐而行动所起来难免十分抽象，即便如此，它依然是我不容忽视的行为指南。如能进入贵司工作，我希望自己可以为所有人带来快乐。

# SPIRALINKS
## 斯彼拉链接 应聘申请表

| 姓名 | 矢代翼 | 出生年月日 (阳历) 1990 年 2 月 15 日 (整 21 岁) | |
|---|---|---|---|
| 住址 | 东京都江户川区平井4丁目 | 性别 | 男 · (女) |
| 电话 | 03(5875)5×××  | 邮箱 | ヤ-yashiro215@gmail.com |
| 手机 | 090(1255)××21 | LINKS账号 | つばしろ@tsubashiro555 |

| 年 | 月 | 学历·工作经历 |
|---|---|---|
| 2008年 | 3月 | 私立国分院高级中学毕业 |
| 2008年 | 4月 | 入读御茶水女子大学文化教育院全球文化学讲在校生 |
| | | |

◆ 特长·兴趣爱好（请填写所有空格）

| 外语 | 沟通能力 | 国外电视剧 | 旅行 |
|---|---|---|---|
| 酒 | 健身 | 登山 | 出门 |

◆ 你的长处是什么

跨国沟通能力在家庭餐厅兼职时掌握的超群反应能力,我在这两个方面拥有绝对的自信。

◆ 学生时代做的最努力的一件事是什么

一直致力于认识世界。我原本就喜欢学习外语,很多东西只有实地体验经历后才会了解,自从领悟到这点以来,我就有意地让自己多去国外看看,不只看风景名胜,还要看住宅小区,有时还会去经济发展滞后的地区,主动与当地人对话交流。

◆ 你人生中遭遇的最大挫折是什么

有一次,因为事先没搞懂情况,我在国外遇到了麻烦。那时我去柬埔寨旅游,一帮卖假冒产品的人主动找我搭讪,当时还没完全反应过来这是遇到了强买强卖,最后,我费尽口舌才终于摆脱了他们,由此深切地感受到无知招致的麻烦就和没头没脑的冒险没什么两样。

◆ 如果初始薪资是50万日元,你会如何分配使用

我想用这笔钱认识世界。具体来说就是用作出国的花费,IT技术日新月异,世界将迎来无国界时代,我希望目睹超越了国家、语言、文化等一切边界的世界,从自身到企业,再从企业到用户,沿循这个路径不断拓宽自己的见识。

◆ 你认为最好的领导应该具备哪些特质

擅长沟通的能力,想要理解对方的真实意图,综观把握全局就必须具备沟通技能,而不仅仅是能言善道。给下属布置任务时换个说法就有可能让下属的干劲几何倍增长。我认为,高超的沟通能力对上位者来说不可或缺。

◆ 你希望在我司达成什么目标

我希望将斯彼拉发展成支持所有语言、世界最大的社交网站。这个领域不乏众多强有力的竞争对手,然而斯彼拉拥有许多不输对手的魅力点,尤其是营造小型社区的功能更是独一无二,它成功实现了在广阔世界建立小团体这样一个矛盾性的愿景。我希望充分发挥自己的全球化视角,帮助斯彼拉成为世界最大的社交网站,风靡全球。